集英社オレンジ文庫

# マグナ・キヴィタス
# 人形博士と機械少年

辻村七子

本書は書き下ろしです。

1 オルトン博士、アンドロイドと出会う 6
2 オルトン博士、サーカスに行く 61
3 オルトン博士、調律をする 143
4 オルトン博士、覚悟を決める 224

CONTENTS

# MAGNA CIVITAS

イラスト／serori

# MAGNA CIVITAS

マグナ・キヴィタス　人形博士と機械少年

## 1 オルトン博士、アンドロイドと出会う

プラットフォームの端で、青年が女主人を見送っていた。

「それじゃあ帰りは朝の四時になるから。屋敷の戸締まりと電気の確認をよろしくね」

「かしこまりました、アリスさま」

「チビちゃんたちもしっかり寝かしつけてあげるのよ。あの子たちはまだ繊細な年頃なんだから。お父さまのお話をしっかり聞かせてあげて」

「もちろんでございます、アリスさま」

「明日の朝食、チビちゃんたちにはフレンチトーストをこしらえてあげてね。私はブランチにスクランブルエッグとハム、焼いたトマトに、黒すぐりのジャムのついたスコーンをいただきたいわ。午後にはトマソン夫人がお越しになる予定だから、ラベンダー色のスーツにスチームをかけるのを忘れないで」

「かしこまりました。お子さまにはフレンチトースト、アリスさまには」

「ああ、復唱しなくていいわ。覚えてくれているのはわかってるもの。あとは、そうね、

何かあなたに頼み忘れたことがないかしら」

「お屋敷に関することと、お子さまに関することで、アリスさまの留守中に何らかの判断が必要になった場合、わたくしが適宜《てきぎ》処理させていただきます。よろしいでしょうか」

「ええ、ぜひそうして。じゃあ踊ってくるわね、ゼフィ。あとをよろしく」

いってらっしゃいませと『青年』は頭を下げた。毛皮のコートと羽根飾りの帽子を身に着けた貴婦人は、いそいそとヒールを鳴らし、銀色の特別リニアに乗り込むと、乗車口の内側に据えられた鐘を鳴らして発車させた。行き先が表示されるパネルには、高級クラブの名前が表示されている。通常の都電リニアとは異なり、特別な顧客を店舗に送り届けるための、豪華な馬車のようなものであった。

リニアが線路の上に存在しなくなっても、しばらく夜の街を眺めて立ち尽くしていた青年は、思い出したように振り向いた時、プラットフォーム据え付けのベンチから、誰かが自分を見つめていることに気づいたようだった。めんくらった顔に、やあとエルは会釈した。

「……ぶしつけですが、どちらさまでしょう？　わたくしはあなたを存じ上げません。アリスさまのお知り合いですか？　先日の舞踏会ではお見掛けしませんでしたが」

エルは立ち上がり、青年に正対した。彼の身長はエルと同じ、百七十センチ前後のようである。ジャケットから靴にいたるまで白ずくめという出で立ちが、親しみを喚起する類《たぐい》のものではないことはわかっていたが、だからといって人好きのするような笑みを浮かべられるほど、エルは器用ではなかった。

警戒心を滲《にじ》ませる『青年』に、エルは穏やかに微笑《ほほえ》みかけた。

「こんばんは。私は君の主《あるじ》の知り合いではないよ。君のことが少し気になって、声をかけてしまっただけだ。差し支えがなければ、君の名前をうかがっても構わないかな。型番と型式も」

「汎用《はんよう》アンドロイド、FPH92-88761 1A95-BMと申します。ハニービー社製の執事型で、愛称はゼフィ。アンドロイド・タトゥーを表示しますか?」

「いや、そこまでは結構だ。ゼフィ、はじめまして。私はエルガーだ。エルガー・オルトン。みんなにはエルと呼ばれている。よろしく」

こちらこそ、と深々とお辞儀をする執事型アンドロイドは、漆黒《しっこく》の黒髪に、深海のようなブルーの瞳の持ち主だった。お仕着せの上下一式は女主人の衣装に合わせているらしく、かつてヨーロッパ地域に存在した特権階級の従僕のような、装飾の多いレースとベルベットの高級品である。ただしボタンに使われているダイヤモンドは、安価な模造品だった。

「君は、彼女を見送ったあと、三十秒以上も立ち尽くしていたね。最後のメンテナンスはいつだったのか尋《たず》ねても構わないかな」

「……わたくしのメンテナンス情報は、秘匿《ひとく》情報ではありません。しかし自己判断として、見知らぬ方にわたくしの情報を開示することに抵抗感を覚えます。主の安全上の問題にかかわる可能性がありますので」

　エルは懐《ふところ》を探り、銀色のケースから、カードを一枚取り出した。手のひら大の白いカードである。ゼフィに差し出すと、白いカードからは、銀色に輝くホログラムが浮き上がり、『アンドロイド管理局調律部』という名称が、風車のようなエンブレムと共に表示される。

ゼフィは青い瞳を少しだけ見開き『上品な驚き』の感情を出力した。

「……あなたがわたくしに声をかけた理由がわかりました。あなたは博士号相当の学位を持つ、プロのアンドロイド調律師なのですね。あなたには持ち主の許可なく、わたくしを調律する権限があります。わたくしは機能不全を起こしていたのでしょうか」

　そういうことではないのだがとエルは断ってから、できるだけ柔らかい表情を作って問いかけた。性能のよい執事型は、人間側の機嫌をとることが、かなり上位の命令に据えられていることが多いためである。彼に無駄な『気遣い』をさせたくなかった。

「いくつか質問に答えてもらえるかな。君の主である『アリスさま』は、私が見たところ五十代ほどだったけれど、彼女のお子さまは今おいくつなのだろう。答えられないことだったら、そう言ってくれればそれでいい」

「その情報を秘匿する必要性は感じません。お子さまは双子で、キャシーさまとポーリーンさまといいます。お二人は三歳で、アリスさまが二十歳《はたち》の時に保存した冷凍卵子に、さる分子生物学者の精子をかけあわせ、州立産科研究所の胎盤《たいばん》ボトルからご生誕なさいました。大変将来有望で、既《すで》に睡眠学習によって素因数分解を理解なさいます。アリスさまご自慢の子どもたちですよ」

「君は、その子たちが好き？」

「質問の意図をはかりかねます。わたくしはアリスさまに所属するアンドロイドです。彼女の愛する子どもたちにお仕えすること以上の喜びが、この身に存在するとは思えません」

「子育てはとても忙しいものだろう。さっきの言いつけからして、アリスさまは君一人に屋敷の仕事を任せているのでは？　毎日きちんと休ませてもらえるのかな」

「お子さま方の件に関しては、もう一人、乳母型のアンドロイドがおります。無論あれは子守歌と配膳《はいぜん》しか任されておりませんので、わたくしとは比べ物にならないほど低スペックの素体ですが。加えてわたくしの動力機関は、ハニービー社製のものではなく、オルランドー社の最新作です。一度の充電で四十八時間以上の連続稼働が可能です」

「だからといって本当に、一度の充電で二日間働かなければならないとも限らないだろう。ボディを長持ちさせるためには、一日に五時間以上の休息が推奨《すいしょう》されている」

「質問の意図をはかりかねます。わたくしの主は、一体の執事型アンドロイドを長持ちさせて使わなければならないほど、生活に不自由しておりません」

「……なるほど、失言だったかもしれない」

すまないとエルが謝罪すると、アンドロイドの執事は首をかしげ、曖昧《あいまい》な笑みを浮かべた。謝罪される意味がわからないようだった。

「ゼフィ、よければ倫理メンテナンスの頻度《ひんど》を尋ねても構わないかな。君のプライバシーに踏み込みすぎているだろうか」

「秘匿の必要性のない情報と判断します。わたくしの倫理メンテナンスは、六時間おきに十分ずつ施行されております。アリスさまのお友達の執事型も、そのように運用されていることが多いそうです。ご参考になれば幸いでございます」

エルが頷《うなず》くと、執事型アンドロイドは慇懃《いんぎん》に会釈した。倫理メンテナンスの努力目標は一週間に十分程度である。過剰な検査を行う女主人の姿に、エルは目の前のアンドロイドが出荷されてからの毎日を想像した。

「どうかなさいましたか」

「……何でもないよ。そうだゼフィ、空を見上げてごらん」

執事型アンドロイドは、美しくなでつけられた髪が乱れない程度のスピードで、そっと空を見上げた。リニア駅の上空には、暗い夜空が広がっていた。

闇《やみ》に目が慣れてくれば、何とかとらえられる程度の、白い星影も。

「見えるかな。ゼフィ、君は星のことは知っているかい」

「もちろんです。ここはキヴィタス最上階層、第五十六階層ですので、下階層のように無粋な天候投影天井は存在しません。下階層の天井は、ただの影絵芝居です」

「『無粋』か、難しい言葉だね。私はあれもあれで好きだよ。あれがあるのとないのとでは、きっと日々の生活は大違いだ」

エルが笑うと、執事型アンドロイドは何と言ったらいいのかわからなくなってしまったようで、曖昧な笑みを浮かべてみせた。さっき目にしたものと寸分変わらない表情出力に、エルは少し切ない気分になった。

「ゼフィ、家に帰って仕事に戻る時に、少しあの星のことを思い出してごらん。広い星の世界のことを考えると、君の情動領域にいい」

「じょうどうりょういき?」

「アンドロイドの学習装置のことだよ。いろいろなことを『嬉《うれ》しい』『悲しい』等と感じることで、タスクの汎化を行い、作業の効率化を助けてくれる。君の頭部パーツの大半を占める内包物だ。とても大事なパーツだよ。私は主として、そのパーツに働きかける調律業務に従事している」

「素敵ですね。調律師は豊かな収入を得られる職務だとお聞きしています」

「私はまだまだ駆けだしだ。だが、働きすぎのアンドロイドの話を聞くことくらいならばいつでもできる。君の主がもし許してくれるならばの話だがね」

エルは執事型アンドロイドのリアクションを観察した。が、反応はほぼ、なかった。アンドロイドの青年は調律の可能性を喜んでいるようには見えなかった。

「……わたくしには判断の権限がない領域のお話です。寛大なアリスさまはわたくしのために、専属の調律師を雇っておいでですので、わたくしには別段自分自身により一層のメンテナンスの必要があるとは考えません。また、いかなる営業活動、およびダイレクトメールの類も取り次ぐなというご命令も承《うけたまわ》っております。申し訳ございませんが、わたくしはこれを受け取ることができませんし、あなたさまのお申し出を取り次ぐこともできかねます」

「では、君は、今は特に悩みはない？」

「申し訳ございません。あなたさまの言語出力はアリスさまのご命令とは異なる部分が多すぎるため、わたくしには理解できない部分が多く、回答処理に時間を要します」

　これ以上はお許しを、と執事型アンドロイドは慇懃に頭を下げた。これ以上の嫌がらせはやめてほしいと言われていることに気づき、エルは一歩、あとずさりをした。

「……承知した。すまない。出過ぎた真似をしたね。君はとても有能な執事だった」

　おそれいりますと、執事は再び頭を下げた。どの角度から見ても美しく、礼儀正しいと判断されるアクションは、執事型アンドロイドの主が好む、ある種のお仕着せのようなものだった。持ち主によっては、それではあまりに『自分だけの執事』という気がしないので、それぞれに容姿をいじったり調律で癖を付け加えたりすることも多かったが、ゼフィにはそういったオプションがないようだった。こだわりがなければ、一番楽な運用法である。

「……何か?」

「いや、何でもないよゼフィ。子どもたちが大きくなるのが楽しみだね。その頃にはきっと、もう少し君もゆっくりできるのではないかな」

「申し訳ございませんが、お言葉の意図をはかりかねます。わたくしの耐用年数はおおよそ五年程度で、残すところは二年ですので、それ以降の業務遂行は不可能です。『ゆっくりできる』とは、わたくしの機能停止後、ボディパーツが転売され、他個体に再利用されることを意味しているのでしょうか? アリスさまはリサイクルパーツ店にスクラップを売却する必要があるほど困窮《こんきゅう》しているわけではございません。可能性はとても低いかと」

ゼフィはただ、怪訝《けげん》な顔でエルを見ていた。調律師なのにそんなことも知らないのですかと言わんばかりの、それ以外の情報は何も伝えてこないブルーの瞳から、エルは目をそらした。

「……そうだったね。すまない。私のことはもう気にしないでくれ。ここでリニアを待っていただけなんだ。話ができて嬉しかった。ありがとう」

「差し出たことを申し上げるようですが、あなたさまもお休みになったほうがよろしいかと、オルトン博士。このプラットフォームから発着する電車は、アプロディテ地区かゼウス地区行きの特別予約車両のみで、通常の都電リニアは到着しません。そこにお座りになっていても、あなたはどこへも行けませんよ」

それでは失礼いたします、と慇懃に礼をして、執事型アンドロイドは足早にエルの前から去っていった。

誰もいなくなった場所で、エルは行き場のなくなった名刺を携《たずさ》えたまま立ちつくしていた。遠くからやってきたリニアは、執事型アンドロイドの上着の裾《すそ》を揺らし、エルの目の前を通り過ぎてゆく。中には会社から帰ってきた人間や、彼らに伴われたアンドロイドたちが立っていて、猛スピードで街並みの中を駆け抜けていった。周囲の景色の中に、何があるのかなど、気にも留めず。

最後までリニアを見ていたエルは、きつねの鼻づらのように尖った電車の最後尾、歪《わい》曲《きょく》した窓から、砂色のトレンチコートを着た誰かに、そっと手を振られたような気がした。

アパレル会社のロゴが並んだ、目抜き通りの片隅《かたすみ》、陳列の撤去されたショーウィンドウの奥で、アンドロイドたちが一列に並んで腰かけて、鏡の中に顔を突っ込んでいた。どこでも目にするメンテナンスの風景で、遠目から見ると化粧台に突っ伏しているようにしか見えないが、近寄ると一様にうなじがぱっくりと開いていることがわかる。露出しているのは銀色の基盤部分だった。鏡の縁取りからはケーブルが伸び、アンドロイドのＯＳたる基礎中枢とコネクティングしている。

耳を澄《す》ますと、エルには倫理機能調整ソフトの声が微《かす》かに聞こえた。

『第十六問。何もしていないのに、お客さまに手をはたかれました。犬、猫、ねずみ』

「犬、猫、ねずみ」

『第十七問。同型のアンドロイドよりも出来が悪いと、大勢の人間の前で笑われました。パン、ケーキ、マフィン』

「パン、ケーキ、マフィン」

『第十八問。あなたを所有し管理していた善良な持ち主が悲惨な事故で亡くなり、後任者はあなたを廉価《れんか》に転売しようと考えています。コーヒー、ティー、ミルク』

「コーヒー、ティー、ミルク」

『第十九問。プレゼントとして違法なドラッグ・プログラムを譲り受けそうになり、断ると汚い言葉で罵《ののし》られました。ぶどう、オレンジ、りんご』

「ぶどう、オレンジ、りんご」

機材に接続されたアンドロイドたちは、最初のパッセージは無視して、後半の三つの単語のみを反復した。一般的な倫理メンテナンスの手法である。それぞれが異なる音声を聞いているため、五体の女性アンドロイドたちは、別の相手と会話しているようにばらばらに呟《つぶや》き続けている。反応速度の変化と、回答中の情動領域の変化をセンサーが読み取り、倫理レベル一から六までの段階に分類、メンテナンス後には施術者が設定したレベルに調整される。メンテナンスをしなければどうなるというものでもなかったが、あまりにも自由放任状態《レッセフェール》にしておくと、アンドロイドを購入した初期状態と比べて、言葉遣いや行動に、『乱れ』あるいは『甘え』と見られるものが発生する可能性がある。

管理局の発行するガイドラインでは、『公共の福祉のため、少なくとも一週間に一回は、十分程度のメンテナンスをすることが望ましい』と、アンドロイド所有者に努力義務を課していたが、大抵の持ち主はもっと頻繁《ひんぱん》にメンテナンスを行うものだと、エルは第五十六階層にやってきて初めて知った。

アンドロイドたちを監督していた人間の男が、携帯端末から浮かび上がるホログラムの踊り子から目を離し、エルのことを胡乱《うろん》な目で睨《にら》んだ。エルはただの通行人のふりをして、マネキンの並んだショーウィンドウの通りを歩き続けた。遠くに走るリニアの路線が、銀色の蛇《へび》の腹のように街並みの上を這《は》い、その下にネオンに照らされたビルディングが立ち並んでいる。星空はもう見えなかった。

ノースポール合衆国所属、キヴィタス自治州。

通称『キヴィタス』。あるいは『偉大《マグナ》なるキヴィタス』。

エルの暮らす街――あるいは世界には、そのような名前が授けられていた。

全高一万五千メートル、全五十六階層、産業分野ごとに六層に分かたれた巨大な建造物は、気圧調整システムと気候調整ＡＩに守られた、巨大な海の城だった。形状はウェディング・ケーキに近く、遠巻きには土台を兼ねた強化ガラスの輝きから、巨大な巻貝のような形状に見える。全階層中、最も狭い第五十六階層の面積でも三百平方キロメートルと、小国並みの規模を誇る、世界最大のプラントであった。

洋上にぽっかりと浮かぶ塔の中では、一億六千万人の人間と、彼らに仕える四万九千体のアンドロイドが生活を共にしている。下層階における農耕牧畜が、中層階におけるアンドロイド製造業等の重工業、更には上層階の高額所得者層の豊かな暮らしを支える、自己完結型プラントである。高効率な波浪《はろう》発電と太陽光発電によって、全ての電力が賄《まかな》われ、五重の防波堤の周辺は、本国から派遣された哨戒艇《しょうかいてい》と、キヴィタス本体のもつ高度な迎撃システムによって、常に万全に防護されている。

プラントの中には全てが揃《そろ》っていた。一生涯、外に出る必要がないほどに。

科学技術の粋《すい》を集めた安全で快適な箱庭は、合衆国どころか、世界中の人間が一度は訪れたいと願い、しかし許可証がおりずに叶わない、高額所得者のための『楽園』であった。

エルの居住地である最上階層、第五十六階層は、文字通り世界最高の高みである。

キヴィタスの行政区画は、十二切れに分けられたケーキのような形をしており、それぞれに古い神話の十二の登場人物の名前が割り振られていた。エルが住んでいるのは、北北西のアルテミス地区である。執事型アンドロイドと別れたのは、レジデンスまで徒歩十分の最寄り駅だった。

駅から帰路を辿《たど》りつつ、エルはふと、展示物がまだ何もないショーウィンドウの前で立ち止まった。透明なガラスに、金髪の人間の顔が映っている。白いロングコートとパンツ姿で、瞳はあまりぱっとしない緑と茶色の中間色、色の白い痩《や》せ型だった。エルが右手を上げれば、ガラスの中の人物も右手を上げ、口を開ければ間抜けな表情をした。瞳はいつまでもエルを凝視していた。

「………やっぱり、まだ慣れないな……」

呟くエルの足元を、平べったい清掃ロボットが、音もなくすり抜けていった。

キヴィタスとは古い言葉で『都市』を意味するという。果たしてこの世界のどこかに、ただシンプルに『都市』とだけ呼ばれる街が他にあるのだろうかと、エルは時々考えた。人々が寄り集まって暮らし始めれば、そこは集落になり、村となり、町になり、都になる。それはただの状態を示す名詞でしかなかった。

ぼんやりしているうちに、ショーウィンドウのガラスが起動した。何もないウィンドウではなく、人感センサーに対応したディスプレイだったのである。高級衣料品店のウィンドウは鏡に早変わりし、ウィンドウに映るエルに、次々に服を着せていった。無料のファッションショーである。

夏物の青いフレアワンピース、男物の黒いライダースジャケット、きらきら輝くビーズのついたネイビーのパンタロン、つややかに輝く男性向けの毛皮のコート。衣装が切り替わるたび、『すてき!』や『いいね!』と言った短い言葉が、海中で群れる小魚のように、エルの周りに表示されては消える。一番多く表示される言葉は『欲しい!』だった。

お好みのものはございましたか? という問いかけに、エルは曖昧に首を横に振った。欲しいものがあり、買うと決断し、サインを済ませれば、虹彩《こうさい》の生体認証機能でクレジット決済が完了し、深さ五十メートルの地下基盤の流通経路を通って、またたくまにレジデンスに品物が送られてくる。だがエルには欲しいものがなかった。

これは、これは、とショーウィンドウはとっかえひっかえ様々なテイストの服装をエルに提案したが、どれを着せてもエルからは思わしい反応が見られないため、ショーは終わり、最後にメッセージだけが表示された。

『よい夜をお過ごしください　アルテミス地区　五十六階層　キヴィタス州』という言葉の横に、いつものようにエルが取り残されていた。

「……よい夜を」

返事はなかった。

何もかもに、エルはまだ慣れなかった。紫外線対策のための強化ガラス一枚上には本物の夜空が広がることも、キヴィタス東部にそびえるゴミ処理プラントの塔のてっぺんが、見上げる位置ではなく見下ろす位置にあることも、闊歩《かっぽ》するアンドロイドたちにも。二週間前まではずっと、第十八階層の学校《ファーム》で暮らしていたのである。今は朝の十時から六時まで、管理局のオフィスで仕事をして、その後は与えられたレジデンスに戻って寝るだけだった。最上階層に召し上げられた時からわかっていた通り、友達は一人もいなかったし、できる予定もなかった。仕事をしている間は忘れられる一抹の寂しさを、友達と呼ぶことができるのであれば話は別だったが。

とはいえ最上階層は愉快な場所だった。どこもかしこも人を楽しませるための仕掛けでいっぱいである。次の角を曲がったら、どんなものが見えてくるだろうと、新しい角を曲がった時。

鈍《にぶ》い金属音が耳を打ち、エルは身をすくませた。工事現場の真っただ中に飛び込んでしまったような音である。少年の叫び声が続いた。

「ベッシー！　やめろ、いい子だから。なあ、大丈夫だから」

がらんとした駐車場の真ん中に、奇妙な影が二つ、佇《たたず》んでいた。

一つは黒豹《くろひょう》だった。しなやかな猫科のシルエットの主は、白目のないエメラルド色の複眼を獰猛《どうもう》に光らせ、全身に描きこまれた金色のアラベスク模様が、神経質にちかちかと輝いている。麗《うるわ》しい外見だったが、ところどころ塗料がはげていたし、一歩踏み出すごとにギイギイというパーツの軋《きし》む音もした。高級愛玩《あいがん》用ロボット、推定質量は百五十から二百二十キロ程度、とエルは目算した。ほとんど職業病である。駐車場の床面のへこみは、どうやら豹の攻撃によって生まれたクレーターらしい。

そして機械の豹の目の前には。

「落ち着け、ベッシー。大丈夫だ」

少年が立ちふさがっていた。ちちち、とあやすように舌を鳴らし、豹の周りを歩いているが、機械仕掛けの獣《けもの》は不機嫌そうに尻尾をうちつけるばかりである。せいぜい十六、七歳程度の年格好、肩にかかるほどの銀色の髪も、白い肌もしなやかな肢体《したい》も、触れたら折れてしまいそうなほど華奢だったが、少年は立ち去ろうとはしなかった。毒々しい花の絵が描かれたTシャツも、ダメージだらけのジーンズも運動靴も、ゴミ捨て場から拾ってきたとしか思えない古さと汚さで、キヴィタス五十六階層には、全く似つかわしくない風体である。

「ひどいやつらだったよな、わざとぶつけてくるなんてさ。でもあいつらはもう行っちまったよ。もう誰もお前を攻撃したりしない。俺も平気だ。さ、帰ろう」

語りかけながら少年が手を差し出すと、豹は唸《うな》り声をあげ、小さな体を押し倒し、口を開いて牙をつきたてた。悲鳴をあげた少年に、エルは慌てふためき、走った。武器になりそうなものは鞄《かばん》しかなかったが、助けなければならなかった。

と、抵抗する少年が、闖入者《ちんにゅうしゃ》の存在に気づき、エルを見た。

大きく見開かれた瞳は、夕暮れの空のようなアメシスト色だった。

「来るな！」

　俊敏に顔を上げ、エルを睨んだ豹型ロボットは、何かを察知したように大きく飛び退《すさ》ると駐車場の床を蹴《け》り、隣のビルの壁、金網のフェンス、路地裏と跳躍し、あっという間に街並みの中に消えていった。危険なロボットが戻ってこないことを確認してから、エルは駐車場に倒れたままの少年を抱き起こした。

「君、大丈夫か」

「何しやがるこの野郎！」

　少年は歯型の残る腕を乱暴に振り、エルの手を払った。おかしなことに、どこからも出血している様子はない。破れた服の隙間《すきま》から覗《のぞ》く歯型の奥には、髪と同じ銀色のボディパーツが露出していた。

　ひょっとして、とエルが端末を取り出し、アプリケーションを起動して、ＡＴ確認ボタンを押すと、少年の肌の上をスカイブルーの光が走った。アンドロイド・タトゥー、通称ＡＴである。

　紫色の瞳が、嫌悪と侮蔑《ぶべつ》を込めてエルを見ていた。

「……見世物じゃねえぞ」

「君は、汎用アンドロイドか？　あのロボットの持ち主はどこにいる。早く管理局保安部に連絡を」

「うるっせえな！　お前が余計なことをしなけりゃこんなことには……くそ、いてえ……何でだよ、立てねえ……」

「最後の調律はいつだ。痛覚センサーが基礎中枢を侵食し、システムエラーを誘発している可能性が高い。姿勢が保てないだろう。立てるか。後々《のちのち》君の持ち主には私から話す」

「善人のふりがしたいのか？　よそでやれ。俺のとこは間に合ってる」

少年型の活用するいきいきとした語彙《ごい》に、エルは知らずのうちに微笑んでいた。少年型アンドロイドは余計に怒りの感情を覚えたらしく、無理やり体を起こして歩こうとしたが、二歩目で頭から転んだ。

「君！」

「……あっちへ行けよ、人間」

倒れた姿勢のまま、唸り声をあげる豹のように、少年型はエルを睨みつけた。

数秒後、少年型はぶるりと体を震わせると、目を閉じて再起動モードに入った。自己修復にリソースの八割以上を傾けることになると、自然と起こる現象である。非常に無防備になるため、危機的な状況でもない限り、アンドロイドが屋外で再起動に入ることはまずありえない。よほどメンテナンスを怠《おこた》っていたとしか思えなかった。

エルはあたりを見回し、持ち主とおぼしき人間の姿がないことを確認すると、少年型の傷ついていないほうの腕を自分の首にまわし、レジデンスへの道を歩き始めた。

途中、何度か振り返ったが、『ベッシー』が戻る様子はなかった。

覚醒し、長い瞬きをした少年型は、ものの数秒で自分の置かれた状況を把握《はあく》したようだった。作業台の上に寝転んだまま、椅子の上で脚《あし》を組むエルをねめつけ、短く鼻を鳴らした。

「……感心しないぜ。青少年を夜の家に連れ込んで、裸でベッドに寝かせるなんてのはよ。美女のお誘いでもお断りだ」

「パジャマは着ているだろう。それに私は美女ではないよ。許してほしい」

「もっと危うい展開だ、クソ野郎。いてて……」

少年型アンドロイドは舌打ちをし、手足を鈍く持ち上げた。ボディパーツのあちこちに管がつながっており、透明な液体が内部パーツに点滴されている。ベッドというより台座でしかない寝床の周りでは、アンドロイドの状態を逐一モニターする機材が音を立てていた。天井は高く、スポットライトのような作業灯が顔を照らしている。

「感心しないといえば、君の持ち主だ。体液中の電解質濃度が異様だよ。メンテナンス不足に加え、過度の充電不足、休眠不足だ。君はハイブリッド型のようだから、充電がなくても食事をとれば動けるだろうに……。体液交換がじき完了する。コードを抜くまではあまり動かないほうがいい。痛いはずだ。寝ていたほうが」

「よっこらしょと」

両腕両足につきささったコードを、少年は雑草でも引き抜くような手つきでぶちぶちと抜き、いてえいてえと呻《うめ》いた。

「勝手に抜くな！　だから痛いと言っただろう」

透明な液体が体から床にほとばしったが、少年は何でもないことのように、ボディパーツを適切なリズムでタップし、開いた穴をふさいでしまった。

部屋の隅に置かれた、畳まれたTシャツとジーンズを確認し、少年は己の体を再び見やった。青い貫頭衣のようなパジャマ一枚である。裾をつまむと、大仰に眉を動かした。

「一番感心しないのはな、兄さん、俺の服を勝手に脱がせたことだ。そういうのはもっと親しくなってからすることだぜ」

「……君の言語中枢には、演劇型のボキャブラリが導入されているのか？　最後の倫理メンテナンスはいつ？」

「おっと、悪い悪い。手加減するのを忘れちまった。俺たちがこういう喋《しゃべ》り方をすると、人間さまは不気味に思うんだよな。たいへん、もうしわけございません。こういうおしゃべりをするほうが、よろしゅうございますか」

温和で朗《ほが》らかで、むやみやたらと滑舌の麗しい喋り方に、エルは駅で出会った執事型や、職務中に出会った大勢のアンドロイドたちの姿を思い出した。少年型アンドロイドの喋り方は彼らそっくりだったが、明らかに彼は『演技』をしていた。

とびぬけて優秀な言語野を持っているとしか思えないアンドロイドに、エルは動揺しつつも応対を続けた。

「……私は、君がどんな喋り方をしたとしても、『不気味だ』などとは絶対に言わない。それは約束しよう」

「さようでございますか。人格者だな。じゃ俺も手加減なしで行くぜ。口が悪いのは生まれつきでね。最後の倫メンも忘れたよ、最後のキスよりは昔だろ。それよりここは何だ」

「私のレジデンス兼ラボだが……」

君は一体、と尋ねる前に、なるほどねと少年は肩をすくめた。

「若きエンジニアのお城ってか。でもあんたの歳《とし》はせいぜい二十かそこら、出世で最上階層のエリートになるには若すぎる。しかしラボはかなりのもんだ。親の七光りの可能性が高い。骨の髄《ずい》まで温室育ちのバナナ野郎だ。ひよわな南国植物の世話になるほど落ちぶれちゃいないもんでね。世話になったな。この恩は忘れなかったら返してやるよ」

部屋の扉へ向かおうとする少年型の前で、エルはモニターの脇に置いておいた携帯端末を取り、アプリを起動しスイッチを押した。

ＡＴの光が走り抜ける間、少年の体は完全に硬直した。一秒と少しほどの間、時間が止まったように硬直し、また動く。はずみでたたらを踏んだ少年型アンドロイドは、憎悪と嫌悪を込めて人間を睨みつけたが、エルは視線を受け流した。

「あいにく私も君が思うほど安穏《あんのん》とした『バナナ野郎』ではなくてね。君のことは調査済みだ。申し訳ないが、脚部のＩＤ部位から、君のシリアルナンバーを確認したが」

「寝てる間に体までいじったのか。腐れバナナ野郎に格上げしてやるよ、女顔の兄さん」

「ありがとう、あだ名をもらうのは初めてだ。型番型式、名義者、住所の登録、いずれも管理局データベースになし。君はいわゆる『野良アンドロイド』だな」

少女のようにも見える華奢な体の少年は、何かに気づいたようにはっとすると、唇の片方だけを歪めて笑った。意地の悪い老爺《ろうや》のような顔だった。

「……なるほどね、楽園の守護者さまってわけだ。これはこれは」

貴族に出会った平民のように、少年はエルに大仰な礼をしてみせた。

遠目から見れば人間と何ら変わらない機械人形『アンドロイド』が普及し始めたのは、前世紀の終わりごろであった。遡《さかのぼ》ること百年前の、ノースポール政府主導によるヒト・クローンの解禁は、大災害によって崩れかけた人間世界に久々の光明をもたらし、大規模な医療技術の発展をもたらしたが、諸々《もろもろ》の倫理的な問題をクリアするには至らなかった。

『生命ではない労働力』の誕生は、人類待望の夢だったのである。

バイオテクノロジーとロボティクスと人工知能とが絡み合い生みだされた『人間ではないが人間そっくりの存在』は、労働力としてはクローンより効率的でローコストだった。

はじめから肉体は生育しきっているし、簡単な動作はプログラミング・ナノマシンで後付けすることもできるので、本来の用途以外の仕事を覚えさせることも難しくない。予算さえあれば好みの顔形がオーダーできたし、働かせない時にはスリープモードに設定すればただの人形になる。耐用年数は用途によって数カ月から十五年等と様々だったが、メンテナンスと充電さえ十分なら、年数以上の働きを見せる個体も多く、ここ二十年で特に発展してきたタイプは特に高性能で、笑いもすれば泣きもする。

うまが合わない、という問題が出てくるまでに、そう時間はかからなかった。

ミスを連発するが無料修理の保証期間を過ぎた、単純に気に喰《く》わない、飽きた、新型に買い替えたいなど、様々な理由でアンドロイドは廃棄された。全てのアンドロイドは便宜上、公《おおやけ》のデータベースに登録されているはずであったが、いろいろと人に知られたくないことをアンドロイドにさせる富豪も多い以上、あくまで建前の話である。

捨てられた機械人形たちの多くは、ジャンクパーツ業者に切り刻まれ、分売されない限り、望まぬ第二の生を送るのが常だった。近年キヴィタスで問題化している、いわゆる『野良アンドロイド』である。

それらのアンドロイド・トラブルを引き受けるのが、エルの職場であるアンドロイド管理局の仕事であった。エル他、エンジニア集団の所属する調律部門と、アンドロイド犯罪の鎮圧に奔走《ほんそう》する保安部門、二つのセクションが存在する。行政上の位置づけは、キヴィタス自治州政府の情報庁の下位組織であった。通称管理局、あるいは『楽園の守護者』である。いまやキヴィタスの生活は、アンドロイドの労働力なくしてはあり得ない。ゆえにその基盤を守る人々は、ガーディアンに他ならないと。

風車によく似たエンブレムは、管理局に属しているという証《あかし》だった。至近距離で見れば、風車ではなく鳥の翼《つばさ》と蝶《ちょう》の羽根が交互に並び、光によって束ねられたデザインであるとわかる。エルの白いジャケットの襟《えり》に輝く、金色のピンバッジの意匠だった。

エルが何も言わないと悟ると、アンドロイドの少年は、皮肉っぽい笑みを浮かべた。

「野良アンドロイドの回収業者に保護されちまえば世話はねえな。で？　俺をどうする」

「管理局調律部は回収業者ではないよ。我々の仕事は、保護されたあとのアンドロイドの管理調律だ。野良を保護するのは保安部の仕事になる。あの動物型の話を聞きたい。あれは君の……ペットか？」

「違う。友達だ」

エルが目を見開くと、少年型はけっと吐き捨てた。馬鹿《ばか》にされたと解釈したようだった。

「……もともと同じ持ち主に投棄されたと？」

「さあね」

「君たちは何故《なぜ》あんな場所に？　何かトラブルがあったのか？」

「だからな兄さん、そういうのは小洒落《こじゃれ》たバーで二回くらいデートしてから切り込むトピックだぜ。もう少し男を磨いてから出直してきな。相手してやる」

「あの豹はリオネル社の創業五十周年記念作品だ。老舗《しにせ》の動物ロボットメーカーのプレミアものだよ。十五年前につくられたもので、耐用年数は八年。メンテナンスも明らかに不足している。いつ機能停止してもおかしくない。親しい間柄だというのなら、友達の置かれた困難な状況を理解すべきだ」

　今度は少年型が目を見張る番だった。エルは『驚き』のリアクションが、恐ろしく自然に顔面から出力されたことに驚いた。メンテナンス不足のアンドロイドは、枚数の足りない紙芝居のように、限られたパターンの顔を互い違いに出すことしかできなくなるものである。驚くべきレアケースだった。

「その目には自動検索用のサイボーグ・デバイスでも入ってるのかよ。大したもんだ」

「私の目は百パーセント天然物《ナチュラル》だよ。腐れバナナの機械オタクなものでね。あそこまで美しい動物型は滅多につくられない。見間違えるはずはない」

　少年は目を伏せ、さっきまで寝かされていた作業台のへりにもたれた。中性的な容貌《ようぼう》も相まって、肌もあらわな少年は大理石の天使のような佇まいだった。

「……あいつ、そんな歳だったのか。道理で初めて会った時から、調子が悪そうだった」

「一体何があった。友達だというのなら、何故彼は君を攻撃していたんだ」

「彼じゃねえ、彼女だ。ベッシーは俺より繊細なんだよ。くそ……」

毒づきながらも、少年型は簡潔に素性を語り始めた。少年型と豹のベッシーは、第五十三階層で活動していた野良同士で、うまが合うため二カ月ほど行動を共にしていたが、昨日の夕方、暖をとるために潜《ひそ》んでいた大型貨物機がうっかり動き出し、第五十六階層に浮上、徘徊《はいかい》癖のあるベッシーがふらふらと荷台から降りてしまった。夜の街をおっかなびっくり散歩するうち、駐車場から繰り出す直前のカーマニアたちに遭遇、きらきら輝く浮遊車の持ち主は、アンドロイドとロボットの二人連れを面白がって囲み、ベッシーは少年型を庇《かば》って、わざと車にぶつかった。その後すぐ、致命的に調子がおかしくなり、暴走し始めたのだという。

優しいやつなんだ、と少年型は呟いた。

エルは小さな体をじっと見つめていた。少年型の異常は、端的に言えば極度の飢餓《きが》状態だったが、豹型ロボットの跳躍は、稼働年数とボディパーツの消耗を感じさせないほどスムーズなもので、十分なエネルギーの貯蔵を予想させるものだった。所有欲をかきたてる美しいボディの持ち主が、野良として出歩いていたことも不自然である。自分に費やすべきリソースを、少年型が『友達』にまわし、ボディガードを務めていたとしか思えなかった。

「何だよ、その顔は」

「いや、君が言った『優しい』という言葉の意味を考えていた」

「……実は潜伏中の欧亜《おうあ》連邦のスパイとかか？　悪いな、俺は愛も神も信じないんだ。信仰心は未搭載でね。クレジットと食料は信じるけどな」

「察するに君は私を、宗教国家のスパイであると感じたのかな。その推測に至るまでの思考過程は非常に興味深いが、私はキヴィタス生まれのキヴィタス育ちなので不正解だよ。非武装と無宗教の原則には従うし、特に超精神的存在を信奉した経験はない。『優しい』の語義の件が気に障《さわ》ったのだろうか。気にしないでくれ。私は時々こういうことを言う」

「……あんた、変なやつだな」

何故かとエルが問い返すと、少年型は肩をすくめた。

「野良アンドロイドに『優しい』とか『気にするな』とか。ああ、褒《ほ》めたなんて思われちゃ困るぜ、管理局は俺たちの敵だ。ガキに言うことをきかせようとして気色悪い声色《こわいろ》を使う、猫なで声のしつけの教師みたいなやつだなって言ってるんだぜ、俺はよ」

「耳が痛いが、興味深い。本当に君の言葉は色彩豊かで勉強になる」

「……お前、本当に人間か？　生体反応は確かにあるが、誤作動を起こしてるアンドロイドみたいな口をきいてるぞ」

「それはさておき、私たちが今考えなければならないことは、君の友達の保護だね」

少年型は黙り込み、ややあってから口を開いた。

「……『私たち』って何だよ。お前もベッシーが欲しいのか」

「特定のアンドロイドやロボットを欲したことはない。君たちの構造を美しいと思いこそすれ、所有欲はまた別だ。私が考えているのは、局員の義務たる市民の安全維持だ。暴走した個体は、衝突防止機能もオートパイロットも失った車のようなものだろう」

「『そこらじゅうにいる傍若無人《ぼうじゃくぶじん》な人間みたい』って言い直せよ、そのほうが適切だ。初対面の相手の善意ってやつを信用できるほど、やわな人生は送ってないぜ。ベッシーは暴走車なんかとは違う。ただ、今は少し、調子が悪いだけなんだ」

あのまま食らいつかれていたら、機能停止していた可能性もあったアンドロイドの言葉とは、にわかには思いがたい発言だった。エルは何も言わず、自分の『友達』を侮辱《ぶじょく》した相手への怒りを向けるアンドロイドをじっと見つめ、軽く頷いた。

「いずれにせよ、彼女には助けが必要だ。義務感だけではそっけないというなら、友達との散歩の邪魔をしたお詫《わ》びと思ってくれたらいい」

アンドロイドの少年は、じっとエルを上目遣いに見つめてから、一本指を立てた。

「一ついいか?」

「どうぞ」

「あんたは俺の同意を求めてるふりをしてるが、そのスイッチ一つでいつでも俺の体を金縛りにできるんだろう。これは人間さまお得意の、交渉のふりをした恫喝《どうかつ》か？　それともただあんたがチャーミングなうっかりさんってだけか？」

「……すまない、君のコンディションが不明瞭であったため、部屋を破壊される可能性もあると思っていた」

「マナーくらい弁《わきま》えてるさ。ナイフが右手、フォークは左手、ドロップキックは両足」

皮肉っぽい声は無視して、エルは再び携帯端末をタップし、音声認証を開始した。

「声紋認証開始。用件、該当《がいとう》アンドロイドに施術したAT連動簡易停止プログラムの除去。実行者、エルガー・オルトン。確認。――三十秒もすれば、私が君に組み込んだナノマシンは自壊する。ここからは本当の交渉としよう」

「エルガー……エルガーねえ」

「エルと呼ばれている。君は？」

少年型は、紫の瞳でエルを睨みつけたまま喋った。

「ワンだ」

「簡潔だな。名字は？」

「ただのワンだよ。お望みなら犬みたいに鳴いてやるぜ」

いい名前だと思ったが、エルは何も言わずに立ち上がり、少年型に服を差し出した。少年型は素早く服を身に着け始めた。

「とにかくベッシーを探さなきゃな。保安部のパトロールに見つかると面倒だ」

「それ以前の問題だ。多分あの様子では、君の友達は一晩もたない。誰かに捕まるか、それとも動けなくなるのが先か、いずれにせよ時間との勝負だ。同行してくれるな」

「俺の中には他にも何かナノマシンが入ってるのか？　検挙前の野良だぞ。あんたから三十メートル離れると、倫理メンテナンス用プログラムが作動するとか？」

「誓ってそのようなことはない。彼女が行きそうな場所に私を案内してくれたらいい」

「へえ。じゃ、俺がさっさと逃げ出したら、あんたどうする？」

「……それは」

「さっきの声紋認証とやらで、俺を引き留める方法はもうないんだろ。どうするんだ」

「…………若干、困る」

少年型アンドロイドは噴き出した。笑いながらもエルから目を離さないので、彼が自分を見定めているのだとエルは気づいた。あまり見覚えのない類の眼差《まなざ》しだった。大抵の人間というものは、エルの姿を見ると、気まずそうな愛想《あいそ》笑いを浮かべるか、すぐに目をそらすかのどちらかである。だが少年型の眼差しはどちらでもなかった。

これは一体何なのかとエルが困惑するうち、少年型は口を開いた。

「『若干』ね。甘ちゃんだな。質問させてくれ。あんた、駆け出しの新人だな？」

「…………」

「正解か。友達いないだろ」

「……………」

「これもまた正解、とね。やれやれ。最近は無力感に苛《さいな》まれて寝つきが悪い。上司に認められたい。給料を上げてほしい。できれば恋人も欲しい」

「不正解だ。現段階では、私は何かを格別に欲したことはない。寝つきも良好だ」

「マジで言ってるのかよ。どんな金持ちにだって欲はありそうなもんだけどな。それとも天高く飛ぶ孤高の白鳥志望ってか。やめとけ、物の道理もわかってねえ甘ちゃんが、一羽でうろうろしても勝ち目はないぜ。いいカモにされるだけだ」

「……君は本当に豊かな思考能力を持ったアンドロイドだね。構わない。それが私の運命なら、甘んじて受け入れる。私は己の領域でベストを尽くすだけだ。もちろん君が一人で友達を探したいというのなら止める手段はないが、一人で探すよりも二人で探すほうが、効率がよいのではないだろうか。簡単な算数の問題だ」

どうだろう、とエルが畳みかけると、ワンはややあってから肩をすくめた。

「……本当に宗教者っぽいメンタリティしてるぜ、あんた。一日五回は祈ってそうだ」

「心が強そうに見える、という意味だと解釈しておくよ。ありがとう」

「おまけにクソポジティブときた」

まいったね、と少年型は呟き、宝石のような瞳でエルを一瞥《いちべつ》し、にやりと笑った。

「いいぜ、エルガー・オルトン博士。人間を信じるなんて野良アンドロイドにあるまじきバカだが、無料でメンテしてくれたせめてもの礼だ。その世迷言《よまいごと》を少しは信じてやるよ。

口の中に入れたら一瞬で溶けちまうような甘い夢でも、砂糖菓子には価値がある」

「では」

「時間が惜しい。さっさとベッシーを探すぞ。その後のことは考えるな。『若干困る』くらいなら、俺の良心も痛まない」

それはつまり逃げるということかと、エルがじっとりした眼差しを向けると、ワンは軽やかに微笑み、追及をかわした。

レジデンスからワンを運んだ道のりをさかのぼり、駐車場まで辿り着いたものの、当然のようにベッシーの姿はなかった。ここに愛車を停めていたカーマニアたちも戻っておらず、環境美化ロボットもまだクレーターを見つけてはいないらしく、窪《くぼ》みも放置されている。エルはだめもとで、携帯端末から管理局員用緊急連絡のメールボックスを開いてみたが、これといった連絡はなかった。

嘆息するエルの隣で、少年型は少し驚いたような顔をしていた。

「ワン、どうした。どこかに異常を感じるのか」

「体が軽すぎる。さすがは楽園の守護者さまだぜ。いい機械を使ってるな。生まれ変わったみたいだ。これなら全力疾走だってできる。希望の光が見えてきた気分だ」

「今までのコンディションが悪すぎただけだろう。あれでは百歳の老人のようなものだ。しかし……メンテナンス後の状態を、君は感覚的に理解できるのか？」

「あんたらが思ってるよりアンドロイドは百万倍有能だぜ。毎日毎日、倫メンをフルコースで受けてるような箱入りはどうだか知らねえけどな。ベッシーだってきちんと自分の置かれた状況を理解してたんだ」

「彼女は一人でリニアに乗れるだろうか」

「……無理だと思う。俺たちのいた階層にもリニアはあったが、せまくてうるさいから乗りたがらなかった。俺の隣を歩くのが好きだったんだよ。あいつには嗅覚《きゅうかく》センサーも視覚センサーもほとんどないんだ。聴覚はあるから、俺の声はわかる……と思うけどな」

壊れてしまえばどうなるかわからないことは、ワンも理解しているようだった。

それでもなお豹型ロボットを『友達』と呼ぶ少年型に、エルは温かいものを感じた。

「では、それほど遠くへは行っていないだろう。ここはアルテミス地区のベータ地点なので、まずは時計回りにデメテル地区、ヘパイストス地区のベータ地点だ。見当たらなければ戻ってきて、反時計回りにアレス地区、アプロディテ地区を」

「俺とあんたが別々の地区を探すのは？」

「管理局の発布している基準では、メンテナンス後は最低二時間、アンドロイドから監督者が目を離さないことが望ましいとされている。しばらく私の傍《そば》にいてくれ」

「誰が守ってるんだよ、そんなアンドロイド愛護法みたいなお達しを」

「アンドロイド愛護法？　そんな法律があっただろうか」

「成立はしてねえよ。去年下院で提出されててポシャってた。『捨てない、虐待《ぎやくたい》しない、適正な業者以外からは買わない』って努力目標に、法的拘束力を持たせようとしたんだろ。アンドロイド業界が総出でノーを突きつけて一発退場だ。管理局ってのは零細《れいさい》組織だぜ、キヴィタスじゃ常識だ。アンドロイドの業界でもな」

「配属されたばかりで知らなかった。情報をありがとう。やりがいのある職場だ」

「クソポジティブめ……」

エルとワンは第五十六階層を歩き回った。階層を上がれば上がるほど、キヴィタスの面積は狭くなるため、最上階層の総床面積はたった三百平方キロしかなかったが、それでも二人組で歩き回るには限度がある。エルは少年型アンドロイドに引きずられるように、華やかなショーウィンドウやホログラム広告の林を通り抜け、自動運転の無人タクシーを駆った。客引き用アンドロイドたちに「豹を見なかったか」という聞き込みまで行い、無限とも思われる深夜の旅路に、エルが息切れし始めた頃。

「いた」

ワンの声はあくまで静かだった。

ビル街に挟まれた、行き止まりの駐車場の片隅に、美しい豹の姿があった。切れかけの電灯のように時々ちかちかと輝く体を持て余し、尾を揺らしている。

「ベッシー」

止める間もなく、ワンは姿勢を低くして近づいていってしまった。エルは慌てて、懐の救急キットを確認した。入っているのは、アンドロイドの情動領域の活動を一時的に強く抑制するナノマシン注入キットが三本、あとは野外用簡易調律スコープ一機に、護身用の小型スタンガンのみである。アンドロイド用のナノマシンが、旧式の豹型ロボットに通用するとは限らないし、大暴れするアンドロイドに対処するのは調律部ではなく保安部の仕事で、エルには一度も経験がなかった。

だがエルの焦りなどお構いなしに、ワンはベッシーの鼻先まで近づき、再び手を差し出していた。

微かに豹は頭をかしげたが、唸り声をあげ、大きく口を開いた。

かぶりつかれ振り回される悪夢が兆《きざ》し、エルは身構えたが、ワンは一歩先を行った。ひらりと身をかわすと、細い背中に馬乗りになり、首筋に両腕を回して抱きついた。ベッシーは暴れまわったが、少年型は腕を離さず、声をかけ続けた。

「なあベッシー、そろそろ帰ろう。ここは俺たちにはちょっと明るすぎる。また第五十三階層で一緒に散歩しよう。それからさ、知らなかったぜ、耐用年数をずっと過ぎてたなんて。でもいつも元気なふりして、俺と遊んでくれてたんだな。なあ、俺はお前のことを頑張って守るから、だから一緒に帰ろう。なあ、なあ！」

背中の荷物が振り払えないとわかると、豹はビルの壁に体当たりを始め、邪魔なものをない。

振り落とそうとした。ギイギイと体を軋ませながら、不器用な突進と体当たりを繰り返す

豹の前で、エルは緊急キットの入ったポーチを握りしめながら立ち尽くしていた。体が重くて大きな跳躍ができないためか、豹は同じ場所をぐるぐる回り、駐車場から出る気配はない。

走ってはぶつかり。

走ってはぶつかり。

数十回の繰り返しのあと、エネルギーが足りなくなったようで、獣の動きは鈍くなった。限界をむかえた少年の手が、ずるりと首から滑り、駐車場に細い体が崩れ落ちる。機械の豹はそこで初めて、背中の荷物が何であったのか気づいたようだった。

エメラルドの瞳で、豹はまじまじとワンを見つめた。

「……ベッシー」

ぼろぼろの服を着た、人間の形の相棒の顔に、豹はそっと前脚を添えた。

ワンが手を伸ばすと、愛撫《あいぶ》を求めるように鼻づらを押しつけ、頬《ほお》ずりをした。

少年型が微笑み、腕を伸ばした時、豹の体が爆《は》ぜた。

銃声と共に豹の体は吹き飛び、胴体から半分に千切れ、銀色の内部パーツが駐車場に散乱した。更に轟音《ごうおん》が続くと、また今度は首と頭が分かれて飛び散った。夜の街並みを切り裂く銃声は続き、エルがやめろと叫んで振り返った時、少年の肩口にも銃弾がかすり、ア

ンドロイドの体は壁に叩きつけられた。

「やめないか！　管理局調律部のエルガー・オルトンだ！　もう撃つな！」

細い路地の入り口には、緑色のパトランプと、大型機械無力化用の大口径火器を構えたアンドロイドたちが立っていた。武力行使に用いられるタイプの、ラテックスやネオシリコンで皮膚《ひふ》を覆《おお》わず、被服も着用しない、メタリックなボディのアンドロイドである。管理局保安部に所属するものだった。アンドロイドたちの先頭に立つ、ヘルメットとパワードスーツ姿の人間の襟にも、エルと同じ金色のエンブレムが輝いている。

銃口の前にエルが身を晒《さら》すと、人間はアンドロイドたちに銃を下ろさせ、ヘルメットのフェイスシールドをはずした。四十がらみとおぼしき男は、睡眠不足の顔でいらいらとエルに手を差し出した。

「身分証」

エルが慌てて管理局所属の身分証を差し出すと、男は再びシールドを下ろし、内部のデバイスで偽装品ではないことを確認した後、エルの姿を上から下まで睥睨《へいげい》した。

「エルガー、何？　聞かない名前だけど、新人さん？」

「……エルガー・オルトン、です。二週間前に配属されました」

「あっそう。ここで実験中？」

「そ、そのような、ものです」

「へぇ――オルトン博士、当駐車場の所有者から、敷地内で動物型ロボットが暴れているという通報がありました。今後は欠かさず事前連絡を行い、土地所有者の許可を取ってから調律を行うよう心がけてください。本官からは以上です。ハビ主任はわかる？　何かやりたくなった時にはね、あの人に言うんだよ」

「あの、ロボット相手とはいえ警告もなしに銃撃するのは、ルール違反では……」

「ルール違反も何もこっちは命懸けですよ。おたくらの半分の給料で夜間出動までやってるんだ。どこから来たエリートか知らないけどね、学生の演習気分じゃ困りますよ」

「………申し訳ありません」

「頭のいいやつらは謝りゃ済むと思ってやがる」

撤収、という男の号令一下、重装備のアンドロイドたちは引き上げていった。緑のパトランプの車だけが残り、プロテクターをつけていない男女の隊員が降りてきて、どうしますかとエルに問いかけた。

「……『どうします』とは？」

あれ、と男が指さしたのは、ばらばらになった豹のパーツと、その中で眠るように倒れる少年型アンドロイドの姿だった。

朦朧《もうろう》とした意識のはざまで、エルは覚醒《かくせい》を感じた。何時に眠ったのかは覚えていなかったが、レジデンスのどこかにうずくまって目を閉じた記憶はあった。もう少し眠りたいのにと思いながら瞼《まぶた》を上げると、銀髪の少年の姿が目の前にあった。

「おはよう。よく眠れたかい、調律部の新人さん」

「…………目が覚めたのか」

「あんたも目が覚めたみたいで何よりだ。ほら」

　少年型アンドロイドは、何かをエルに向かって放った。携帯端末は着信履歴で埋め尽くされており、そのいずれもが『管理局』からのものだった。表示された時刻は午前十一時である。ダイナミックすぎる遅刻だった。がたがたと軋みそうな体を叱咤《しった》しながらエルが立ち上がると、少年型は冷めた笑い声を漏《も》らした。

「俺が寝かされてたベッドはあんたのか？　うなぎの寝床かよ。確かに階段にうずくまってるほうが、まだ寝心地はよさそうだ」

　エルはよろよろと立ち上がり、自分が玄関口の真ん前で眠り込んでいたことに気づいた。二階建てのレジデンスは、一階がまるごとラボラトリー、玄関前の階段から続く二階が、リビングダイニングキッチンと、バストイレに隣接した寝室、その二部屋の間に小さな物置スペースという三部屋構成である。ワンを寝室に寝かせていたことを思い出したエルは、自分が眠り込んだ場所が、階段の手前の床だったことにも、遅ればせながら気づいた。肩、腰、脚といった体中のパーツが、メンテナンスを求めるように軋んでいた。

「……おはよう。どこか痛むところはないか。応急処置はすませたが、それ以上のことはできなかった」

「あんたには良心があるのか。不思議だな。なのに人間は俺たちを『物』だって認識してるんだろ?」

切れ味の鋭い言葉は、寝起きのエルの胸を抉《えぐ》った。少年型は紫色の瞳を大きく見開き、エルのことを見上げていた。

「教えてくれよ。あんたの俺に対する同情は、一体どこから出てくるんだ? 椅子を乱暴に扱う子どもを『椅子がかわいそうでしょう』なんぞと窘《たしな》める母親がいるけどよ、あれと同じか? それは良心か? それとも良心の呵責《かしやく》に対する鎮痛剤みたいな言い訳か?」

寝不足と疲労感でぐらぐらする頭を持て余し、エルが黙り込んでいると、少年は自分自身をあざ笑うような笑みを浮かべて顔をそむけた。

「気にするなよ。アンドロイドが人間に何をほざいたって、犬の遠吠《とおぼ》えより無意味だ」

「……すまな」

「だから謝ってほしいわけじゃねえよ。空々しい。で? 俺はどうなる。あんたが出勤するのと一緒に、管理局の豚箱《ぶたばこ》行きか?」

エルは首を縦にも横にも振らず、玄関扉のサイドの壁の前に立ち、スイッチで一面を鏡に切り替え、髪と着衣を整えた。上着を着ればどうにか出勤できそうな格好ではあったし、管理局にはエルの着ているものを気に掛けるような人間はほぼいない。

　煮るなり焼くなり好きにしろと言わんばかりに、投げやりな笑みを浮かべて腕組みをしている少年型と、エルは鏡越しに見つめ合った。

「……これは独り言だが、何か必要なものがあったら、この家の中から適当に見繕《みつくろ》ってゆくといい。大したものはないが、何かしら君の役に立つものもあるだろう」

「俺のほうも独り言だがな、勘違いするなよ。あんたの同情は慈悲の心なんかじゃねえし、俺はあんたを善人とは思わない。ただ他の人間より、あんたは自分への言い訳が下手なだけだ。さぞお辛かろうな、オルトン博士」

「ありがとう、誠実だと言われた気がした。もう少し君と話したかったが、残念だ。今の私は疲れているし、時間もない」

「その言い訳でどこまで逃げられるのか見ものだぜ」

「確かに見ものだ。では、失礼する」

　財布と携帯端末と、局内に入るためのＩＤカードを確認して、エルはふらふらと外に出て、そのままリニアの駅へと歩いていった。玄関を出た時、思い出したように振り返ったが、鍵はかけなかった。

　壁を殴ったあと、ワンは小さく毒づいた。

「……見苦しいったらねえぞ。あんなひよこに八つ当たりしてどうする」

くそ、くそと毒づきながら、少年型はエルのレジデンスの中を歩いた。何を持っていってもいいと家主が言ったのだから、持っていけるだけのものは持ってゆくつもりだったが、その後どうするのかはまだ考えられなかった。もとから根無し草である。同じく持ち主のいないベッシーを、悪徳業者の檻《おり》から助け出し、旅の相棒として身を寄せ合ってきたのも、ごく短い期間であったし、過度に感傷的になる必要はどこにもない。

いつものように切り替えて、世知辛い浮世での暮らしを渡ってゆこう、と。

手始めにここからと、ラボへと続く扉に手をかけた時、ワンは少し驚いた。施錠《せじょう》されていなかったのである。

部屋の中央、金髪の調律師と出会った時、自分の寝かされていた銀色の作業台の上に、ロボットの反応があった。一機である。防犯用には見えない。

小さな黒いボールのように見えた。

「…………？」

台に近づいていったワンは、黒いボールの正体に気づいた。

猫である。眠っていた。ベルベットのような光沢をもつ黒い毛皮が、呼吸のようなリズムで上下し、体中を這《は》う繊細なアラベスク模様が、時折淡いグリーンに輝いている。施術をした人間は片付けをする余裕がなかったらしく、大量の余剰パーツが床に散らばり、体液注入用のコードも、壁の中に巻き取られず、端が台に引っかかったままだった。

一歩あとずさりしたワンが音をたてると、子猫は目覚め、前を見た。

白目のないエメラルドグリーンの瞳は、親愛の情を浮かべてワンを見ていた。

嘘《うそ》だろ、と呟く少年型の胸に、子猫はぴょんと軽く飛び移り、柔らかく体を摺《す》り寄せると、愛撫を求めるように頬ずりをした。


二十年弱の人生で初めて、エルは『睡眠不足』という状態異常を体験した。体は重く、食欲はなく、息は荒く、作業効率は最悪になる。全寮制だった学校も、健康第一という方針だったため、徹夜など肉体に過剰な負荷をかけるような行いは論外であった。

部屋がどれほど荒らされていても、その真ん中でひとまず寝よう、寝てから考えようと、エルはいつもと同じ量の業務を、通常の三時間遅れで終了させ、体を引きずるようにレジデンスに到着し、扉を開けようとして少し驚いた。施錠されていたのである。

「よう、おかえりハニー、遅かったじゃないか」

軽やかな道化師のような声は、階段の上から聞こえてきた。居住スペースである。リビングダイニングキッチンの場所から、何故かじゅうじゅうという肉が焼けるような音と、いいにおいが漂っている。

息切れを起こしながら階段を上ってゆくと、キッチンには銀髪の少年型アンドロイドの姿があった。足元では黒い毛玉のような愛玩ロボットが、後ろ脚で首の後ろをかいている。

「………君は」

「せっかく新鮮な培養牛肉を買ってきたのに、帰りが遅すぎるから、勝手に焼き始める羽目になったぞ。明日はあと二時間早く帰れよな」

足にじゃれつく黒猫をいなしながら、ワンは狭いキッチンでフライパンを操っていた。分厚い肉が二枚、焼けている。黒いギャルソンエプロンも、取っ手の赤いフライパンも、全く見覚えのないものだった。

「一体……これは」

「それからお前、不摂生って言葉知ってるか。何なんだよこの家は。調理器具は一つもないし、食料は豆の缶詰だけときた。毎日外食か？　それとも毎日缶詰なのか？　缶詰だな？　じゃなきゃあんなクソまずい豆を三ダースも買いこまない」

「……あれは、ただの豆ではないよ。完全栄養調整食品で、『これだけで毎日元気』というコマーシャル・ホログラフィーが、いつもリニアに」

「うっわ、あんなもん本当に毎日食べるやつがいるのかよ。信じられねえ。まあそれはいい。先に風呂に入ってきな、バスタブに湯を沸かしてあるからさ。その間にもう一品くらい何かこしらえてやる。乾燥卵と小麦粉もあるぜ。何がいい？　糖質アレルギーじゃなきゃ、パンケーキでも焼いてやろうか」

「………その、買い物の資金はどこから……？」

「あんたがわざとらしく置きざりにしていったカードからだよ」

エルはめまいを感じた。とりあえずこれだけあればと思って、千クレジット相当のプリペイドカードをエルは置いていったが、フライパンとエプロンと食材だけではなく、少年型は大量の衣料品と生活用品を買いこんでいるようで、物置スペースからはみ出している各種の生活雑貨が目についた。残額はと問い返すと、ワンはぱちぱちとこれ見よがしなまばたきをして、にやりと笑った。宵越《よいご》しの金は持たない主義であるようだった。

軽いめまいを覚え、エルは壁に手をついてから、改めてワンを眺めた。

「君は……何故そこで、料理を？」

「『何故』？　傷つくぜ、ハニー。あんたは俺が、あれだけのことをしてもらって、何もせずに家探しをして出ていくほどの恩知らずだと思ったのか？　だとしたらあんたはアンドロイドってものに対して根本的な勘違いをしてる。全アンドロイドを代表して、俺にはあんたの偏見を是正してやる義務がある」

「別に、そういうわけではなかったのだが……」

と、エルは毛玉の塊が、少年の足から自分の足へとまとわりつく先を変えたことに気づいた。なつっこい姿を見せる子猫は、ベッシーのボディパーツを利用した徹夜の力作である。よかった、きちんと動いていると、エルはほっと胸を撫《な》でおろした。抱き上げてボディに耳を押し当てても異音は聞こえず、ボディの動きは豹型であった時よりもスムーズである。振り向いた少年は、エルと子猫を見てにやりと笑った。

「そうしてると可愛《かわい》いぜ」

「……すまない、寝不足で、これが夢なのか現実なのかよくわからない」

「夢みたいな現実に決まってるだろ、ハニー。俺を見ろ。こんなぴっかぴかの美少年が一つ屋根の下で風呂と料理を準備して待ってるんだ。もっと喜べって」

「さっきから何なんだ、その『ハニー』という呼びかけは」

「『ダーリン』のほうがいいか？　そうそう、片付けもしてやったぜ。洗面台の上に置き忘れてた赤い口紅、そろそろ買い足した方がいいぞ。随分減ってたからな。オフの日はあんなに可愛い色をつけるのか？　そのうち俺にもつけたところを見せてくれよ」

エルがぎょっとすると、ワンはしてやったりの顔で笑った。

「今だって少しは化粧した方が、その色白なお顔がはえると思うけどな。今どき男の格好をする女も、その逆も、珍しいもんじゃないが、あんたは間違ってもそういうタイプじゃない。俺の恋愛観設定は男女両刀だ。チャーミングなお姉さんは大好物だぜ。きれいなお兄さんと同じくらいな」

エルが赤面すると、少年はにやっと笑って投げキスをし、再びフライパンに向き直った。

「まあ弊害はある。俺はおよそ人間さまが望む理想の恋人だ。眉目秀麗《びもくしゅうれい》で品行方正、天使みたいに愛らしいのにワイルドで、必要な時には辛口の皮肉もほどよく言う」

「『ほどよく』……」

「そうとも。だから俺が傍にいる限り、あんたには絶対に恋人ができない。男にしろ女にしろ、『家にいるアンドロイドのほうがいい』って思っちまうからな。美しさは罪だぜ。でもそれは俺のせいじゃない。安穏に座するを潔《いさぎよ》しとする人間の怠惰《たいだ》さってやつのせいさ。あらかじめお断りさせてもらうよ」

「……よく喋るものだ。バスルームは施錠していたと思ったのだが。いや、今日はうっかりしていたのだな……」

「悪かったな。プライバシーを侵害しちまった。誰にも言わねーし、もう入らないから安心しな」

「君は私に所属するアンドロイドになりたいと？」

「質問する相手を間違えてるぜ。あんたはどうだ。俺が欲しいか？」

所属、とエルが表現したことを、少年型はより直截《ちょくせつ》的に言い変えた。どちらにしろ同じことだろうと告げる眼差しを、エルは真正面から受けた。

自信過剰なセールストークとは裏腹に、ワンの瞳は控え目だった。冗談じゃないと言われたら、ベッシーと共に出てゆくという意思表示としてエルは受け取った。それをワンが望んでいようといまいと。

「……何かが欲しいかときかれるのは、正直なところ少し苦手だ。私は所有の概念というものが、まだよく理解できていないように思われる。このレジデンス一つを御すのにも精一杯なのに、他に何かを付け加えるべきか否《いな》かと、問われ続けることはストレスだ」

「本当に、旧式の機械みたいに喋りやがる。まあそんなところだろうとは思ったよ。もちろん邪魔する気はないさ。達者でやりな」

「だが、君という個体には興味がある。もっと話がしたいと思っているのは事実だ」

ワンはふと、胸をつかれたような顔をした。本気でそんなことを思う人間がいるのかと訝《いぶか》るような眼差しに、エルは微かに胸の痛みを覚えた。自分が間違ったことをしているのかもしれないという懸念は苦手で、一人で黙々と思考を重ねることがエルの得意のパターンだったが、今回はそんな時間はなさそうだった。

エルがもだもだと唇を噛《か》むと、ワンは火を弱め、苦笑した。

「何だよ。ゆっくり考えて喋れ。俺はアンドロイドだ。人間をせっついたりしない」

「……うまく言えない。うまく言えないのだが」

ワンが肉を皿に移す間、エルは口頭試問の答えを探すように思い悩み、視線を泳がせ、むずがるベッシーをあやしながら、一つの答えに縋《すが》りついた。

「………もう少し仲良くなれたらいいなと思った。いや、今も思っている」

二枚の肉を一枚の皿にうつしていたワンは、ふと振り返ると、にたりと笑った。どう解釈していいものかわからない笑みに、エルは困惑した。

「仲良くね。俺は野良だぜ？　それでもいいのか」

「私が管理局登録をすれば、野良ではなくなるだろう」

「あんたは仲良しの相手を所有したいか？　これは欲望じゃなくてモラルの問題だと思うぜ、オルトン博士」

エルの沈黙を、ワンは好意的に解釈したようで、ボディパーツの年格好には不相応な、老練な笑みを浮かべた。

「そうだな、これはちょっとした契約みたいなもんだ。もしあんたが俺とベッシーを受け入れてくれるっていうなら、俺はあんたの家を整備して、楽しいおしゃべりで言語能力の向上に貢献してやる。そして俺たちは、保安部の野良アンドロイド狩りにびびらない日々を送らせてもらうってわけだ。円満解決だぜ」

「どこが円満だ。私と共に暮らしていても、私が君の型番型式を管理局に登録しない限り、保安部は君の身柄を拘束する権限を持っていることになる」

「錦《にしき》の御旗《みはた》がありゃなんとかなる。昨日は御託を並べて、緑のパトロール・カーを追い払ってただろ。『実験中』だとか何とか。あの手が使える。管理局の身分証明書は、アンドロイド界隈《かいわい》では最強の護符だ」

「君は本当に学習能力の高いアンドロイドだな」

「褒めてもらえて嬉しいぜ、ハニー」

「『ハニー』はなしだ。いいかい？」

「もちろんさ。あんたのそういう可愛いところは大好きだぜ、ハニーバニー」

　エルはため息をついた。仕事を得てまだ二週間という局面で、職務とは無関係な場所で困難を受け入れることになるとは思ってもみなかった。冷静に考えればもっての外の行為であることは疑いない。エルは不確定な結果に繋《つな》がりかねない行動が苦手だった。

　しかし目の前にいる少年型アンドロイドに対する興味は尽きなかった。

　より正確には、彼のＡＩの持つ、切れ味の鋭いナイフのような、自分とは異なる価値観のようなものに触れたいと、心のどこかが叫んでいた。

　最上階層に来てまだ日が浅いことをはじめ、エルの事情を目の前のアンドロイドが知るはずもなかったが、この階層のスタンダードに馴染《なじ》み切ってしまうことを、エルは心のどこかで怖いと思っていた。管理局で働くエンジニアでも、キヴィタスの最上階層の住人でも、人間でもない相手が傍《かたわ》らにいてくれることは、エルの中に確かにある何らかの重要なものを、風化させず留保してくれるような気がした。

　下層階に残してきた友人たちの姿を思い浮かべ、エルは少年の顔を見返した。

「では、名義登録はなしのまま、ここに滞在したいと？」

「ま、そういうことだ。もちろんそりが合わなくなったら出ていくさ。あんたに追い出されなくてもな。そのほうがお互い気楽だろ？」

エルは微笑み、黒い子猫の体をそっとつまみあげ、ワンの腕に差し出した。こっちのほうがいごこちがよい、と主張するように、ベッシーは少年型の胸に身を摺《す》り寄せた。

「……君の友達の体を勝手にいじってすまなかった。彼女は私を許してくれるだろうか」

「ベッシーに聞いてみな。なあベッシー、このお姉さんを許してやるか？　随分《ずいぶん》頭でっかちな堅物だが、お前と仲良しになりたいみたいだぜ。ん？　どうお返事する？」

ワンは黒い毛玉に顔をうずめ、吸いつくように頬ずりをすると、子猫の体を面のように自分の顔に押しつけ、そのままエルに向かって喋った。

「ベッシーはこう言ってるよ。『許すも許さないも、あなたのせいじゃないのだから、気にすることはない』『新しい体は快適です』ってな。それからエネルギー補給の方法をハイブリッド型にしてくれたことも嬉しいらしい。ロボットだろうがアンドロイドだろうが、うまいものが食べられるのはいいことだ」

「そうか、よかった。ところで君はどうやって動物型のロボットと意思の疎通を？」

「……あんた、大金持ちのエリートなのに、子どものころ親に絵本とか読んでもらえなかったクチか。何か悪かったよ。トラウマえぐっちまったな」

「不可解だ。何故私の幼少期の経験が君の謝罪につながる。意味がわからない」

「気遣いも通じねえときた。もういいから、さっさと風呂に入って生き返ってこい。せっかくの整ったお顔が台無しだ。中で寝ちまったら起こしに行くからな。それが嫌ならしゃんとしな、ハニーバニー」

「『ハニーバニー』もやめてくれ。それから、私の部屋に立ち入るのも控えてほしい。危険物はないと思うが、あまり気分のいいものではない。無論、今日は君を寝かせていたわけだし、仕方がないことはわかっているが……」

「わかった、わかった。気が向いたら善処してやる」

ああそれからな、とバスルームに向かいかけたエルを、少年は呼び止めた。

「バステトだ」

「え？」

「ベッシーは『バステト』のあだ名なんだ。俺がつけた。いい名前だろ？　俺にはワンの他にもいろいろ名前があるし、これからも増えるだろうから、あんたも俺を好きに呼べよ。ワンでも、レイでも、チャッピーでもチョコでもいい。そのくらいのオプションはやるよ」

気前がいいだろ、と少年は小首をかしげ、微笑んだ。

リズミカルな言語出力と、顔面の表情を操る疑似筋肉の連動の妙に、エルはしばし見とれ、軽く頷いた。

「……ワンという名前が好きだな。『君しかいない』という感じがする」

「寝不足でそんなこと言ってると後悔するぜ。ルームシェアの交渉成立だな、お人よしの博士」

その表現はおかしいと、エルは言わなかった。どちらかというと後悔する可能性が高いのはワンのほうであるし、エルのことを『管理局に勤めるただの若きエリート』だと思っている時点で、将来的な失望は見えている。だがそれをわざわざ指摘する気分にはなれなかった。

これが一般的な人間の思考なのか否か、エルにはまだよくわからなかったが、それを確かめる術《すべ》も、エルには思い浮かばなかった。だが今後、自分が何か一般的な人間基準で奇妙なことをした場合、この少年型は逐一それを指摘してくれそうな気がした。

これは非常に理にかなった行為であると、エルがいくらか無理やり結論づけた時、んみゃあという甘い声が聞こえてきた。前脚で顔を拭《ぬぐ》うベッシーを抱きなおし、ワンは宝物でも見つけたような顔で向き合った。

「鳴いた！　ベッシーが鳴いた！　唸るだけじゃなくて鳴けたのか！」

「声帯を組み込んではいたのだが……ボディパーツに馴染むまで、半日はかかるのか。人型とはいろいろな部分が違うものだな。勉強になる」

「あんた実はけっこう凄腕《すごうで》だろ？　一晩そこそこでこんな改造見たことないぜ。子猫のパーツなんかどこから出したんだよ。五十階層で一番のジャンク屋だって、こんなパーツは持ってないぜ」

「当たり前だろう。プロとアマを混同しないでくれ。こんなことは基礎の基礎だ」

「謙遜《けんそん》もいきすぎると嫌味だぜ。俺が太鼓判《はげ》おしてやる。偏屈で融通が利かないが、あんたの腕は天下一品だ。これからも励めよ、オルトン博士。ああでも、親のネーミングセンスだけは恨んどけ。『エルガー』なんて硬いぜ。あんたの顔には似合わない。エルって名前のほうがいい。響きがきれいだし、やわらかそうで可愛い」

「……そんなことを言われるのは初めてだ。確かに、とてもいい名前だな」

「本当にチョロすぎて心配になっちまう」

ベッシーを床に置いたワンは、腰に手を当てエルを見、右手を差し出した。コミュニケーション能力に不安のあるエルでも、今何をすべきかはわかった。

「改めましてよろしく、ワン」

「こっちこそだぜ、エル。よろしくな。飽きるまでは」

ワンとエルは人間の流儀に従い、互いの手を握り合った。

## 2 オルトン博士、サーカスに行く



「『これまで見た中で、一番人間らしいアンドロイド』？　そうだねえ……」

無精ひげに天然パーマの男は、クッキーの入った菓子鉢の上で手をさ迷わせてから、結局何もとらずに顎《あご》の下で手を組んだ。管理局一階のカフェスペースには、今日も彼以外の人影はなかった。

ひょろりと長い瘦《や》せ型の、白色人種の男性は、ハビ・アンブロシア・ハーミーズといった。二十代後半という、サイボーグの中年としてはベーシックな外見の持ち主で、エルの唯一の直属の上司である。いつも同じ場所で焦げ気味のクッキーを食べていた。自称『さえない中間管理職』で、管理局ではなかなかの古株にあたるそうだが、何年勤めているのかエルは知らなかったし、そもそもラボさえあれば自宅でも仕事ができる業態なので、彼以外の同業者を見かけることはほとんどなかった。管理局保安部が、州警察にすら馴染《なじ》めない不良の終着駅ならば、調律部は個人主義的頭脳労働者の吹き溜まりだった。とはいえ最低、誰か一人はオフィスにいて、面倒ごとを上や下に取り次がなければならない。そのパイプ役がハビ主任だった。

天井まで三十メートル以上ある、高い吹き抜け構造の管理局内で、ハビ主任はいつものように、苦笑いのような曖昧《あいまい》な笑みを浮かべていた。

「そうだねえ、日常生活用の、司書として活用されていたアンドロイドかな。ビブリオマニアの家で使われていて、唯一の業務は膨大な本の整理。珍しくおばあちゃん型のタイプだった。小柄で色白で、いつもにこにこしていて、優しそうな雰囲気の」

「……それは、ほとんど外に出ないタイプのアンドロイドだったのでは？　それで『人間らしい』アンドロイドであることは、可能なのでしょうか」

「ああ、エルくんは『人間らしさ』を、社会的なスキルに寄せて定義してる？」

そういう考え方もあるかと、おずおずとエルが述べると、ひょろりと長い男は愉快そうに笑い、クッキーをもう一枚ばりばりと頰張《ほお》った。勧められるままエルも食べたが、どうやって褒《ほ》めたらいいのかよくわからない硬さと味で、ともかく主任はそればかり食べていた。

「確かに円滑なコミュニケーションがとれることは、人間性の一要素として間違いないと僕も思うけれど、逆に、コミュニケーションが上手なアンドロイドは、いろいろなところにいると思うんだ。結婚式場の司会用アンドロイドなんか、トークはコメディアンみたいに笑えるし、段取りも完璧だし、問題対応もそつがないしね」

「では、主任が思われる『人間らしさ』とは……？」

「何度も言うけど、万年昼行燈《ひるあんどん》の僕相手に、そんなに畏《かしこ》まる必要はないよ。そうだね、あのおばあちゃんのすごいところは、自分で基準を設定できるところだった」

「……自分で基準を？」

「そう」

ハビ主任がそのアンドロイドと出会ったのは、昔々、彼が電話対応よりもアンドロイドの整備調律により多く携《たずさ》わっていた時代の話であるという。巨大な屋敷に旧時代の書籍、つまり紙の本をためこみ、趣味の城として管理していた男が死んだ。第四十四階層の中央部、風通しがよく日当たりの悪い、巨大な屋敷の中にいたのは、床を這《は》う清掃ロボットと、アンドロイドの司書一体だけであったという。

「その個体は、初めてご主人以外の人間と話をしたと言っていたけど、信じられないほど流暢《りゅうちょう》な言葉を話したよ。アンドロイドにみられる言葉のつたなさの原因は、コミュニケーションの頻度《ひんど》ではなく密さに拠《よ》るものだという仮説は正しいと、あの時僕は思った。みんな決まりきったことしか話しかけないから、言語野《げんごや》が育たないんだ。彼女はご主人と何度も何度も読書に関する議論をして、それがとても楽しかったと言っていた。キケロもマルクスもドストエフスキーも好きだとね。どれか読んだことはある？」

「いえ……ＡＩの調律に関係した本であれば、読むことができたと思うのですが」

エルが目を伏せると、そっかと主任は短く頷《うなず》いた。エルは彼の実年齢を知らなかったが、対人経験に乏しい十九歳のエルが親しみを感じられるよう、精いっぱい語調を合わせ、会話の呼吸も合わせようとしていることは常に察せられた。こういう人はよい調律をするのだろうなと、エルはなんとなく思った。クッキーへの偏愛はともかくとして。

「気にすることないよ。でも、これから読んでみるのもいいかもね。今はそういう制限もないだろう。今挙げた三人は、みんな違うジャンルの著作を書いていた人たちだけれど、彼女は作品を一律『好みか、好みじゃないか』で分類できた。必ずしも彼女の主《あるじ》の好みとは一致しない基準でね。彼女の中では、その好き嫌いには理が通っているんだけど、客観的に理解するのはなかなか難しい基準だった」

「それが、自分で基準を作るということなのですね」

「まあね。そしてその基準は、別にあってもなくてもいいものでしかなかったけれど、彼女自身はそれを大事なものだと思っていた。何故《なぜ》なら彼女の主が、彼女のそういう『人間くさいところ』を好ましく思っていたから、とね。あの領域に達したＡＩを見たのは初めてだったし、あれからもそうお目にかかってはいない」

背筋がぴんと伸びた人だった、という主任の声に、エルは上品な老女の姿のアンドロイドを想像した。アンドロイドの姿は人間によって選択されるものなので、あらゆる人種性別のタイプが存在したが、それでも若者の姿が好まれる。老人型のアンドロイドを、エルは学校の裏手にある墓地でしか見たことがなかった。愛想《あいそ》がよいとはお世辞にも言えず、ただ土を掘ることと肥料をつくるだけの存在だったが、思えば彼らに話し相手はいたのだろうかと、エルは体を冷たい手で撫《な》でられたような気分になった。

「その方、いえ、そのアンドロイドは、今……？」

「もうずっと昔の話だよ。僕がそのお屋敷に赴いたのは、遺品の整理のためだった。管理局で一度引き取って、規定通り三カ月は保管しておいたけれど、その先はわからない」

「引き取ろうとは思われなかったのですか？」

「性能がピーキーすぎるよ。外見は老人だし、本が傷まないようにゆっくりしか歩けないようにプログラムされていて、その指令がボディパーツと完全に馴染んでいたから除去もできない。持ち主の耳が遠かったから、大声で話す癖もある。大量の書類を管理する、物好きなおじいさんのところにでも引き取られるならいいだろうけれど、アイスクリーム店で愛想をふりまくような仕事はできそうにない。二十年前ならともかく、そういうアンドロイドが働ける場所は、今はもうなかなか見つからないよ」

「……私もアイスクリーム店では、働けそうにありません」

「働いてみたかった？」

「いえ、そのようなことは」

面白そうに笑う主任は、再び不揃《ぞろ》いなクッキーを頬張ると、似合いそうだけどねとひとりごちた。それが褒め言葉なのかそうではないのかエルには理解できなかったが、エルはハビ主任が嫌いではなかった。そもそもエルの素性を知りながら、話しかけることを全くためらわない人間は、管理局の内外を問わず、彼一人である。

「エルくん、大丈夫？　クッキー食べる？　よければもっとあるけど」

「いえ、遠慮させていただきます」

そっか、と寂しそうに呟《つぶや》いた男は、ふと顔を上げ、エントランスホールの壁に目をやった。平時には何の変哲もない壁は、定時になるとニュースを映す大画面モニターに変じる。キヴィタス自治州のエンブレムが表示されたあと、映しだされたのは大臣の演説の画面だった。

「おーおー、僕たちの上司は今日も元気だね」

演台の前でスピーチしているのは、情報庁の長官、アンドロイド相とも呼ばれる情報大臣だった。たるんだピンク色の肌に、白髪頭のカール・ホイジンガは、百歳を超える高齢ではあったが、未《いま》だその権力は盤石《ばんじやく》で、さわやかな青い瞳には知性が輝いていた。彼の支持基盤は言うまでもなくアンドロイド産業に従事するラディカルな人間たちだったが、これ見よがしなアンチエイジング手術を受けない姿勢を支持するナチュラリストも多い。人心の機微に聡《さと》い、腹芸の男であるという。紺色のスーツの襟《えり》には、エルや主任と同じ金のバッジをつけている。情報庁の長とはつまり、管理局の局長でもあった。

演説の内容はシンプルで、高度に発達した技術の濫用《らんよう》は、かつて人類が辿《たど》ったいまわしい破滅の轍《てつ》を辿る愚《おろ》かな選択である、しかし技術なくして、荒廃した世界を生き抜く術《すべ》もないというお定まりのものだった。

「政治家ってみんな歯が白いなあ。確かあの人、来週から本国で遊説だから、今のうちに予行演習してるのかもね。欧亜連《おうあれん》にいる反アンドロイド団体の一部が、殺し屋を派遣してくるなんて噂《うわさ》もあるから、この映像で生きてるところは見納めかも」

何と反応したらいいのかよくわからない言葉に、エルは曖昧な返事をするばかりだった。あまりに位階が違いすぎて、会ったことすらないボスではあったが、学校を出る時にエルが受け取った辞令には、確かにカール・ホイジンガという名前が書かれていた。

「それでエルくん、質問はそれだけ？　じゃあ僕から質問してもいいかな」

「え？」

「どうして今日は、『アンドロイドの人間性』なんてトピックが気になったの？」

言葉に詰まったエルは、差し出された菓子鉢からクッキーをつまんで一心不乱に食べた。時間を稼ごうとしていることが伝わらないよう祈りつつ三枚食べたが、ハビ主任は端末をいじるだけだった。カフェスペースに近い、軽実験用スペースから、うまく歩けない少女型アンドロイドの両手を引いた局員が出てきて、あんよはじょうず、あんよはじょうず、と言いながら去ったあと、エルは言葉を整えた。

「その、どういった観点から、アンドロイドの調律に携わるべきであるのか、己の心構えを一度、見直してみようと思いまして」

「なんだ、そうだったんだ。心配事でもあるのかと思ったよ。学校のほうからもらった申し送りに『大変優秀な人材ですが、根を詰めると度を越すことがあり、監督に注意が必要です』なんて書いてあってさ。でも研究者なんてみんなそんなものだよね」

「恐縮です。しかしここでは、そのようなことは決して」

「あってもいいんだよ。あるのが普通じゃないかな」

エルには不思議な感触の言葉だった。首をかしげるうち、ハビ主任は言葉を続けた。

「ここに来て、まだ二週間と少しだろう。もっと戸惑っても大丈夫だよ。局の仕事を急いで覚えてくれるのはありがたいけど、もう少し、何て言うのかな、したいことをしてもいいんだ。不祥事の一つや二つ、ここに来てる人間ならみんなやらかしてるしね。肩の力を抜いて、たまにのんびり何もしないで過ごすのだって、楽しいかもしれないよ」

ね、と微笑《ほほえ》む男に、エルは礼儀正しく口角を上げ、明るく応対した。

「いえ、私は『普通』ではありませんので」

何も問題はありません、と告げるだけのつもりだったが、ハビ主任は切なそうな顔でエルを見た。理由がわからずエルが申し訳ないという顔をすると、主任は気の抜けた苦笑いを浮かべた。

「了解した。でも何か気になることがあったら、いつでも連絡してね。君の相談にのるのが僕の仕事だ。僕じゃない相手がいい場合は、この前渡した相談窓口を」

「ありがとうございます。承知しています」

「……この前言ってた『夜の調律散歩』は、ちょっと危ないからやめたほうがいいと思うんだけど、あれからどうしてる？」

エルは言葉に詰まった。主任の言う夜の調律散歩とは、現在の通常業務では自分の役目を十全に果たしているとは思えないため、仕事が終わったあとに第五十六階層の駅近辺などを散歩し、機能不全を起こしているとおぼしきアンドロイドを見つけたら、持ち主の許可を取って調律を行いたいというエルの提案だった。少し保留にさせてくれないかという彼の言葉を受けつつ、いつも利用する駅で遅くまでねばった結果、エルはとんでもない少年と出会った。

「あ、これは、結局、考え直して、やめました」

「そう、よかった。ちょっと心配だったんだ。これから忙しくなるし、無理はしないでね」

「ご配慮に感謝します。あの、定例のミーティングは、これでよろしいでしょうか」

「オッケー。何の問題もありません、優秀な人材ですって報告しておく」

一礼し、席を立ったエルは、挨拶《あいさつ》もそこそこに管理局をあとにし、中央駅から、リニアに乗って帰宅した。ハビ主任の優しさに感謝はしていたが、あまり深く突っ込まれないほうが、今のエルとしてはありがたかった。

レジデンスの扉を開けた途端、おかえりという声がエルを迎えた。予想していた以上の、怨嗟《えんさ》のこもった声色に、エルは思わず苦笑した。

「ただいま。今戻ったよ、ワン」

扉を開けてラボに入ると、声の主がエルを待っていた。華奢《きやしや》な首からは、極太の黒いケーブルが伸び、ラボの壁の穴に繫《つな》がっている。

「ハニー、待ってたぜ。その可愛《かわい》い顔を早く見せてくれ。ついでに俺の首紐も取ってくれ。それにしても初手から監禁束縛の放置プレイとは畏《おそ》れ入ったよ。ハードコアがお好みかい」

「束縛の放置プレイのことはよくわからないが、じきモニターは終わるよ。十時に終わるという約束だっただろう。あと六分の我慢だ」

「くそ、これじゃ本物の犬じゃねーか。遠吠《とおぼ》えしてやろうか」

「ここは防音だ。好きなだけ吠えてくれ。あと少しだが、私もここで付き合おう。ところで君は、本物の犬を見たことがあるのか？」

「あるわけねーだろ、あんな高級品。古い動画に出てくる『庭飼いの犬』のイメージが、デフォルト・メモリとして最初から入ってるだけだ」

ラボの壁には『作業』の進捗をあらわす棒グラフが表示されており、全行程のほとんどが終了していることを示していた。

今朝のスリープモードから目覚めたワンは、首にケーブルを装着されていることに気づくと、古今東西の呪いの言葉でエルを見送り、足元のベッシーは、いつも通り前脚《あし》を皿に置いて、われにたべるものをあたえよと、優雅にワンを催促していた。エルの指定した一連の作業が正常に終了するか、解除キーを使わない限り、ケーブルがワンの首から抜けることはない。

六分後、アラームが鳴り、ひとりでにケーブルが首から抜けてゆくと、ワンは高い声で叫んでジャンプし、ひとしきり屈伸運動をしたあと、エルの前に立ちふさがった。

「いい度胸してるじゃないか、オルトン博士。俺の最後の倫メンは白亜紀《はくあき》のことだぜ。お前の頭を機械の拳《こぶし》でぶちぬいてやったっていいんだ。おい、何か言うことがあるんじゃないのか。俺の仲良しの相手のエルさんよ」

「倫理メンテの有無にかかわらず、人間を攻撃したアンドロイドはひどい不快感に襲われるようにできている。無茶はしないほうがいい」

「それが百パーセント例外なしの真であることを祈れよ、クソ度胸のクソポジティブめ。あんたは俺を『洗濯機』にかけたんだな」

「気分のいい検査ではないことはわかっていた。だが元野良アンドロイドと一緒に、何の検査もせず同居するというのも、管理局職員の倫理にもとる行いだ」

「けっ」

ややあってから、ラボラトリーの壁、四面の全てがスクリーンとして起動し、三十六分割された画面として稼働し始めた。その一つ一つに、キヴィタスの中の風景や、エルの見知らぬ人物の顔が映っている。エルの姿もいくらかあった。ケーブルが吸い込まれていった壁の奥では、機材の唸《うな》るみゅんみゅんという音が鈍《にぶ》く響いていた。アンドロイドたちには『洗濯機』と通称される、メモリ・アイデンティファーという機械である。機能はシンプルで、アンドロイドの記録している全ての情報の洗い出しだった。

画面に表示されているのは、ワンというアンドロイドの記憶領域に存在する、視覚で認識されたデータ、ありったけのダイジェストである。アルバムみたいだなとワンは軽口を叩いた。

「自分で自分のメモリの出力を見るのは、気分のいいものではないかもしれないね。調律師として守秘義務は守る。ラボの外にいても構わないよ」

「守秘義務云々《うんぬん》ってのは持ち主がいるアンドロイドを扱う時に適用されるもんだろ。俺には関係ない話だ。ここにいるぜ。思い出だって自分の持ち物だ。勝手に扱われちゃ気分が悪い」

「わかった。では申し訳ないが、改めさせてもらう」

「お好きなように」

いい結果が出るといいけどな、というどこか上の空な言葉に、エルは微《かす》かな違和感を感じたが、あまり気にせず作業にうつった。

壁面に並ぶダイジェスト版のような画像を確認しつつ、エルは手元のデバイスで、膨大なデータを捌《さば》き始めた。キヴィタスの平和を乱す不法行為にアンドロイドを従事させないことが、全てのアンドロイド所有者には義務付けられている。とはいえ騒乱罪や国家反逆罪をたくらむのは、アンドロイドではなく人間である。『洗濯機』にかけてでも確認をとり、必要であれば各機関に協力をあおぐことこそが、真実アンドロイドのためにもなるとエルは信じていた。

輝く海原の風景が何枚も現れ、エルはほうとため息を漏《も》らした。

「君は素晴らしい旅人のようだ。眺めのいい場所をたくさん知っているのだね」

「泥棒に家具のセンスを褒められてる気がするぜ。それにしても壮観だな。俺だって忘れてるような風景がごろごろしてやがる」

「『忘れる』という機能は、アンドロイドには存在しない。一度入ったデータは、不要と思われるものでも蓄積され、作業効率を上げるため、あまり知覚されない部分に貯蔵されているだけだよ」

「人間の脳みそもそうなんだってな？」

「その通り。よく知っているね。私はアンドロイド工学という種類の学問を修めてきたが、より細分化してゆくなら、それらの学問は大脳生理学や、計算論的神経学といった分野とつながる。理の通ったことだ。何しろ『アンドロイド』とは」

「『人間のようなもの』って意味だそうだからな。人間さまの合理性には頭が下がるぜ。ないものはつくっちまえばいいってな。限度があるだろって誰か言わなかったのかね」

「……いたとは思う。だがつくれるとわかったらつくってしまうのが、人間の性《さが》なのではないかな。それがどんなものでも」

「核兵器みたいにか？」

「クラシックな話題だね。おそらくは」

環境に大規模な影響を与える兵器の利用は、二二〇〇年の国際平和のための提言によって禁じられていた。だがその平和も、世界情勢が悪化してくる二二五〇年までという、非常に短命なものであった。華やかな歴史的遺産の眠る、ヨーロッパを焦土と化した兵器は、当時世界を統べていた二大勢力による、四度目の世界大戦の号砲となったが、大戦争は平和のための提言以上の短命だった。

世界規模の気候変動――通称テンペストが発生したためである。

大規模な地殻変動による地震、豪雨による洪水のみならず、地軸のズレによる平均気温の大幅低下ゆえの圧倒的な不作までもを誘発した災害のフルコースは、餓死《がし》、凍死、病死、頓死《とんし》、自死、衰弱死、物資の奪い合いによる戦死と、あらゆる死を世界中にばらまき、世界人口は当時の百二十億から三分の一以下にまで減少した。三人家族のうち一人しか残らない時代である。北半球のほぼ全域と、海洋の三分の一は、今なお人間の居住に適さない災厄《さいやく》の地と化した。大災害以前から造営が計画され、気象変動の影響を免《まぬが》れたキヴィタスは、幸運すぎる例外である。『楽園』の名はそれゆえだった。

自己の利益の保全と拡大以前に、ヒトという種の終焉《しゅうえん》を危惧《きぐ》した科学者と政治家は、新たな世界の扉を開いた。

長らく禁じられていた、ヒト・クローンの全面解禁、および人造人間の人権留保法案の可決は、医療技術を飛躍的に発展させ、人間の寿命限界は百二十年から二百年へと延び、代替医療やナノマシン治療の精度は神の領域に達したとも言われた。科学技術を生き残りの『箱舟』に据えたノースポール合衆国において、今や胎内《たいない》で己の子を育む母親は、一部の貧困層のみで、頭髪移植もできない薄毛の男は、極貧を隠す術もないと哀れまれる存在である。人の領分を超えた暴挙を嫌い、利便性よりも人倫を貴ぶ信心深い人々は、欧亜連《EAU》と呼ばれる勢力として、アフリカ大陸の南半分に連邦国家を形成し、ノースポールを声高に批判していたが、未だ二国が正面から干戈《かんか》を交えるには至っていない。どちらの国も内政で手一杯なためである。

自分たちの肉体を思うがままに操ることができるようになり、神と我が身を重ね合わせるようになった人間は、次に『何か別のもの』を求め始めた。人間ではないが、人間と同じくらい役に立つ、何か別のものを生み出してみたいと。

テンペストからちょうど百五十年の後、二四〇〇年、新時代の幕開けを告げるように創り出された新たな存在——それがアンドロイドだった。

二四二〇年の現在から、さかのぼること二十年前のことである。

ワンのメモリをふるいにかけ、必要な部分をピックアップし、全体の量にやや不可解なものを覚えつつも作業を継続したエルは、十五分ほど後、眉間《みけん》に深い皺《しわ》を刻んだ。やはり何かがおかしかった。三十分後には、違和感が決定的な確信に変わっていた。

「ワン」

「何だよ、ハニー。顔色がよくないぜ」

「……ありえない」

「何が」

「出荷直後の記録が、君の中に全く存在しない」

ワンというアンドロイドの情動領域には、五年分の稼働記録が刻まれていた。情動領域はアンドロイドの人格をつかさどる、交換不可能なパーツであるため、どれほど大規模な改造や調律が行われたとしても、稼働記録をごまかすことはできない。領域の成長からしても、ワンが五年前に製造されたことは間違いなかった。

にもかかわらず、ワンのメモリは過去二年分しか残っていない。

肉体年齢は五歳のはずなのに、過去三年分の記憶が存在しなかった。

「……ワン、君は記憶喪失のアンドロイドなのか」

「俺は勝手気ままな風来坊なんだよ。ＡＩの記録の仕組みがどうだか知らないが、昔のことなんか一々覚えちゃいないのさ。悪く思うなよ」

「ありえない……」

エルが作業机に肘《ひじ》をつき、頭を抱えているうちに、ワンはキッチンで二人分のミルクセーキをつくって戻ってきた。卵とバニラの味のする飲み物は、洗い立てのシーツのような美しい白と、とろけるのど越しで、エルの体を満たした。

「おいしいよ。ありがとう」

「わからないことでくさくさするな。気分転換にディスコにでも行くかい、ハニー」

「申し訳ないが、私はわからないことでくさくさし続けることでトップの成績を維持してきたんだ。解けない問題の前で回れ右することはできない」

「嫌味なことをさらっと言えるのも天才の才能ってやつかね」

「何故こんなことが起こる。大きな事故にでも遭《あ》ったのか？　いや、それならば内部構造にもっと損傷があってしかるべきだ。情動領域にそのような形跡はない。そうでなければ何故……？」

「人生いろいろってやつさ。人間も、アンドロイドもな」

はたとエルの頭を流れ星のようなひらめきが駆け抜けた。痙攣《けいれん》するように顔を上げると、おっとと言いながらワンはミルクセーキの入ったコップを持ち上げた。

「急に動くなよ、こぼれちゃうだろ」

「…………ワン」

「察しが悪いぜ、ハニーバニー。本当に箱入りなんだな」

「噂は聞いたことがある。キヴィタスの中にも、金額次第で違法な改造をしてくれるエンジニアが存在すると」

「意図的なメモリクラッシュとか？」

「あるいはそういったことも」

稼働中のアンドロイドのメモリを消去することは、原則として認められていないし、その手の機材を管理局以外の外部組織が扱うのは明確な違法行為だった。しかし不可能ではないという。情動領域を否応なく侵すため、疑似人格が崩壊するリスクも大きかったが、それでもなおもう一度『最初からやり直し』をしたがる持ち主が多いことは、学校で読んだ資料でエルも知っていた。それらの取り締まりは保安部の仕事であることも。

もったいないのでちびりちびりとミルクセーキの残りを飲みながら、エルはラボの端末をキヴィタス全土の地図に接続し、第四十階層の、あまり治安のよくない末端部をサーチし始めた。手元を覗《のぞ》き込んできたワンが、おおっと驚いたような声をあげた。

「いきなりその場所を探り出した理由は何なんだ」

「キヴィタスの内部は、壁の色である程度の階層の割り出しが可能だ。君の古いメモリに映っていたのはこのあたりの区域だろう。何か覚えていることは？」

「記憶にございません、だ。人間流に言うならな」

「わかった。詳しい場所を割り出すまでにはもうしばらく時間がかかる。推奨《すいしょう》はしないが、ベッシーを連れて逃げるなら今のうちだぞ」

　ワンの返事は爆笑だった。解せないエルが目を丸くすると、アンドロイドの少年は首を横に振り、人の悪い笑みを浮かべたまま、ようやく自分の分のミルクセーキに口をつけた。そして何故か一秒でむせた。

「ワン、どうした。ボディパーツに問題でもあるのか」

「あんた、これ……全部飲んだのか」

「え？　ああ、おいしかったよ」

「おいしいはずないだろ。砂糖じゃなくて塩が入ってる味だぞ。辛すぎて痛いレベルじゃねーか。何やってるんだ俺は。トレーを間違えたのか……？」

「メモリ領域をいじった弊害だな。そのくらいの混乱はよくあることだよ。そもそも色も形状も似ている物体だ。他に動作不良は？」

　ワンは何も答えず、見知らぬものを見るような眼差《まなざ》しで、エルのことを凝視していた。エルは少し安心した。どこへ行っても誰かが向けてくる、着慣れた服のような視線だった。

「…………なあ。あんたは本当に、人間なんだよな」

「興味深い質問だ。君の『本当に人間』の定義も、いつか聞いてみたい」

「変な冗談返すな。目の前の相手が人間かそうじゃないかくらい、アンドロイドなら識別できる。そうでなきゃ人間を攻撃すると気分が悪くなるなんてルールの意味がねえだろ」

「その通りだ。君はとても論理的だね。ところで、逃げる気がないというのなら、その白いジュースをもらっても構わないかな。私には本当においしかったんだ」

「作り直してきてやる。これじゃ俺がただのいじわるなポンコツだ」

ワンがミルクセーキを作り直してきた頃合いには、エルの地図分析も完了していた。第四十階層の未開発地区のような一角が、どうもあやしい様子だった。アンドロイド製造工場もない場所から、ワンの記録はいきなりスタートしている。順当に考えれば、違法な改造が行われた場所である可能性が高い。

「ワン、私は今日の午後は非番だ。これからこの地区に出かけようと思うが、君は……」

白いミルクセーキにそっと口をつけたエルは、大きく瞳を見開いた。ワンは腕組みをしたままエルの姿をしみじみと見ている。エルはそっとミルクのひげを手で拭《ぬぐ》った。

「…………天使の飲み物のような味がする。本当に私が飲んでいいのだろうか」

「ほっとしたぜ。『さっきのほうがうまい』って言われたら自分の故障を疑うところだった。なあオルトン博士、参考までにお尋《たず》ねしたいんだが、あんた今まで何を食って生活してきた？　霞《かすみ》か？　味のあるものを食べたことはあるよな？　それともあんたの生活してた学校が、豆の缶詰の会社の関連企業で、給食は徹頭徹尾、豆だけだったとか？　ジョークだぜ、念のため」

「特にそういうことはなかったな。甘い味の料理も辛い味の料理もあった。そもそも味のない食べ物など存在しないさ。人間の味蕾《みらい》は超高感度の味覚センサーだからね」

「味オンチって言われたことは？」

「おんち……？　おんちとは……？」

「ワン先生のレクチャーの始まりだな」

　自分で自分に拍手をしたワンは、『おんち』という言葉は、もともとは『歌が下手』『音程がとれない』など、芸術分野の不得手を形容する言葉、あるいは不得手な人間をさす言葉であったと述べ、時代が下るにつれて拡大解釈が始まったと続けた。運転が下手な『運転おんち』、方向感覚があやふやな『方向おんち』、あるいは一般的な人間に比べてトリッキーな味覚を持つ『味おんち』など。

「つまり……何かの分野のことがらが、うまくできない、あるいは一般的な基準から逸脱していることが『おんち』なのだね」

「その通りだ。呑《の》み込みが早くて先生嬉《うれ》しいぜ。ついでに亜鉛《あえん》のタブレットも食え。味おんちの改善に役立つって、俺のデフォルト・メモリに入ってる」

「確かに亜鉛は味蕾細胞の再生に役立つ。有用な助言をありがとう。そういえば、いつもクッキーをくれる人に『味のストライクゾーンが広い』と言われたことがあったな……褒められたと思っていたのだが……」

「残飯処理班か。世界を包む婉曲《えんきょく》表現ってやつにあんたは感謝すべきだぜ。さてと、出かけるからには俺も準備しないとな。まともな服を買った甲斐があったってもんだ」

ぽかんとするエルの前で、ワンは上着を脱ぎ始めた。すらりとした少年の体はまぶしく、真珠色の肌がエルの目をうった。

「何だよ。俺があんまり美少年だから、おうちデートに変更しようって？」

「そんなことは思っていないが、君も私と来てくれるのか」

「お前を一人で第四十階層に放り出したら、何が起こるかわかったもんじゃないだろ。楽しいデートにしような、ハニー。ああ、デートは知ってるか？」

「逢《あ》い引《び》きのことだと思うが、合っているかな」

「大正解だぜ。すげーな、物知りだ……本当に、頼むぜ……勉強だけさせてりゃいいって教育方針で、まっとうな天才が育つのか……？　育つんだろうな……こいつ頭だけはよさそうだもんな……」

「ワン、思うに今の言葉の後半は、ひとりごとになるはずだったのではないかな。思っていることと口に出してしまうことの区別ができない場合、基礎中枢に何らかの」

「バグじゃねーよ。途方に暮れてただけだ。悪いな、偏屈なアンドロイドで。さっさと行くぞ。お前もジャケットくらい着ろ。どうせいつもの白いのしかないんだろうけどよ」

「衛生面には何ら問題ないよ。同じ種類のものを何着も持っている。治安がよくない場所を通る可能性が高いから、カードや鍵は置いていくようにね。ベッシーは留守番だ」

「誰のメモリを探ったつもりだよ？　下層のお作法ならあんたより心得てるぜ。せいぜい気をつけるんだな。管理局のバッジなんかつけて歩いたら、目の敵《かたき》にされて内臓抜かれちまうぜ」

「興味深い表現だが、私の内臓を抜きたがる人間がいるとは思えない」

「は？」

「何でもない。では、出かけようか。いいデートにしよう」

思い出したように襟からバッジを外すエルに、ワンはぐるりと目を回した。


キヴィタスにおける垂直移動の自由度は、移動者の地位の高さに比例していた。同じ階層内での平行移動は、原則として無制限だが、上昇と下降は治安上の問題から厳しく制限される。一時的に上から下に移動する分には問題なくても、下から上への移動はほぼ不可能で、恒久的な移住に至っては所得制限が存在した。富くじにあたるか、一発逆転の大発明でもぶちあげない限りは絵空事である。とはいえ最上階層の住人であり、公的機関の所属者である身分証明書を持つエルには、なきに等しい障害だった。倫理メンテナンスレベルが四以下のアンドロイドは搭乗不可という大前提すら、管理局調律部のＩＤの前では無効化されてしまう。

ぽっかりと空いているキヴィタス中央の大穴、海まで続く中空の周囲には、各種生活排水などのダクトと並走して、大小のエレベーター・チューブが走っていた。天を突く山のような高みを誇るキヴィタスにとって、空調設備は生命線であるため、中心部を貫くエレベーター・シャフトの中は、常に植物園のような温度と湿度と酸素濃度に保たれていた。空調設備に不備があった場合すぐにわかるように、シャフトと並行して走るポールには、極限発光遺伝子を組み込まれた南国植物が麗《うるわ》しくからみつき、強烈な青緑色に輝く花を咲かせている。少しでもコンディションが変化すればあっという間に枯れてしまう、鉱山のカナリアのような花だった。

高度一万メートル以上から見下ろす大穴は、地獄《じごく》の底まで続くとしか思われない暗黒の空間だったが、輝く植物の水先案内のおかげで、どこか遊園地のアトラクションのような雰囲気も漂っていた。

アポイントメントなしで乗り込める、最上階層の住人限定のゴンドラで、エルとワンは『天下り』を行っていた。大時代的な天使や植物の金細工で飾られた、ガラスの鳥かごのような代物で、最大速度は分速一千メートルである。

「……ワン、大丈夫か」

「あ？　大丈夫って何が」

　ガラス窓のへりにもたれながら、ワンは腕組みをし、薄目を開いて沈黙していた。威勢のいい憎まれ口も消え、リフトの中は不気味なほど静かである。エルが沈黙していると、少年型アンドロイドはいらいらと髪をかきあげた。

「心配性だな、ハニー。ただちょっと暗くて狭いから、俺の好みじゃないだけだ」

「興味深い症状だ。情動領域に何らかのクセが刻まれている可能性がある。ナノマシン薬が必要なら言ってくれ。それにしても君は過去、エレベーターに嫌な思い出が……？」

「さっき俺のメモリを総ざらいしたのは誰だよ。乗ったこともねえ。最上階層に辿り着いた時だって、うっかり積み荷に載っちまっただけだったんだ。それにしても妙な気分だぜ。管理局のエンジニアをはべらせながら、こんなエレベーターに乗るなんてな」

　ワンの不調は確かにエレベーターを降りた途端に解消されてしまったので、エルには深く考える暇がなかった。

　第五十六階層から第四十階層までは、垂直距離にして四キロメートルほどの道のりだった。エレベーターホール付近こそ、最上階層と変わらない銀色の都市風景が並んでいたものの、リニアに乗って外縁部へと進んでゆくにつれ、人の数は増え、建物も道も汚くなっていった。人々の着ている服が、第五十六階層に比べると、くたびれたものであることや、美容整形や体形維持などのヘルスケアにコストをかけていない容貌《ようぼう》の持ち主が多いこと、路地の清掃用ロボットがほとんど見られないことなどに、エルは不思議な感動を覚えた。最上階層とは明らかに違う空間だったが、ここもまたキヴィタスである。そして何故か、時折耳に挟むアンドロイドたちの音声は、第五十六階層よりも随分《ずいぶん》、ワンに近い流暢なものであるようだった。何故だろうとエルが呟くと、ワンは呆《あき》れたように笑みを浮かべた。

「あのな、倫理メンテナンスだってタダじゃないんだぜ。機材の導入に金もかかるし電力だって食う。時々ちっちゃな嘘《うそ》をつくリスククらい承知の上で、アンドロイドを放置すればみんなああなるのさ」

「危険ではないのか」

「危険？　危険ってのは何だ？　俺たちが嘘をつかなくたって、人間は人間同士騙《だま》し合ってるだろ。俺たちの嘘やごまかしだけが『危険』ってことなら、そりゃ大いなる不思議ってやつだぜ。それよりおい、徒歩でデートに行く気か？」

ワンのメモリにあった場所は、リニアで赴くにはあまり適さない、駅と駅の中間点だったので、エルは無人タクシーを呼んだが、運転システムの精度が悪く、車は細い道をのたくたと迷いながら走った。

「エル。おい見ろ。あいつの髪」

ああいうの見たことあるか、とワンが促《うなが》したのは、古びた黒いジャケット姿の、中年の男性の姿だった。車の窓は開かないので身を乗り出すこともできず、エルは姿勢を低くして男性の姿を確認し、ワンの言う頭部の異変に気がついた。

「髪が生えているところと、生えていないところがあった。ファッションだろうか」

「単純に毛が抜けちまっただけさ。美容処置手術をしない人間の中には、歳《とし》を取るとああなるやつらもいる」

「……幹細胞センターに依頼して、自分用の頭皮を培養して移植すればよいのでは？」

「パンがなければお菓子かよ。美容処置をする金がない人間にそんな金があると思うか？　ま、俺は嫌いじゃないけどさ。あれが本当の自由放任《レッセフェール》ってやつさ」

「面白い。上の階層よりも、人の人たる定義の間口が、広くとられている気がする」

「ポジティブもほどほどにしないと身を亡《ほろ》ぼすぜ。さて、そろそろか」

　到着しました、と告げるタクシーＡＩの音声は、末尾にノイズがかかって消えた。

　ワンの記録に残っていた界隈《かいわい》は、ジャンクパーツ屋と改造屋を兼ねた、限りなくグレーな商売をしている人々が集《つど》う一角であるようだった。食べ物の屋台も同じくらい多く出ていて、もうもうと立ち込める煙で視界がきかない。いつでも撤収できそうな布張りの屋台ばかりで、地面を見れば土ですらないキヴィタスの土台基盤の銀色がむき出しになっているスペースも存在した。いつ誰が何を持ってやってきて、いつふらりといなくなっても、誰も気にかけないであろう場所である。

「おにいさん、おにいさん。連れのアンドロイドを改造したくない？　うちは腕がいいよ、腕が二本で足りなけりゃ、八本までならオプション価格で増やしてやれる。どんなに増やしても絶対に処理落ちはさせないよ、請け合うよ」

「今どき人型だけを可愛がるなんて安直だ。うちなら好きな動物の形におたくのアンドロイドをカスタマイズしてやれるよ！　犬、猫、オウム、熊なんかどうだい？　本物を見たことある？　愛玩《あいがん》ロボットを買うより安いし、中身は人型のままだから物わかりもいい。長持ちはしないが、買い替え前のひと遊びには最適だ。さあどうだい！」

「パートナーの唇の感触に飽き飽きしていない？　今だったら極上のシリコンを使ったリップパーツが原価の七割引きよ。今しかできない出血サービスだからね。何ならキスして感触を確かめてから買ったっていいのよ。お店の中に入って吸ってみる？　全部違う素材の肌の優しい娘たち、たくさんいるわよぉ」

圧倒されながらも、エルはあたりをうろつき、やる気なく反対するワンの声は聞こえなかったことにして、アンドロイドのメモリの調整を請け負う業者を探しているという聞き込みを開始した。が、各種屋台の店員たちは、客ではないとわかるや口をつぐみ、けんもほろろにエルを追い払った。摘発されれば罰金か禁固は免れない商売を行っている以上、当たり前のリアクションではあったが、エルは途方に暮れるしかなかった。情報収集にはわいろが有効であるという知識も、何をどうやって渡せばいいのかもわからなければ活かす方法がなかった。

屋台が撤収したばかりとおぼしき何もないスペースで、手持ち無沙汰《ぶさた》にエルが膝《ひざ》を抱えていると、ワンは隣に寄り添い、軽く背中を叩いた。

「よう、ショック受けてないか。あんたがうっかり自分の身分を明かして袋叩きになるんじゃないかってひやひやしたぜ」

「……特にそういったことはなかったよ、ありがとう。ショックもない。しかし……わからない。何故アンドロイドの改造に、これほどまでに需要があるのか。動物型への改造も、手足の増設も、あまりにもリスキーだ。合理的な需要とは思えない」

「理由なんていらないのさ、ハニー。どの改造も面白そうだろ？　わくわくするだろ？」

それで十分なのさ、と。

あざ笑うようなワンの声に、エルは思わず目を伏せた。少年型アンドロイドは吐息のような笑みを漏らした。

「本当はわかってるんだろ？　あんたの職場は『素人』じゃどうにもならなくなったアンドロイドの終着駅だ。人間が俺たちのことをどう扱うのかなんて、飽きるほど知ってるのに、今更どうしてそんな顔をするんだ」

「……君の言う通りだが、見慣れていることと慣れることとは根本的に異なる。私に解せないのは、人間が『わくわくする』という理由でアンドロイドを手ひどく扱うことができる理由だ。推奨される使い方を守れば、アンドロイドは優れた隣人たりうるのに」

「『隣人』の『使い方』ね。すげー言葉だな」

エルが顔をしかめると、ワンは怪訝《けげん》な顔をした。解せないという表情だった。エルにはその表情の方が解せなかった。

「どうした、ワン。言いたいことがあるなら教えてほしい」

「あんた今、『イラッとした』って顔じゃなくて、『つらい』って顔したろ。何でだよ」

「どう違うのかよくわからないよ」

「……何でもない。何か食べるものを買ってくるから座ってろ。俺も腹が減った」

ワンはテント街の中に戻ってゆくと、ひと際派手に湯気をたてる出店の列に身を滑り込ませた。気ままな野良ネコのようなアンドロイドだとエルは思った。へつらわず、阿《おもね》らず、その場その場に馴染んでしまう。社会生活の上級者だった。そしてアンドロイドがアンドロイドとして存在する苦しみを、巧みに言語化する達人でもある。

人間のようなもの、という言葉は、アンドロイドの背負った宿命をそのままあらわしていた。人間と同じ形をしてはいるが、決して人間の同族として扱われることはない。そして優れたアンドロイドであればあるほど多くの仕事を課され、稼働年数の限界まで、自分の使命を果たし、奉仕し続けなければならない。何のためにと問いかけても、はじめからそういうふうにつくられているから、という以外の回答も得られない。

暗い海に放り出されたような気分のまま、喧騒《けんそう》の中でぼんやりとしていたエルは、ふと、つんつんと背を突かれたことに気づいた。振り返ったエルはのけぞった。

背後に立っていたのは、ぼろぼろの布に裸体をくるんだ人間だった。頭から脛《すね》までカーキ色の布に包まれていて、手首から先と足首から先しか見えない。そのどちらも肌が露出していた。まだら色の皮膚《ひふ》は硬く、垢《あか》で光り、しみと皺で埋め尽くされている。異様な細さからして、体重は三十キロにも満たないだろうとエルは判断した。

「おぉう、にいちゃん。おいらに恵んでくれよお、一クレジットでいいからよう。金がなくて酒が買いに行けねえんだ。悲しくって泣いちまうよ」

しゃがれ声の馴れ馴れしい言葉に、エルはとまどった。こういう時にどうすればいいのか、学校では教えてくれなかったし、無論管理局の仕事でも習いはしなかった。

「……ご老人、過度の飲酒は体に毒ですよ」

「んなことはいいんだよう！　ひっ。この体はあっちこっち機械でよ、もう生身の部分なんかろくに残ってねえんだ。心臓も腎臓《じんぞう》も、今頃誰かの体の中で、きっと元気に動いてるさ。代用でいれた激安の人工臓器が、あと何年動くかもわかりゃしねえ。そういう人間にはな、いっときの夢が大事なんだよ」

「含蓄のあるお言葉です」

「へっ、へっ。にいちゃん……いや、ねえちゃんか？　こんなボロ雑巾みたいになったやつの話を聞いてくれる相手に会うのは、何年ぶりだろうなあ。へっ。へっ。だめだ、泣いちまう」

極小金額のマネーカードの持ち合わせはなかった。エルは懐《ふところ》からハンカチを取り出し、よろしければと老人に差し出した。カーキ色の布の隙間から差し出された手にそっと渡すと、老人は低い声で哭《な》いた。

「いいにおいがするなあ。ありがとよ」

「お役に立てれば何よりです」

「ところでよう、あんたさっきからあっちこっちの店で、何やら聞いてまわってたろう。一体何を探してるんだい。おいらに相談してみな、力になれるかもしれねえ」

思ってもみない申し出だった。ワンはまだ出店から戻る気配もない。この老人は聞き込みをすべき相手か否《いな》か、判断がつかなかったので、エルは少し迷ってから、小声で切り出すことにした。迷ったらやってみようというモットーは、何故かいつもエルを前向きにしてくれた。

「……アンドロイドの、メモリを削除してくれる店を探しています」

「メモリを削除ぉ？」

「五年間稼働しているアンドロイドの、過去三年分の記憶を消すといったような、基礎中枢領域に働きかける改造です。消したあと、廃人にするのではなく、そのまま稼働させることを想定しています。それなりの技術者と設備が必要になる行為です。ここに来れば手掛かりがあるかと思ったのですが……」

　老人は黙り込んでいた。もしもここにワンがいたら、そういうことはこんな相手に尋ねることではないぜと叱られてしまうだろうかとエルが思い始めた時、老人は口を開いた。

「あんたが探してるのは店じゃねえ。サーカスだ」

「サーカス？」

「ここいらのやつらだってみんな知ってるぜ。だがよそものにサーカスの話をするようなやつはいねえ。物騒だからな。だがおいらは、どうせみじめなよっぱらいだ。身寄りも友達もいねえ。知ったこっちゃねえ。ひっ。ひっ。やってることがやってることだからな、一か所に長く腰を落ち着けたりはしないのさ。いろんな階層を巡業してる。ここにいたのは先々週で、確か次の巡業は、一週あけて第四十一階層とか言ってたなあ。多分今日が千秋楽ってやつだ。どの階層にも、いろんな客がいるって噂だぜ」

　ひっひっと老人はひきつった声をあげた。笑い声ではなくしゃっくりで、それも内臓の機能不全ゆえだと気づいたエルは、老人の体を支えようとしたが、その前に枯れ木のような腕がエルの手首を摑《つか》んだ。外見からは想像もできないほど、握力は恐ろしく強かった。

「用心しな。この背高のっぽのプラントの中は、いいも悪いもごちゃまぜのびっくり箱だ。キヴィタス流のサーカスはおぞましいもんだぜ。幕の内側は幕の外側とはルールが違う。

ひっ。腕のたつ相棒を連れていくことをおすすめするよ」

「……あなたに、何とお礼を言えばいいのか」

「感謝するのはおいらのほうさ。こんなにきれいなもんで顔を拭いたのは、生まれて初めてじゃねえかなあ。どうやらあんたもおいらのお仲間みてえだが、探しものが見つかることを祈ってるよ」

「……あなたは」

「第二十一階層のファームを卒業したんだ。おいらはできが悪すぎたからな。放り出されたあとは、売れるものを全部売って、それからはずっとこうさ」

カーキ色のボロ布の奥を、エルはまじまじと覗き込んだ。

皺だらけの顔の奥から、小さな青い瞳がエルを見ていた。

「達者でやんなよお。ひっ」

笑い声のようなしゃっくりを残し、老人はエルの手を放した。引き留めようとする前に、エルは後ろから掴まれた。ワンである。左手に二本、あばら肉の串焼きを持っていた。

「おい、大丈夫かよ。厄介《やっかい》なやつにからまれやがって。あんな物乞い、しっしって追い払ってやればいいんだよ。ハニー？　……エル？」

しっしっと追い払われる、老人ではない誰かの姿を想像してから、エルは一秒で思考を切り替えた。ワンの顔を正面から見ると、思考がクリアになる気がした。

「少し、時間をくれ。三分ほどで終わる」

「了解だ。肉がさめちまう前に済ませな」

エルは手持ちの携帯端末で、『コロニス』にアクセスした。キヴィタスの内部で完結しているクラウド空間だったが、小市民の日記からキヴィタスの地図まで、閲覧《えつらん》範囲は膨大である。閲覧者の身分によっては確認できない情報も、最上階層の住民であるエルにはほとんどない。

第四十一階層で現在行われている催しものを手当たり次第に検索すると、果たして『サーカス』の文字は存在した。全席自由、入場料金は大人一人あたり千クレジットとある。破格であった。

「おい、何を見てるんだよ」

「サーカスの情報を調べている」

「……千クレジット？　ピエロが金粉でも吹いてるのかよ。くだらねえ。それよりエル、服でも買いに行けって。いつも同じ服じゃ、せっかくの魅力がだいなしだ」

エルはワンの言葉を聞き流しつつ、料金表の表示を消し、サーカスの外観が写った写真を拡大表示した。赤と金の二色のテントが、裾《すそ》の膨らんだ円錐《えんすい》形をつくっている。背景はぼかされていた。現状表示されている『開催期間』はとても短く、昨日と今日の二日間だけである。もとからサーカスの存在を知る者でもなければ、まず辿り着くことも難しそうな、不親切な宣伝であった。

「ワン、これを見て何も感じないか?」

「ああ? 悪いが全然『記憶にない』ぜ。それより買い物に」

「私にはある」

「おっと」

「君のメモリの最深部付近に、これとは少し違ったと思うが、エンターテインメント施設のようなものが映っていた。何故君の持ち主の家ではないのかと、何度も見て確かめたから、よく覚えている」

串焼き肉を頬張ろうとしていたアンドロイドは、中途半端に口を開いたところでかたまり、エルの言葉を聞く羽目になっていた。言葉が終わってもまだ、淡く色づいた唇は開いたままで、結局ワンは空気をがぶりと噛むように白い歯を打ち合わせ、意地の悪い笑みを浮かべた。

「やれやれ。しらばっくれてるのがバレちまった」

「ワン」

「あんたの言った通りだよ。俺の記録の始まりは、多分このサーカスで間違ってない」

エルは混乱した。しらばっくれるとはつまり、知っていることを知らないと言い張るということで、『嘘』の仲間である。そんなことをするからには何らかの目的があって然るべきだった。だがどれほど考えても、ワンが嘘をつく理由が、エルには思い浮かばなかった。無条件で協力してもらえるほどの信頼関係を構築したなどという過信はなかったが、だからといってワンが意味もなく嫌がらせをするような個体とも思えない。

途方に暮れてしまいそうになり、エルは首を横に振った。

「……君の行動が理解できない。知っていることを何故、知らないと言う」

「どんな生真面目な天才だって、一度くらいはそういう経験ないか？」

「わからないよ」

「それはそれは、お幸せなことで」

極限まで皮肉っぽい声色《こわいろ》に、エルの頭は一つの結論を導き出した。にわかには信じがたい仮定ではあったが、ワンの行動が示す結論は、たった一つである。

「ワン、君はまさか」

エルが言いよどむと、ワンは嘲笑《あざわら》うような表情を浮かべた。エルにはその表情で、ワンの答えがわかった。

「……過去の持ち主に強制されたのではなく、自分の意思でここへ？」

「そんなこと聞いてどうする気だ」

何故、と問いかけかけたエルを、ワンは心から憐《あわ》れむような眼差しで見ていた。

エルは急に目の前の少年型アンドロイドが怖くなった。学校時代に一番怖かった教師に叱られるのを待っている時の気持ちに近かった。

萎縮したエルに気づいたのか、ワンはふっとため息を漏らした。

「なあオルトン博士、あんたは忘れたいことが一つもない人生を送ってきたのか？　だったら相当運がいいほうだぜ。自覚もないならパーフェクトに幸福なやつだ。傍《そば》にいたら功徳があって、俺もハッピーになれるかもしれない」

「……メモリ削除は非常にリスキーな行為だ。疑似人格の源である情動領域を侵すことになる。自分が自分でなくなるかもしれないという恐怖と天秤《てんびん》にかけられる記憶など」

「あるかもしれねえだろ」

覚えてないけどよ、という小さくなった声の裏側に、エルは魂《たましい》の震えのようなものを感じ取った。魂は、エルが学校で習ったなかで有数の面白い概念だった。過去人間がアンドロイドという存在を持っていなかった時代にもてはやされたもので、人間の肉体にやどる、その人間の人格あるいは精神に近いものであるとされていた。アンドロイドにとっては、主たる学習領域の『情動領域』がそれである。前世紀最大の発明と呼ばれた、感情情報型学習装置は、機械仕掛けの魂だった。

つまり人間は、実用品を効率的に運用するため、うっかり魂を創り出してしまい、自分自身の魂の聖性を失ってしまったのだね、という教師の言葉の意味は、エルには難しくてよくわからなかったが、聖性という言葉の美しさはよく覚えていた。

公式も定石もない状況から結論を導き出す『直感』というものが、エルは長い間よくわからなかったが、記録あるいは記憶を失っても、消し去ることができない蓄積を魂と呼ぶのだとしたら、まぎれもなくそれこそが聖性ではないかとエルは予感した。

「で？　それでもまだあんたは、このサーカスに行く気かい、オルトン博士？」

腕のたつ相棒を連れていくことを、という老人の声が、エルの耳によみがえった。そんな相棒はどこにもいなかったが、もし管理局の保安部に連絡をいれれば、保安検査という名目の武力制圧が待つだけである。

それではエルの目的は果たせそうになかった。

「……行ってくる。君は一足先に、ベッシーのところに戻っているといい」

「おい。おいおいおい。待てよ。待てったら」

「？」

引き留められることは予想外だった。

ワンはげんなりした顔をして、エルの顔を覗き込んでいた。距離が近く、銀色のまつげがぱたぱたと揺れる様子がよく見えた。

「これはデートなんだぜ？　デートの相手を放り出して、自分だけ楽しいところに行こうなんて、一般的な人間のお作法としてどうかと思うぜ。なあ？」

「君のそういう声が、私は好きだな。舌のまわるスピードが、通常の三分の一ほどに抑《おさ》えられていて、何故だか柔らかい布で首を撫でられているような気がする」

「褒められてる気が全然しねえ。なあエル、こういう時に使う言葉を知ってるか？」

「え？　……私が君に？」

「そうだ。知らないだろ。知りたいか？」

　エルがこくりと頷くと、ワンはにたりと不敵に笑った。

「ワン先生の今日の一言を教えてやるぜ。『一緒に行こう』って言うんだ。オーケー？

『一緒に行こう』。お誘いの言葉だ。便利だぜ。繰り返してみな」

「……い、一緒に行こう？」

「辛気臭いぞ。もう一回だ」

「一緒に行こう」

「声が小さい。小鳥のさえずりか？」

「一緒に行こう！」

「やれやれ仕方ねえな、可愛いおねえさんに三回も頼まれちゃ、付き合いの悪い俺として
も付き合ってやるしかない。駄賃はボディのフルメンテで手を打ってやるよ」

「え？　いや、そういうことでは……そもそも危険なところだと聞いた。君に無茶は」

「全体的にこっちの台詞《せりふ》だ。放っておいたらろくなことになる気がしねえ。せっかく手に
入れたシェルターをこんなに簡単に手放してたまるか。とりあえずこれを食え。腹が減っ

ては戦《いくさ》はできぬだぜ」

　手渡された串焼き肉にエルが口をつけると、追ってワンもかぶりついた。塩とこしょうとよくわからない粉がたっぷりまぶされた植物性の合成肉は、しかし思いのほか美味だった。ナイフもフォークもない原始的な一品なのに、エネルギーが補給される感覚で満たされる。そして隣で誰かが同じものを食べていた。

　並んで肉をかじるうち、エルは奇妙な感覚に包まれた。

　胸のあたりが温かかった。

「どうした、ハニー。一人でにやにやしてるぜ」

「……嬉しいんだ。素敵な言葉を教えてくれてありがとう。『一緒に行こう』、か。『一緒に行こう』……そういう言葉もあるのか。もっと早く知りたかった」

「寂しい人生送ってきたんだな。エリートにしても、あんたはちょっと行きすぎだぜ」

「自分の人生を寂しいとは思わないよ。学校には友達がたくさんいた」

「でも成績トップだったんだろ？　嫉妬《しっと》もやっかみも、さぞかし多かったろうな」

「そうだろうか。私たちの間に、そういう感情はなかったと思うが……」

　ワンは今度こそ、憐れむのではなく呆れた顔でエルを見た。エルはワンに、自分が所属していた『学校』の話を打ち明けたくなったが、考え直してするべきではないと判断し、肉と共に言葉を飲み込んだ。エルと学友たちの間に、互いの優劣を気にするような人間関係はなかった。全員で一つの生き物を構成するように、同じ到達点を目指して、効率を上げるため競い合いながら、共に駆けてゆくのである。その工程がエルは楽しかったし、友人たちが皆平等に愛《いと》しかった。

だがそう考えると、初めて出会ったワンに抱いた感情は、彼らに感じた友情とは、少し違うものなのかもしれないと、エルは思案した。だが考えたところでその正体がわかるとも思えない。エルは思考に蓋《ふた》をし、さてと言って立ち上がった。

「ワン、一つ頼みがある」

「おう、何だよ。二人で宿にしけこもうってか」

「その通りだ。君の体をいじりたい。ホテルを探してくれ」

食べていた途中の肉を喉《のど》にひっかけたようで、ワンは猛然とむせ始めた。エルが背中をさすると、少年型は次第に落ち着き、毒づきながら深呼吸をした。

「……もう一回言ってくれ。今、あんたが略した部分を、全部省かないバージョンで」

「君に調律を施したい。改造と呼ばれない程度のぎりぎりまでだ。これから私たちが赴く場所は、かなり危険な場所かもしれない。私はマーシャルアーツのスコアだけはよくなかったし、改造されたアンドロイドが複数体存在する可能性もある場所に、丸腰で乗り込むのも危険だ。いざという時のための布石を打っておくにこしたことはない。調律に必要なものは携帯しているし、最悪そのあたりの店舗で購入することもできるだろう。宿でなくても、貸し調律ブースのようなものがあればよいのだけれど」

「そんなことじゃないかと思ったぜ……不意打ちでいいカウンターもらっちまった」

「大丈夫か？　私は何か奇妙なことを言ったかな」

「いや、心の汚いやつしか引っかからないトラップってやつだ。気にするな」

「心というのは情動領域の生み出す、思考の文模様のようなもののことだろう？　だとしたら心にきれいも汚いもないはずだ。もし、そんなところにまで優劣があるのだとしたら、私は、己が存在していることそのものが、嫌になってしまうと思う」

言葉の出力に、一番驚いているのはエル自身だった。気づいた時には言葉は口からまろび出ていて、ワンは紫の瞳を見開いていた。

「……奇妙なことを言ってしまった。すまない。私は空気を読むのが破壊的に不得手だとよく言われる。あまり気にしないでもらえると助かる」

「承《うけたまわ》ったぜ、ハニー。でも俺あんたのそういうところけっこう好きだぜ」

え？　とエルが尋ね返しても、ワンは答えず、さてとと大声で叫んであたりを見渡した。

「さっさとしけこもうぜ。宿でも何でもいいからよ。でもあんまり痛くしないでくれよ。こう見えて俺は優しく丁寧に扱われるのが好きなんだ」

「快諾をありがとう。何度も言うが、私のテクニックをあなどられては困るよ。うっとり眠っているうちに、全て終わらせてあげよう」

「……全然わかってないくせに会話が成立しちまうところが怖いな、あんた……」

「？」

ワンはそれ以上何も言わず、ついてきなと言いながら、エルの前を歩いていった。

最後にもう一度、エルは屋台の集落を振り返ったが、老人の姿はどこにもなかった。

エルとワンが目的地に辿り着いたのは、もう日が暮れようかという刻限だった。紫外線防護ガラスごしに、生の天気を感じられる最上階層以外の場所では、空模様は天井に設置された天候管理装置によって管理されている。午後六時を回ると、既《すで》に夕暮れの時間が始まっていた。

第四十一階層、中央部から遠く離れたアレス地区の辺縁には、リニアもタクシーも存在しなかった。今にもひっくり返りそうな細い木の船が行き交う、汚れた水路の左右に、古びたビルディングが高さを競い合うように無尽蔵に身を寄せあい、その全てに居住者が犇《ひし》めいていた。看板の文字が半分以上、過去アジア圏と呼ばれた文化に属するもののようで、ところどころ路面に張り渡されたロープからは、紙でできたエスニック・ランプがぶらさがっている。縦横に伸びる建築物に、エルは遠い過去に克服された、癌《がん》という病の見せる細胞の病変を思い出した。細胞の正常な形などお構いなしに、爆発的に増殖してゆき、主を死に至らしめる。

今にも倒れそうなビルディングの森の向こうに、果たしてサーカスはあった。

コロニスに掲載されていた通りの、裾広がりの円錐形で、観客の姿もある。

白一色の服だと目立つと言われたエルは、ワンに見繕《みつくろ》ってもらった竜の刺繍《ししゆう》いりの赤いジャンパーをジャケットの上から着用し、だめ押しでハンチングもかぶっていたが、目が合うたびにワンが笑うことに閉口した。似合っていると少年型アンドロイドは何度も繰り返したが、到底そうは思えない個性派の衣装である。

ワイヤーで釣られた赤と金のテントは、まるで世界の内側にもぐるゲートだった。開演を待つ人々が、テントの前に行列を作っている。客層は九割以上が男、残りは男女どちらともつかない風体の者たちだった。いずれも目をぎらぎらさせていて、ほとんどは自前のアンドロイドを従えている。アンドロイドたちは一律に無表情だった。集合住宅に暮らす第四十一階層の人々よりも、明らかに身なりのよい人物が多いことにエルは気づいた。おそらくは大多数が、上層階からの客人である。

「……どっちかっていうと『見世物小屋』だな、これは」

「みせものごや？」

「旧世界の遺物ってやつさ。今でもあちこちにあるだろうが、名前は変わった。ところでハニー、このあとのご予定は？」

「……さしあたり、出し物を見てから考える」

「場当たりかよ。くそ、さっき気持ちよくしてもらった分の礼はするが、それ以上のサポートは期待するなよ」

「『気持ちよかった』？　奇妙だ。施術中、センサーは全てオフにしていたのに」

「感覚的な問題ってやつさ。これ以上は危ないな。黙っとくぜ」

呼び込みの銅鑼《どら》が鳴り始め、行列を作っていた人々は少しずつ、天幕の内側に招かれ始めた。入場料は買い切り式のプリペイドカード支払いのみである。キヴィタスで最も広く活用されている支払い方法は、個人の虹彩《こうさい》認証に紐づけされた生体ＩＤクレジットカード払いだったが、おおっぴらに購入するには都合の悪い買い物は、どの階層にも存在する。そういう時に便利なのが、個人情報との紐づけがないマネーカードだった。

カードに意思は存在しない。何とでも引き換えることのできるカードが、エルには裏世界への片道切符のように思えた。

サーカスの内側には、『席』と呼べるような空間はなかった。腰かけたら五分で尻が痛くなりそうなごつごつした台座、あるいはベンチが、ありじごくのように砂場の演技場を囲んでいる。中空にはロープが張り渡され、照明設備が天井でぶらぶら揺れていた。あとからあとから入り込んでくる人ごみに押しつぶされそうになりつつ、ワンに支えられ、エルはどうにか足を踏ん張った。座ろうとする人間はおらず、皆立ち見で、幕の内側から何かが出てくるのを待っている。

客入れが終わった頃合いに、ふたたび銅鑼の音が聞こえると、明かりが落ち、演技場の中央にスポットライトがあたった。いつの間に現れたのか、赤いシルクハットをかぶった中年の男が大仰な礼をしていた。ぴんと伸びたカイゼルひげにモノクル、パンツもジャケットも赤一色といういで立ちだったが、よく見るとジャケットには右腕部分がなかった。メタリックな赤に塗られた腕は、左腕よりも二回り以上大きい義手である。顔立ち同様、人間なのかアンドロイドなのかもわかりにくい男だった。センサーにはどう見えているのかと、エルがワンを小突いても、少年型アンドロイドは首を横に振るだけだった。遠すぎて感知圏外らしい。

「紳士淑女とそうでもないごろつきの皆々さま、我らが雑技団にようこそお越しくださいました。これよりお目にかけますのは、おてんとうさまの下には決して晒《さら》せぬ、おぞましいばかりの人の形にございます。日々の憂《うれ》いを忘れ、ねじくれた世界の中で、ねじくれた悦《よろこ》びを、思う存分ご堪能ください。それではこれより開幕、開幕にございます！」

男は胸に手を当てる礼を繰り返し、スポットライトの光と共に消えた。

赤い光が再点灯されると、そこからはノンストップのショーだった。出てくる演者は全てアンドロイドである。エルはしばし、息をするのを忘れた。

首が二メートルも伸びる黒髪の軟体曲芸師。

腹部に巨大な口のある腹話術師。

素手でドラム缶を引き裂く人面熊の美女。

フェイスパーツが四つ取りつけられた、喜怒哀楽の面相をもつピエロ。

手足がいずれも五メートル以上ある空中自転車芸人は、上空のロープを自転車で渡る最中、バランスを崩しかけるたび、そっと地面に足をつくので、そのたび会場は受けた。

悪夢のような光景はいずれも現実だった。

やんやの喝采《かっさい》が切れぬままショーが終わると、ワンはエルの袖《そで》をぐいと引いた。立ち尽くしていたエルは、しばらく口がきけなかった。

「ハニー、落ち着いたか。震えてたぜ。感想はどうだ」

「……信じられない。驚異的な腕前だ。あれだけアクロバティックな取りつけをして、アンドロイドが動いているということが、信じがたい」

改造アンドロイドたちの姿は、さながら邪悪なカタログの博覧会だった。管理局の基準では、あまりにも『人間』の姿を逸脱した改造は、ボディは耐えられるとしても情動領域が耐えられないとして禁忌《きんき》とされている。『人間のようなもの』を動かすためのOSとしてつくられた情動領域は、奇跡的に調律された例外を除いて、『およそ人間とは思えないもの』の体に耐えられないのである。ワンと訪れたテント街で、動物型のボディにアンドロイドの中身を移し替えるという改造を請け負っている店が、耐用年数が落ちると話していたのと同じ理屈だった。

そんな決まり事など、まるでどこかへ蹴飛《けと》ばしてしまったように、新種の植物のような姿かたちの肉体が開陳《かいちん》されるさまは、サバトという悪魔の宴《うたげ》をエルに連想させた。改造の中に未来が開けていることが最大の驚異だった。エルの目には改造者がアンドロイドを『ながもち』させるための試行錯誤《さくご》の痕跡《こんせき》が見え、またそれが建設的な方向に開けてゆく過程も見てとれた。ただの面白半分の改造とは明らかに格が違った。まさしく悪魔的なほどに。

「……法規的問題を二の次にすれば、あれはもはや、芸術という他ない。しかし……あんな状態のアンドロイドが……本当に動いているとは……一体どうやってAIの自己認識をごまかしているのか……」

「クソ仕事人間め。怖くて今夜は眠れないって言うかと思ったのによ」

ショーは終わったにもかかわらず、客席の温度は上がったままだった。ショーの最中に書きつけたメモのようなものを、仲間同士で見せ合っている人間もいる。改造に用いるパーツの型番であることがエルにはわかった。隣の金額はおそらく予算である。

追い出しの銅鑼が終わっても、客席に残っていた観客たちは、何故か砂地の舞台へと降りていった。いつの間にか黒髪の軟体芸人アンドロイドが、舞台上の台座の上に寝かされていて、乱入者たちは彼女の体を自由に引っ張っては伸ばしたり縮めたりしていた。

「なるほど、このサーカスは閉幕後が本番ってわけだ。さっきまでの演目は見本だったわけだ。『こういう改造ができますよ』ってな。金のあるやつらがそれを舞台裏の人間に依頼する。よくできた仕掛けだ」

「……舞台裏に忍び込めないだろうか。探したいものがある」

「お前、マフィアの事務所に正面から突撃するタイプの命知らずか？」

「それはまだ経験がないので、何とも言えないが」

「『アホか』って聞いたんだよ！　一般常識として理解しろよ！」

「今なら裏方の人々も忙しいかもしれない。一度外に出てから回り込もう」

「聞けよ、おい！　おいって！」

エルは特に何も答えず、人波に紛《まぎ》れながらテントを抜け、人目を気にしながらテントの裏側に回り込んだ。警備員らしきアンドロイドの姿もなく、ゴミ袋と段ボールが積み上げられた裏口が、ぽっかりと黒い口を開けている。天候形成プログラムが日没直前の光を演出し、空は幕の色そっくりの強烈な赤に輝いていた。

「くそ、違法改造キャンプの裏口が、こんなにザルでいいわけねえだろ！　エル、怒られた時の言い訳くらいは考えておけよ。聞いてもらえるかどうか知らねえけどな」

テントの中に入ると、舞台上で繰り広げられている、おそらくはセールストークの歓声が遠く聞こえた。競り市のように白熱し、裏のことは誰も気に留めない。部屋と部屋が垂れ幕で区切られたテントの中を、エルは奥へ奥へと進んだ。小声で毒づきながらワンもついてくる。

「なあ、おい、やけに自信満々に歩いてるが、何か探し物でもあるのか。何を探してる」

「アンドロイドの改造に用いる機材だ。ショーの内容の割にはこのテントは大きい。持ち歩いていると考えてもおかしくない。私の知る限り、メモリの削除に用いられる機械にはバックアップ機能が備わっているものだ。消し方を間違えてしまった場合のセーフティーになる。その部分さえ手に入れることができれば」

　話しながら歩いていたエルは、ばらりと垂れ幕をめくりあげ、次の部屋に入った瞬間硬直した。後ろから歩いてきたワンが背中にぶつかっても動けなかった。

「え?」

　大道具部屋の隣の、洗濯物を干している空きスペースに、赤い髪の毛の少年が立っていた。サーカスの下働きとおぼしき、工具を腰に差した職人スタイルで、はっきりした目鼻立ちをしている。八歳かそこらに見えた。エルと少年は、しばらく場違いに見つめ合ったが、先に少年が我に返った。

「えっ……!　ええーっ?」

　頓狂《とんきょう》な声で叫ぶと、少年はりすのように身をひるがえし、テントの奥に消えた。明らかに初対面なのに、何故どこかで会ったような気がするのかと、エルは数秒首をひねったが、背後から猛然とアピールしてくるワンの打撃に負けた。

「やばすぎるぞ！　潮時だ。ずらかれ」

「すまない、『ずらかれ』という言葉を知らないんだ。一体どういう」

「ケツまくって逃げろってことだよ！　いいから早く」

「おやおや、こんなところにお客さまが」

もといた区画に戻ったエルとワンは、先客に出迎えられた。待ち伏せのようだった。

赤装束に個性的なひげをはやした団長と、改造アンドロイドの美女たちが、空きスペースに立っていた。やばい、とワンが呟くと、団長は赤い義手を二人に差し出した。

「ようこそ我らの雑技団へ。見たところ初めてのお客さまのようでございますが、どのようなご用件でしょう？　わたくしどもはあらゆる摩訶《まか》不思議かつ悪趣味な改造を請け負う仕事人、あなたさまの欲望の形を包み隠さずお教えください。あなたさまの金銭と我々の力の及ぶ範囲ではありますが、誠心誠意おこたえしましょう」

「いやあ、その、道に迷っちゃってさ」

できるだけ軽い口ぶりでワンは宣言したが、サーカスの一同は誰も笑わなかった。団長は長いひげをぴんとはじくと、白い歯をむいて笑った。

「お客さまではないと？　それは残念なことです。サーカスの裏側にあるのは門外不出の技ばかり。お見せできるのは我々の仲間になってくださる方のみです。アラクネ、エアリエル、丁重にお見送りを」

「待ってください！」

　声をあげたエルは、やめろとワンに袖を引っ張られたが、言うべきことは言っておくと決めたらとまれなかった。ひょっとしたら『根を詰めると度を越すことがある』という申し送りは、こういう癖ゆえにつけられたのだろうかと、エルはどこか遠くのほうで思った。

「私は、その、メモリの削除にまつわる改造に関することで、お尋ねしたいことがありまして、ここであなたを待っていました」

　ほう、と頷いた団長は軽く赤い義手を上げ、アンドロイドたちを牽制《けんせい》した。

「娘たち、待ちなさい。少し話を聞いてみましょう。メモリの削除？　どちらでそのようなお話を？　ここは気のいい改造愛好者たちの集う場所ですのに」

「風の噂です。彼女たちの施術も、全てあなたが？」

「ふむ、ふむ、困りますねえ、そのような違法行為が我々のサーカスで行われているなどという噂を、一体どこから聞きつけてきたのか。あなたに、あるいはあなたの隣にいるアンドロイドのメモリに、お尋ねする必要がありそうだ」

「え？　あの、それは」

「これ以上は無理だ。ずらかるぞ」

「帰しませんよ。私たちが望むことを話すまでは」

　団長の合図と共に、アンドロイドたちはエルとワンを左右から囲い込むように近づいてきた。こっちだとワンに手を引かれるままエルは走り、天幕をくぐりぬけ、辿り着いたのは砂地の舞台だった。改造見本市を愉《たの》しんでいるアンドロイド所有者たちは、ぎょっとした顔で二人を凝視した。

「……新作の見本ですか？」

男たちの一人に尋ねられた直後、エルは背後から抱き寄せられた。ワンである。じっとしてろという声のあと、少年型アンドロイドは地面を蹴り、高く跳躍した。

わずかな間の後、エルの視界は一気に上昇した。

「すっげー。あんた本当に天才なんだな」

ぼそりと呟いたワンは、エルを抱いたまま、地上十メートルほどの足場に降り立っていた。脚部のバネ、筋力および耐久力の強化と、跳躍に耐えうる全身パーツの調律、および空間認知機能の拡大は、ワンの基礎中枢に正常に馴染んでいるようだった。

「おお！」

「すごい！」

「あの素体は何だ！」

「TCC社の新作だろう！」

「いや、あれはガルシア社のものだ！」

「見たこともないぞ。バトルロイドじゃないだろうな」

「見事な出力調整だ！　ただの汎用《はんよう》アンドロイドにしか見えない！」

あれが欲しいあれが欲しいと、一斉に合唱し始めた人間たちの傍《かたわ》らで、おっとり刀で駆けつけた赤装束の団長は、心底愉快そうに嗤《わら》った。

「紳士淑女とそうでもない皆さま、あれに見えるは我らの誇るドクターの新作も新作、銀の流星のような美少年とそのペットの人間です。一見ごく普通の汎用アンドロイドにしか見えない素体にどのような調律を施したのか、一体どこの会社のパーツを用いているのか、気になりますか？　気になりますね。今日の私はとても気前がよい気分です。あれをまっさきに捕まえた方、先着一名に、あの少年型をプレゼントいたしましょう。私の娘たちのほうが早く捕まえてしまったら、プレゼントはなし。さあ早い者勝ち、早い者勝ち！　それにしてもマックスはどこで油を売っているのか」

「冗談じゃねえぞ」

ワンの呻《うめ》き声は、紳士淑女とそうでもない人々の歓声によってかき消されてしまった。人間たちは我先にと柱を上ってくる。足場は狭い。どこへ逃げたらと視線を彷徨《さまよ》わせるうち、エルの体は再び浮遊していた。

「後ろ見るなよ、けっこうキモいぞ」

振り返ったエルの後ろでは、左右の腕が四本ずつある異形のアンドロイドが、音もなくワンに腕を伸ばしていた。アラクネと呼ばれていた軽業《かるわざ》アンドロイドである。宙を飛ぶワンの下を人々の歓声がドミノ倒しのように追いかけ、縄を張り渡した向かいの足場に着地するとまばらな拍手が起こった。そしてまた柱の下に、人間が群がる。

「くそ、抜けられない。客席から出口まで一気に跳べるか……？」

「君の跳躍限界は十メートル、私の体重分の負荷を差し引けば、せいぜい五メートルといったところだろう。私を置いてゆけば君は逃げられるだろうか」

「アンドロイドは人間を見捨てられないってわかってて言ってるんだろうな？　ちくしょう、サーカスを見に来て芸をさせられるなんて聞いてねえぞ。出演料を寄こしやがれ！」

最後の一言は団長に向けたもので、赤装束の紳士は会釈で応じた。

もはや人間たちが足場に上がってくるのも時間の問題だった。再びエルの体を抱き上げたワンは、砂の舞台に飛び降りた。我先にと群がってくる人間を避け、アンドロイドたちに向かってゆくと、悪いなと言いながら大きく跳ねた。

「いよっと！」

跳躍力に優れた体は、邪魔なアンドロイドの頭を踏んで跳んだ。

続けてまた、別のアンドロイドの頭を足場に。

次のアンドロイドの頭上に降り立ち。

ホップステップの飛び石で客席に着地したワンの腕は、エルの下でギイと軋《きし》んだ。

「まずい。メンテナンスを……」

「無事に帰れなきゃそんなのは夢物語だぜ。おいおっさん、世話になったな！　俺たちは帰るぜ！」

「逃がさないと申し上げましたよ」

　ぎょっとするほど大きく目を見開いた団長は、大きく手のひらを開いて、二人に義手を向けた。ショータイムを促すような仕草だったが、目を凝《こ》らしたエルは、腕パーツの中央部分が精巧な仕込み銃であることに気づいた。手のひらの中心がぱかりと窪《くぼ》み、何かが射出される。小さなボールのようなものだった。催涙ガス弾である。アンドロイドだけではなく人間にも作用する狭域制圧用の武器だった。

　気付いた時には体が動いていた。

　待て、エル、というワンの声を背後に聞きながら、エルはガス弾とワンの間に立ちふさがって両腕を広げていた。ただでさえボディパーツが不調なワンに、これ以上の負荷をかけるのはよくないと判断してのことだった。体にガス弾が当たったらどうしよう、何らかの不測の事態が起こっても言い繕えるだろうかと考えるうち、みるみるうちに弾は接近し、避けようもなくなり、エルが目を閉じた時。

　圧縮ガス入りのボールは、中空で破裂した。

　テントのど真ん中で弾けたボールの中からは、白いガスが溢《あふ》れ出し、ゲストたちは咳《せき》と涙が止まらなくなった。一体どういうことだと騒ぎ立てる団長の声を、エルとワンは唖然《あぜん》と聞いていた。

「やれやれ、手がかかる人たちだ」

二人の背後に立っていたのは、舞台裏で出会った、赤い髪の少年だった。右手に構えているのは曲芸の中で使われた空気銃で、一発撃つと次弾を装塡《そうてん》しなければ弾が出ない、らっぱのようなアンティークである。ほとんどおもちゃであったが、射手の腕前によっては、極小のガス弾を打ち抜くことも可能になる。

「マックスと言います。よろしくお見知りおきくださらなくて結構ですので、お引き取りください。逃がしてあげます。どうぞこっちへ」

少年は客席の合間を縫《ぬ》って、客人用出入り口ではなく、舞台裏に回り込んだ。土間から抜け出した団長たちは、客席にエルたちの姿を探しているらしい。裏口の幕の下を素早く駆けぬけ、少年はエルとワンをテントの片隅《かたすみ》まで案内した。

乱雑な外の風景に、エルは安堵《あんど》の息を漏らし、その後いぶかしんだ。

「……ありがとう。しかし、どうして」

「説明している時間はありません。あなたを助けたいという気持ちもあまり。僕はただ団長に荒事をしてほしくないんです。あの人は変わり者の変態ですけど、基本的には善人なので」

「善人だ？　怪物みたいなアンドロイドばっかりつくる改造オタクが？」

「このサーカスの改造は見かけよりもマイルドなものですよ。それに、パフォーマーたちのような大規模な改造は、それを必要としているアンドロイド相手に限定されたものです。こういう形でなければ、機能停止してしまう同胞《どうほう》たちもいるんです。人間は不便ですね、肉体と精神の不調和を抱えていても、デフォルトの体をなかなか捨てられないし、意図的に一部の記憶を捨てることもできない。だから自分で自分を殺すまで止まれないものもいる。あなたにはわかるでしょう」

あなた、と言いながら少年が見ていたのは、エルではなくワンだった。ワンは無言で少年を睨《にら》み、少年はワンに無垢《むく》な微笑を返した。詳しい話をと食い下がりかけたエルを、少年は手のひらで牽制した。

「失礼。施術のあとの話をするのは、このサーカスの流儀に反していましたね。とはいえ二度もやってくる人のほうが珍しい。今のはなかったことでお願いします」

「しかし」

「あなたにはお話ししていませんよ、美しい人間さん。これに懲《こ》りたらあまり変なところへ出かけないほうがいいです。見たところ上層階の方かと。物見遊山でバラバラにされてもつまらないでしょ。それでは、お気をつけて」

最後に軽くお辞儀をするように、少年は自分の首を取り外して、左腕で小脇に抱えると、瞼《まぶた》を下ろし、慇懃《いんぎん》な礼をした。

　階下から誰かが階段を上ってくる足音がしても、エルは顔を動かさなかった。反応する気力がなかった。目を閉じたまま突っ伏していると、おいというぞんざいな声がかかった。

「生きてるか？　さっきからそこで何してるんだ」

「…………反省会をしている」

「机に向かって話すな。美少年を拝みたくないのかよ」

「…………」

　エルがゆっくりと顔を上げると、ワンは階段からエルの対面に回り込んだ。ほとんど喋《しゃべ》らずタクシーを駆ってエレベーターホールまで戻り、不審がる係員を無視して最上階まで帰還したのは、もう二時間も前のことだった。ワンの全身にメンテナンスを行い、傷んでしまったボディパーツに補修処置を行ってから、ずっと体が動かなかった。その間にワンは何度かレジデンスを出入りし、デリで食べ物を買ってきたようだったが、エルのことは今に至るまで放置していた。

「長すぎだろ。そもそも一人で『会』も何もあるか。どこから何を反省してるって？」

「…………暴走し、君を危険な目に遭わせた。おごりがあったと思う。何があっても何とかなるだろうと思ってしまった。ワン、本当にすまない」

　顔を上げたエルは、細長い指を唇に当てられそうになり、あわてて身を引いた。麗しい紫の瞳を持つ少年は、エルの目をじっと覗き込んでいた。

「反省がてんで的外れだぜ、ハニー。あんたが一番反省しなくちゃならないのは、俺の話を聞かなかったことだ」

「……どういうことだ」

「あんたの暴走の目的は、改造キャンプを視察することでも、違法な改造サーカスを摘発することでもなく、俺のメモリを取り戻すことだったんだろ？」

　エルは黙り込み、あいまいに首を振った。ワンは微かに笑い、エルの回答を正しく受け取ったようだった。

「性質《たち》が悪いぜ。あんたは途中で気づいてたはずだ。俺は自分の意思であのサーカスへ行って、メモリを消して、晴れて今の身の上になったのに、どうしてゴミを拾いに行った」

「一般的に、メモリというのはゴミでは」

「それはお前が決めることか？」

　高速で言葉をうちかえされて、エルは返す言葉を探しあぐねた。目の前にいる少年の紫色の瞳は、エルの心の内側をみすかす魔法の鏡のように美しく、瑞々《みずみず》しく、とがった氷のように澄《す》んでいた。

「……少し、解説をさせてくれ。野良アンドロイドというものは、原則としてありえないという話をしただろう。君たちは必ず、誰かしらの人間に所属するものとして、社会的には認識される」

「まあ、そうだろうな。高級なペットみたいなもんだ」

「摘発された場合、どうなるのか説明する。まず、元の持ち主を探す。規定の期間を超えて持ち主が見つからなければ情動領域、基礎中枢、共に処分され、ボディパーツはリサイクルに回される。どれほど豊かな情動領域を持っているアンドロイドであっても」

「当然だな。中古品が喜ばれる業界じゃない」

「……わかっているだろうが、私は駆け出しの新人だ。何か不具合が、いや、何か不都合なことをしたら、学校に送り返されるかもしれない。そうしたら君とベッシーはどうなる。このレジデンスは社宅だ。すぐ清掃用のアンドロイドが派遣され、保安部の検査もあるかもしれない。その前に尻をまくってずらかることができればいいが、そうでなければ」

「要するに俺たちの処遇が心配で、元の持ち主を探したってわけだ。おい、仕切り直しに何か飲むか」

冷蔵庫の下段を開けた少年型アンドロイドは、大量のビールの缶をエルに示した。『祝い事があった時のため』という名目でワンが買いこみ、特に祝い事がない時にも時々飲んでいる。エルは首を横に振った。

「アルコールは脳細胞に悪影響を与える。私の資本にあたる部分《パーツ》だ。飲めないよ」

「構うか。飲もうが飲むまいがお前の物わかりの悪さは筋金入りだ。俺とベッシーの処遇だ？『知ったことか』だ過保護な偏屈野郎。俺は誰かの持ち物じゃない。ただの居候《いそうろう》中の野良だ。だからお前が昇進しようがクビになろうが、それはそっちの問題で、俺には全然関係ねえんだよ。逆も然りってな。ここまではわかるか」

「……理解できるように思う。しかし」

「わかってないぜ。つまり、あんたには俺を助ける義務は全くないんだ。『俺を苦労させるかもしれない』なんて理由で危険な目に遭う必要は、全く、これっぽっちも、ない。そういう相手のために命をかけることがどういう意味を持つかわかるか？『施し』ってやつだ。階段の上にいるやつが、下にいるやつに向かって、おいしい餌《えさ》を投げてるのさ。投げるほうは気持ちいいかもしれないがな、俺はそんなものねだった覚えはないぜ」

　手の中で弄《もてあそ》んでいたビール缶の底に、ワンは親指を突き立てて穴をあけ、ほとばしり出た液体をぐびぐびと飲んだ。白い喉が三回ほど上下したところで、エルは言葉を絞り出した。

「……すまなかった。君を侮辱《ぶじょく》する気はなかった。だが……私は一体、どうすればいい。アンドロイドよりも人間の立場が強いのは自明だ。何をしても施しになる。何もできなくなってしまう。だが私にはそれが耐えがたいんだ。それだけはわかる」

「ふう」

　飲み切ってしまった缶をつぶし、リサイクルボックスに投げ込むと、ワンは何故かダイニングの鏡で髪と服を整えた。下層階から帰ってきた時と同じシャツとジーンズだったが、ワンが着ていると流行《はやり》のアイテムのように映《は》えて見える。

「ところでよ、俺たちのデートはまだ継続中ってことでいいのか？」

「は？」

「昼はあんたの提案だったからな。夜は俺がいいところに連れていってやる」

「……しかし、ワン、もう夜更けだから」

「『夜の十時』は全然『夜更け』じゃねえ、宵《よい》の口だ。そうだな……週末に行くようなところじゃないが、まあ仕方ない。ハニー、出かけようぜ。スカートにははき替えなくていい。あそこはパンツスタイル推奨だからな」

「ハニーはなしだ。一体どこへ……」

「いいところだよ」

ワンは誘うような眼差しで首をかしげていた。首筋に銀色の髪がかかる様子が無暗に美しくて、エルは曖昧に首を振り、少年型はそれをイエスと受け取ったようだった。

アンドロイドの少年は、何も言わずにエルを導いた。レジデンスの最寄り駅からリニアに乗り、中央駅でアポロン線に乗り換えて、辺縁部にほど近いシグマ駅で下車する。エルには初めて訪れる繁華街であった。夜空には鮮やかなレーザービームが浮かび上がり、建物どころか道路まで、丸ごと映像が投影されている。十歩くうち、周囲の景色は珊瑚礁《さんごしょう》の海の中になり、雪を抱く高山の頂《いただき》になり、恐竜の闊歩《かっぽ》する太古のジャングルになった。学校の周辺には全く存在しなかった文化圏ゆえに、最上階層にやってきても無意識に避けていた界隈である。

下層階から帰ってきたばかりのエルは、周囲を歩く人々が皆、四十階台に比べると、画一的な健康体型で、服には汚れがなく、若々しく見えることに気づいた。健康も若さもつまるところ人間の生命を構成する絵の具のようなもので、どれだけ鮮やかな色にすることができるのかは、金銭や権力の問題と不可分であるらしい。知識としてわかったつもりでいたことを実際の経験として叩き込まれ、エルはめまいを覚えそうになった。

他方、エルを先導してゆくワンの足取りは、少しの迷いもなかった。

「ついたぞ」

到着したのは、ドーム状の建物だった。

ゆるやかに歪曲《わいきょく》する外壁は黒一色で、十階建てはありそうな高さなのに、一つも窓はない。入り口も小さな扉が一つきりである。入場を待つ列の先頭では、アンドロイドのギャルソンが切符を売っていた。時々入り口から謎の突風が噴き出してきて、入場を待つ人々の服をはためかせる。すいと列に並んでしまったワンに従って、エルも行列に加わったが、不安はつのった。

「ワン、ここは何だ。一日二度のサーカスは遠慮したい」

「安心しろよ、合法のプールバーだ。アトラクションつきの飲み屋で、飲まなくても楽しめる。せっかく空間認知機能とかいうのを強化してもらったわけだしな。ギャルソン、フリータイムで大人二枚くれ。ドリンクの券はいい。サービスチケットがある」

クラシックな三つ揃えのスーツを着たアンドロイドは、自分より明らかに仕立ての悪い服の少年型アンドロイドと人間の二人連れに困惑し、若干処理速度を落としたが、数秒のあとワンにチケットを二枚手渡した。虹色に輝くチケットは半透明のプラスチック製で、きらきら光るインクで文字が入っており、光にかざすと不思議な形が浮き出した。

「ワン、すごい。こんなにきれいなものを初めてもらった。この模様は一体なんだろう。見たことのない形の分子構造のようだ……」

「ベガとかアルタイルじゃねえの。奮発した甲斐があったってもんだ。心配するな、俺のおごりだ」

「どこからそんな資金を」

「ハニー、いい男ってのは、いつも小銭とハンカチと謎めいた過去くらいは持ってるものだぜ。さっさと行くぞ」

入り口の中には分厚い壁と回転扉があり、回転扉の向こうには暗幕が、暗幕の向こうにはビニールの覆《おお》いが待ち構えていた。覆いをくぐると、強化ガラスの二重扉が待っていた。その先には巨大な部屋があるだけである。エルは目を見張った。

透明な扉の一枚向こうでは、人々が泳ぎ戯《たわむ》れていた。

水の中ではなく、空中を。

垂直方向にも自由自在に。

「ワン！　人が、浮かんでいる……！」

「無重力プールのバーって言ったほうがよかったか？　内張りはクッション仕様だし、監視カメラもあちこちにあるだろうから、重力制御が故障でもしない限り、ここで死ぬのはかなり難しいぜ。バーも中だ。点滴型ドリンクをふわふわしながらキメるのさ。さすがに最上階層じゃ、あれやらこれやらの薬入りのドリンクはないだろうな……」

「一般的な人間は、無重力空間にも適応可能なのだろうか！」

「宇宙開発華やかなりし二十一世紀を思い出せよ。宇宙ステーションってところに人間が派遣されてただろ。おんなじ要領だ。エスコートしてやる」

扉の前のタッチパネルに『説明を受けますか』という選択表示が出たものの、ワンは無慈悲に『いいえ』を押してしまった。アクセサリー類はあらかじめクロークにお預けください、紛失は自己責任です、という表記が出たあと、足元のクロークが開き、エルは慌てて切符と腕時計を預けた。『準備はよろしいですか』という表示には、エルが自分で『はい』を押した。半ば夢を見ているような心地だった。

最後の扉が開いた時、エルは平衡感覚を失った。

「お、落ちる！」

「無重力下で落ちるか。手を握ってろ。上まで連れてってやる」

とんと床を蹴ったワンは、エルの腕をがっちりと捕まえたまま、大きなドームの天井付近を目指して泳ぎ始めた。空気抵抗があるので、少しずつ体を動かさなければ止まってしまうが、労力は二本足で歩くよりもずっと少なかった。

プールの中央部には人波の流れがあった。人々が楕円《だえん》形を描いて、笑い、さざめきながら回遊し続けている。泳いでいないと死んでしまうのである。楕円の中央では、赤い熱帯魚のようなひらひらした衣服のアンドロイドが、妖艶《ようえん》な踊りを見せている。流れの中には加わらない人々は、壁の縁でドリンクを飲んだり、パートナーと言葉を交わしたりしている。

ビルの屋上に足をつけ、階下を見下ろすと、人の群れは一個の銀河のようだった。

黒いクッションの壁面には、時折またたく星座の姿が投影され、太古から続く物語を紡《つむ》ぎ、散発的に酒や衣料品ブランドの広告が混じった。

「いい景色だろ、ここには上も下もないぜ」

「……確かに絶景だが、くらくらする。背骨を持っていかれそうだ」

「錯覚だ。しばらくじっとしてるうちに慣れる」

回り続ける人々の姿を眺めながら、エルは自分を包む無重力の感触に慣れようとした。

上も下もなく、頭を少し動かすだけで平衡感覚を一から構築し直さなければならない。肉体の耐久テストを何度も受けているような感覚にも襲われたが、あまり構えずじっとしていれば、楽しむこともできそうだった。だが一人でここを訪れたいとは思えなかった。あまりにも全てから『解放されている』感覚が強すぎるのである。エルの苦手な感覚だった。

ふわふわと漂う銀色の髪の持ち主は、エルの眼差しを受けると、待ち構えていたように微笑んだ。つられてエルがぎこちなく微笑み返すと、ぷっと吹き出した。

「さっきよりはましな顔だ。笑ってろ。トロイのヘレネは笑わなくても美女だったろうが、笑ったら向かうところ敵なしだったに違いない。あんたの笑顔は武器になる。あと俺も元気になる」

「……私の笑った顔が好きだと、言ってくれたのか」

「他の何だと思ったんだよ。たまにはリップサービスしてやらなきゃな」

にやりと笑った少年型の前で、エルは苦い表情をした。

「ワン、今日はすまなかった」

「気にするな。あんたら人間よりアンドロイドは目がいいのさ。汎用はデフォルトで四・〇だし、ものによっては暗視センサーもついてるし、人間と似たような姿にわざわざつくられてるくせに、中身と待遇はまるっきり人間じゃねえしな」

「…………」

「お前も俺も同じ地獄の釜《かま》の住人だ。お前だけ天国にいるようなふりをしなくてもいい。俺にはお前の苦労はわかんねーし、お前にも俺のあれこれはわかんねーだろうが、まあ、そんなもんだろ」

「…………」

「お、そろそろ流れが速くなるぞ」

ワンが指さすと、人々が身をゆだねる楕円の流れが加速した。黒い壁面には『スピードアップ』というどぎついピンクの表示が輝き、キャーッというはしゃいだ叫び声がプールの中に溢れる。

「酒をくらってあそこに入るとヤバいぜ。慣れないと胃の中のもの全部戻して、ガードマンのアンドロイドに連れられて一発退場だ」

「そんなこともあるのか……」

「慣れちまうとすぐに酔いがまわって楽しいっていうぜ。ちょっと泳ぐか」

ワンは一人、軽く足元の壁を蹴って、何もない空間に泳ぎだした。ビルのてっぺんから下に向かって落ちるという感覚が消えず、エルはためらったが、手を差し伸べる少年の姿に意を決し、靴底で壁を蹴った。

その瞬間、エルは自分が世界の真ん中に放り出されたような気がした。

どこからも引き留められることがない、広大な空の中、あるいは海の底に。

身体感覚は限りなく小さく、まるで消え失せてしまったように頼りない。

それでも目の前には、ワンの姿があり、少しずつ近づいている。

エルが手を伸ばすと、ワンもならい、互いの指先が触れた。

「いいぞ。その調子だ」

ワンはエルの手を掴み、鞭《むち》のように体をしならせた。巨大な水槽の中を気ままに泳ぎ回る魚のように、エルに合わせて浮かび上がったり沈んだり、時には手を繋《つな》いでくるくる回ったりしてみせた。

スローペースのダンスのような動きに、エルが笑い声をあげると、ワンも嬉しそうに微笑んだ。エルは上出来だと褒められたような気がした。

体が無重力に慣れてくると、エルにも周囲の人々を観察する余裕が生まれた。一番多かったのは人間同士の二人連れだったが、次に多かったのはアンドロイドと人間の二人連れで、時々は多くのアンドロイドの取り巻きに囲まれた人間の姿もあった。アンドロイド一人の客の姿はない。

「……ワン、君はいつも一人で、こういうところへ？」

「たまにはな。無重力プールなんか、第四十階層より上の階層なら、一区画に一つくらい普通にあるだろ。全部が全部こんな風に『人間連れ以外お断り』って雰囲気じゃないぜ。見たこともなかったのか？」

ややあってから、エルは首を横に振った。エルの学校には、生徒に自由に外出させるという発想はなかったのである。無駄を省いた合理的な処遇だと今までは思っていたが、外の世界を知った今は、それがとても残念だった。

「……私は、アンドロイドのことなら、何でも知っていると思って、学校を出てきた。だがこの世界のことは、思っていた以上に、何も知らなかったのだな……」

「今それがわかっただけマシと思えよ、新人博士。たまには無茶もいいが、まずは足場づくりってのに励《はげ》めばいい。厄介な方向に足を突っ込むのはそのあとだ。頭の悪い善人ほど性質の悪いやつらはいないからな。一人前の頭のいい悪人になったら、そのあとにアンドロイドの生きざまを建設的に案じてくれ」

な、と言いながら、ワンは無人の回遊フロートを蹴り飛ばし、エルの両手を握りしめた。

二人分の体は、星座の海の中をゆっくりと巡り続けた。

「感謝する、ワン。ありがとう」

「やめとけ、ハニー。こんなテンプレートな会話に心から礼なんか言ってどうする。でもまあ、ありがたく受け取ってやるぜ。何しろ俺は理想の恋人みたいな美少年アンドロイドだからな、あんたの喜びそうなことなんて百でも二百でも言ってやれる」

おどけた顔で微笑んでみせるワンに、エルは名状しがたい感情を覚えた。胸をかきむしられるような感覚に近かった。

「……理想の恋人、か」

「そうさ。デートの場所はきちんと見つけるし、ハードな緊縛プレイにきちんとお付き合いするし、落ち込んでる時には励ましてやる。『相手のために奉仕する』ってのが、俺の考える理想の恋人の条件だ。つまりあんたら人間に、アンドロイド以上の相手はいない。俺たちはあんたらに逆らえないからな。何か間違ったこと言ってるか？」

「……人間には、君たちの理想の恋人たる価値があるだろうのか」

「そこは言わぬが花ってやつさ」

「君はどう思う」

無重力空間に投影されるホログラフィーが、服飾品の広告からイルカやエイなどに変化し、あたりの風景が海になった。遠くに歓声を聞きながら、

「さてね。『世界中の人間全員とデートした経験がないもんで、何とも言えない』って濁《にご》させてくれ」

「……そうだな。理論的だ」

「だが、あんただったら悪くないと思うぜ」

エルは無重力空間で、乾いた笑いを漏らした。度を越えた言葉だった。

「私が？　何故？」

「俺の言葉にマジでそういう質問を返してくるところだよ」

「それは……真に受けるべきではなかったということかな。ジョークの勉強は難しい」

「あんたが本気でそう思うんなら、まあそうなんだろうよ」

ふいと目をそらしたワンが、今までになく寂しげに見えて、エルは細い手をぎゅっと握りしめた。オーバーリアクションだったようでワンは苦笑した。

「あんたはアンバランスなんだよな。人情の機微には疎いくせに、目の前の相手がどういう感情を抱いてるのかには敏感に反応する。調律師ってみんなそうなのか?」

「……世界中の調律師に会ったことがないので、私にもわからない。こういう時どうすればいいのかもわからない。ひどいことを言ってしまった。だが『ありがとう』も『すまない』も、君に言わせれば陳腐《ちんぷ》なのだろう。大変な応用問題だ」

「そういう時は目を閉じて抱きしめてくれたらいいさ。本当の恋人になってやる。一人目の遊び相手にしちゃ、アンドロイドだって悪くはないと思うぜ」

紫の瞳には、諧謔《かいぎゃく》の色がたっぷりこもっていた。もちろん冗談だぜという軽やかな声のあとに、ワンがぐるりと瞳を回す様子も、エルには目に浮かぶようだった。早くそう言ってほしいという気持ちがどこから出てくるのかわからなかったし、その気持ちの理由もまた不明瞭で、エルは混乱した。

ただ今自分が味わっている感覚が、困惑ではなく喜びに近いのかもしれないと判断することはできた。

目の前にいる相手が、親しくなりたいと申し出てくれている。

泣きたいような気持ちになったあと、エルはワンが自分をどのように認識しているのかを思い出した。最上階層に住まう若きエリートで、盤石《ばんじゃく》な足場を持つ人間であると。

喜びの感覚は一気に吐き気に変わった。

「エル？」

「何でもない。すまない。少し気分が……もう大丈夫だ」

プールの底を見下ろすように、視線を下に向けた時、エルはその方向が建物の天井にあたる方向だったと初めて気づいた。

危なかった、とエルは内心一人ごちた。下を上だと見誤ったまま何かを言いかけてしまったことが恐ろしかった。

「……あのさ、エル、ちょっとだけ確認してもいいか？」

「構わないが、何の話だ」

「今更だけどよ、あんたはキュートな素顔を隠した凄腕《すごうで》のハニーで、洗面台の陰に口紅を隠してる女顔の兄貴………じゃないよな？」

「え？」

「いや、まあ……その……」

今になって確信がゆらいでな、とワンは言《げん》を左右にした。気まずそうな顔に、エルは何と言ったものか途方に暮れたが、コミュニケーション能力の高い少年型アンドロイドは、勝手に会話を帰結させた。

「ま、こういうのはデリケートな話だからな。俺は両刀の仕様でも、まだキヴィタスの人口の三十パーセントは『恋愛は異性愛に限る』って考えてるんだろ。そのくらい知ってる。古き良き時代のスタンダードだ。いや……女かもしれない以上、逆で無理って場合もあるか。ああくそ、何でもない。気にする」

な、というワンの声を、エルは耳元で聞いた。腕を伸ばせば届く距離にいる相手を抱きしめるのは簡単で、髪に指をからませると、何だか胸のあたりがぽかぽかした。

「ワン」

「……なんだよ。いきなりどうした」

「わからない。うまく言えない……うまく言えないのだが」

離れようとするワンの首に、エルは腕を回して引き留めた。

「もう少しこのままでいてくれないか」

「…………」

「よくわからないのだが、君さえよければ」

ワンは何も言わずに、エルの頭を抱く腕に、少しだけ力を込めた。

プールバーから出た時、エルは閃光《せんこう》に瞳を焼かれた。眼下に見下ろす雲海の更に下、朝の光に照らされた水平線が、遠く黄金《こがね》色に揺れている。

「なんという……また夜更かしをしてしまったのか……」

「急いでレジデンスに戻れば二時間は眠れるだろ。しかし、最上階層ってのは本当に別天地だな。二十四時間リニアが普通に動いてやがるし、夜になっても暴動の一つもない」

「暴動？」

「ガス抜きみたいなもんさ。鎮圧部隊が出てきてボコボコにされるところまでがお約束だ。みんなわかってるのに暴れるのは、ただお互い殴り合いたいからだと思うぜ。何かを変えたいなんて、誰も本心からは思っちゃいない」

ワンは声をあげて笑った。エルはよくわからないながらも、少年型アンドロイドの言葉を快《こころよ》く聞いている自分に気づいた。わからないことをわからないまま受け止めておくなどということは、これまでのエルにとっては許しがたい怠惰であったが、今味わっている感覚もそうだとはとても思えなかった。

「不思議な気分だ。自分が、今までの自分ではないような気がする」

「いい気分転換になっただろ？」

振り向きざまワンはウインクをした。日の光に透けて見える髪の細さに、エルは毛髪の型式より先に、美しいという感慨を覚えた。

「ああ、いいデートだった。君の本来の所有者の件については、今後の課題ということにしよう。しばらくは保留だ」

「野暮なことを思い出させやがって」

のたのたとしか歩けないエルに気づくと、ワンは歩幅を合わせ、同行者に寄り添った。

「おい、大丈夫か。また抱っこしてやろうか」

「大丈夫だ。一人で歩けるよ。うっ……脚が震える。何だこれは。無重力に慣れないとこうなるのか。非常に興味深い……」

「情けねえなあ。これで頭の中身が天才ってのがまた泣かせるぜ。なあ、ちょっと休むか」

ワンは遊歩道の脇にベンチを見つけて座り込み、手で叩いてエルに隣を促した。座り込んで前を向くと、朝日を反射した海がよく見えた。

キヴィタスを覆う紫外線カット仕様の極度硬化ガラスを通し、海上一万メートル以上の高みから見下ろす雲の海と金色の海原は、一幅の美しい絵のような風景だった。

「知ってるか。このガラスを通さないで太陽の光を見ると、めちゃめちゃ眩《まぶ》しいらしいぜ」

「ガラスを通しても眩しいよ。強い光を見つめすぎると、あまり眼球パーツによくない」

「この比じゃないくらい眩しいって話だ」

「想像できないよ。見たことがない」

「俺もだ。だからいつか俺は、目も当てられないくらいキラキラした太陽や、潮のにおいのする海や、触ると手の上でとける本物の雪ってやつを見るつもりでいるぜ」

「……それはキヴィタスを出るということか？」

ことなげにワンは頷いた。人間の所属物として扱われるアンドロイドに、転居や移動の自由などというものはない。そんなことは百も承知で、ワンは外の世界の夢を見ていた。

「ワン、外は……キヴィタスほどよい世界ではないかもしれないよ。世界規模の大戦争は終結して久しいが、あちこちで小競り合いが続いているというし」

「殺し合いが戦争だっていうんなら、アンドロイドにはキヴィタスの中だろうが外だろうが同じだろ。どちらにしろ判断するのは俺の情動領域だ。実物を見てみないことには判断できねーな」

エルはふと、ハビ主任が語った、『自分の中の好き嫌いの基準を大切にしているアンドロイド』の話を思い出した。そのアンドロイドが、彼の出会った中でもっとも人間らしい個体であったとも。

目の前にいるアンドロイドは、その極致のように思われた。

ワンはティーンエイジャーのボディパーツに相応しい、まだあどけなさの残る表情で微笑んでいた。

「世界は広いっていうぜ、このキヴィタスが豆粒みたいに思えるくらいな。アンドロイドには禁則事項が山ほどあるが、夢を見ることは禁じられてない。そこは人間と同じだ」

「……確かに、いいかもしれない」

「だろ。『海水浴』ってのを、ど派手にやってやる。実態がただの汚水の水たまりだって構うか。俺の体は肉じゃねーし。そもそも比重が重いから浮かばねーし。浮き輪を持っていかなきゃな」

「ボディパーツを改造してから海に行けばいい。浮かぶように調整できるはずだ。それほど難しい改造ではないよ」

「いい考えだな！　いや待て、いくら俺でもそこまでの金はなさそうだ。あーあ、どこかに格安でそういうことをしてくれる、凄腕の調律師でもいればなあ」

「……察するに、それは私の出番ということかな」

「話がわかるじゃねーか。次のデートは海だな」

防護服を忘れるなよと笑うワンに、エルは胸の奥にある何かがふっと軽くなったことに気付いた。無重力空間に置かれた体のように、どこまでも薄い存在になって、中空に抜けてゆく。実現する可能性のないことを夢想するのは無駄で、それよりも一つでも多くの数式や、アンドロイドの仕様、パーツごとの違いなどを記憶するほうが、無限の広がりへと続いてゆくというのが学校の教育方針だった。全くその通りだと、エルも信じて疑わなかったが。

ワンと言葉を交わす今は、過去の自分が見知らぬ誰かのように思われるほど、遠く感じられた。

それが錯覚に過ぎないとわかっていても。

海に行ったあとはどうするかという他愛のない話を続けたあと、腕時計を確認したエルは、慌てて立ち上がり、ワンと共にリニアの駅へと急いだ。


レジデンスに戻ると、ワンは早々に服を脱ぎ捨て、ランドリーバッグに放り込み、壁を開いてダストシュートに投げ込んだ。第五十階層の下に広がる『地下』の中にある、洗濯室に送られて、半日もあればロボットが配達に来てくれるシステムである。眠ろうと階段を上がってゆくワンは、エルが続いてこないことに気づき、ふと足を止めた。

「どうした。二時間たったら起こしてやろうか？」

「……いや、忘れ物を思い出した。寄り道をしてこのまま出かけるよ」

「気をつけてな。ふわあ。俺は寝るぞ」

階段の上へと消える前に、ワンの肩にはベッシーが飛び乗り、エメラルドグリーンの目でじっとエルを見た。

身支度も早々に、エルは中央のエレベーターホールに向かい、第四十階層の改造業者のテントが並んでいた界隈へ急いだ。だが営業している屋台は、ほぼなく、店自体がなくなっているスペースも多かったが、エルの『忘れ物』は店ではなかった。閑散《かんさん》としたスペースで唯一、熱心に仕事をしているごみ収集車に近づいてゆくと、作業員はアンドロイドではなく人間だった。

「おはようございます。お尋ねしたいことがありまして」

このあたりに老人の物乞いがいませんでしたかとエルが尋ねると、ああ、という鈍い笑顔で、ツナギ姿の男は応じた。

「今朝そこで倒れてた、骨と皮みたいなやつかな。体の中にほとんど何もなくてよ、リサイクル工場にも送れないから、持ってたハンカチに包んで捨てたよ」

「…………そうですか」

「しかしあのじいさん、見かけほど歳《とし》くっちゃいないと思うぜ。大きな声じゃ言えないが、噂があるんだよ。十階台の下階層から来た人間の中には、妙なやつらがいるってな。ぱっと見は総天然《オールナチユラル》の人間だが、へへ、アレだよアレ。噂だがな、まだいるんだよ。どこかの段階でぶっ壊れて、すごいスピードで老化するらしい。気色悪いよなあ」

「……そうですか」

ありがとうございましたと言いおいて、その場をあとにしたエルは、一人乗り込んだエレベーターの中で、奈落の闇《やみ》を見下ろした。青白い花明かりでも隠しきれない、黒一色の空間が広がっている。高く昇れば昇るだけ、闇もまたエルを追ってくるようだった。

## 3 オルトン博士、調律をする

「おはよう、ＧＳＸ３８－５７７６２９Ｖ９５－ＹＦ。私のことを覚えているかな」

「はい、エル先生。覚えています。おはようございます。スリープモードは、快適でした」

ぺこりと頭を下げた女性型アンドロイドは、手術前の患者が着るような青いパジャマを着て、エルの前の背もたれのある椅子に座っていた。首からは壁の中の機材に繋《つな》がるコードが伸び、リアルタイムで彼女のデータをエルの手元の端末に転送している。細面の色白、トヨトミ社製のオリエンタルな黒髪の美女で、持ち主には『サリー』という名前で呼ばれていた個体だった。だが今の彼女を名前で呼ぶことは困難である。

「では、ＧＳＸ３８……今日は、自分の名前は、覚えているかな？」

「いいえ、先生。申し訳ないのですが、そのまま型式で呼んでください」

「その部分は君の本質を示す名称ではないよ。君の名前はサリーというんだ」

「サリー……わかりました。覚えました」

管理局での研修期間三週目も半ばにして、エルの業務にはイレギュラーが入り込んだ。

きっかけはハビ主任が、いきなり体調不良によって長期の休暇を取ったことである。風邪を引いたという。全身サイボーグの人間も、それほどひどい不調を起こすことがあるのかと、エルはしみじみ不憫《ふびん》に思ったが、局員たちのひそひそ話を聞くに、どうやらただのずる休みと思っている人間が多いようだった。『買い替えシーズン』の業務から逃げたいのだろうと。

何でも今週の頭から、目ぼしいアンドロイド製造会社は新作発表シーズンに差し掛かったらしく、同シーズンは一年で一番、アンドロイドの投棄が増える時期と一致しているという。購買意欲をそそられたユーザーたちが、買い替えついでに古いアンドロイドを捨てるのである。保安部に摘発された野良たちは、問題がなさそうならば一定期間持ち主を待ち、そのままではどうしようもない状態である場合のみ調律部に回されるが、母集団が増えれば『どうしようもない状態』の個体もまた大幅に増えた。

そんなわけで、いつもは自前のラボラトリーで調律に励《はげ》んでいる研究員たちは、珍しく管理局に出勤し、局内のラボで野良を相手に終わりなき調律マラソンに勤しんでいた。保安部預かりという状態のアンドロイドは、局外への持ち出しが禁じられているためである。ハビ主任を欠いた管理局に、エルに話しかけようとする研究員は存在しなかったが、レジデンスに戻ればワンの皮肉が聞ける生活は快適だった。一日の調律ノルマは四十体だったが、学校で課されていた試験に比べれば楽なペースである。何とかなるだろうと思いながら職務に励んでいた矢先。

　エルは受付のロボットに、特殊な案件の処理を打診された。

　相手はハビ主任が長年「何かあったらぜひ」と声をかけ続けていた富豪で、今すぐどうにかしてほしい調律上の問題を抱え、電話をかけてきたのだという。エルの他の局員は「今忙しい」の一点張りで相手にならず、主任とはやはり連絡がとれない。エルにほとんど拒否権はなかった。

　エルが受け入れるという返事をして早々、無人運転のタクシーで持ち込まれてきたアンドロイドが『サリー』であった。

「先生、ここにいる人たちは、皆さんとてもお忙しそうです。私にこれほど時間を割いていただいて、本当によろしいのですか」

「君は調律中のアンドロイドだよ。調律師の心配をするのではなく、自分がうまく作動するようになることを考えてくれ。でも気にかけてくれるのは嬉《うれ》しいよ。ありがとう。その分君の役に立てるように頑張ろう」

「……すみません。私はだめなアンドロイドです」

「そんなことはないよ。眼球運動を見たい。ペンライトの光を追ってくれるかな」

「はい」

　半透明のすりガラスの扉で、廊下から隔絶された調律室の外を、大きな台車が通っていった。スリープ状態で透明な袋に包まれて、二十体ずつ搬入《はんにゅう》されてくる野良アンドロイドたちである。皆一様に全裸であった。彼らの姿を、エルはGSX38に見せたくなかった。検査を終えたふりをして、ありがとうとエルが告げると、アンドロイドは可憐《かれん》な白い花のように微笑《ほほえ》んだ。

GSX38は自分の名前が思い出せなかった。職務の内容も思い出せなかった。持ち主の名前も忘れていた。繰り返し覚えさせても、ふとしたきっかけで『サリー』の名前も忘れ、GSX38という自分の型式しか思い出せなくなってしまう。

耐用年数は六年、稼働年数は半年で、初期不良とも経年劣化とも思いがたい頃合いだった。ついさっきまで何をしていたのか『思い出せない』、すなわちデータの読み込み不備《バイタル》の状態を繰り返し、何を言っても笑ってごまかすばかりだという。基礎中枢のデータは全て正常値である。

であれば問題点は、情動領域でしかありえなかった。

アンドロイドの主たるオペレーティングシステムは大きく分けて二つで、一つが姿勢制御や歩行、エネルギー配分や電解質濃度の調整などを、アンドロイドの判断とは無関係に行う『基礎中枢』、もう一つが意思の源流たる『情動領域』だった。悲しみや喜びを感じる、アンドロイドの人間らしさの源である。二つの領域のちょうど間あたりに、双方のバックアップをつとめる『メモリ領域』が存在した。記憶の保管庫である。人間の脳をモデルにした画期的な分業システムで、基本的に成長しない基礎中枢とは裏腹に、情動領域は高度な学習機能を備えており、ゆるやかに変化し続けた。アンドロイドの耐用年数とはつまり、最も繊細な機能を持つ情動領域の寿命のことでもある。情動領域のない機械、すなわちロボットは、より長持ちするのが常だった。

そして情動領域を開くことは、アンドロイドにとって最大の禁忌《きんき》だった。人工ニューロンの成長過程にはランダムな要素が多く、マニュアル的な操作が困難なためである。少しでも手を加えれば、アンドロイドの人格が激変したり、運が悪いと廃人ならぬ廃品状態になることもある。『やり直し』はできなかった。

情動領域の問題に直面した調律師にできることは、領域を開くことなく、外側からその問題を推定し、基礎中枢やメモリ領域に干渉することで、エラーを少しでも緩和することだった。無論、予算によってとれる処置は変化するため、第一に持ち主の意思ありきの技だったが、GSX38の持ち主は最上階層でも有数の高層ビルに本社を持つナノマシン製薬会社の幹部役員で、複数体のアンドロイドを管理保有する大金持ちだった。時間はかかってもいいから丁寧に調律をしてほしいと、ハビ主任宛《あ》ての申し送りには書かれていた。

挑み甲斐のある相手である。

だがエルが三日間力を尽くしても、思わしい回復の兆《きざ》しはなかった。検査に検査を重ねたが、異常値は検出されない。あとは調律師の勘頼みの領域だった。

歌を忘れたカナリアのように、『サリー』という名前を忘れた女性型アンドロイドは、夢見るような眼差《まなざ》しで、ぼんやりと壁の隅《すみ》を眺めていた。端末に表示されるデータから、エルはGSX38の意識レベルの低下を察知した。これもまた、通常であれば何も起こっていないのに飛び出すような反応ではなかった。

「……GSX38、意識を保っているか？」

「あ……あ、先生、ごめんなさい。わかりません。すみません」

「君の名前は？」

「……忘れてしまいました。ごめんなさい」

私はとてもだめなアンドロイドですと、GSX38は繰り返し、エルは胸が苦しくなった。

基礎中枢にアクセスし、読みだした内容をGSX38が言語出力する最中、エルはモニターを凝視していた。情動領域に変化が見られる。スキャンしたデータが青から黄色、赤へと色を変えてゆく。激怒や絶望など、激しい感情情報の発露を示すデータだったが、GSX38はあくまで平静に見えた。

「GSX38、今、何か別のことを考えているかな？　何を考えているのか教えてもらえないだろうか」

「……どうして先生は、そんなふうに丁寧に、私に話してくださるのかと思っていました」

「ん？」

「立てとか、寝ろとか、跪《ひざまず》けとか、そういう風に言われるのだと思っていました。私は、とても駄目なアンドロイドなので」

「『跪け』？」

エルが問い返す前に、GSX38はごまかすように笑った。情動領域はほとんど動いていないので、笑っておけば何とかなるという学習に基づく、ただの顔の動きである。

これは一体何を意味しているのだろうと考える間もなく、再びすりガラスの向こうを、大量の全裸のアンドロイドを載せた台車が通っていった。エルはGSX38の注意を引きつけようとしたが間に合わず、黒髪の女性型アンドロイドは、男も女も関係なしに、うつぶせの姿勢で山積みになったボディを淡々と眺めた。

「先生、あれはみんな、裸ですか？　裸だから、仕事中なのですか？」

「え？　いや、仕事中ではないね。今の言葉はどういう……」

「変ですね。だったら何故《なぜ》、裸なのかしら」

本当に変、と呟《つぶや》くGSX38の黒い瞳に、エルは得体の知れない何かを見た。黒い炎のような、感情情報の揺らめきだった。燃焼を始めるや否《いな》や、みるみるうちに燃え尽きてゆくマグネシウムのように、白い顔からは目には見えない何かが抜けたように力を失い、ややあってから、赤い唇が再び動いた。

「私は、今、何と言ったのですか？」

「……サリー、君は」

「それは、私の名前ですか？　すみません、忘れてしまいました。ごめんなさい。私はGSX38－57629V95－YFです。あなたは……どなたですか？」

時のはざまに置き去りにされたように、美しいアンドロイドは焦点の合わない瞳で、エルの手前の中空に微笑みかけていた。


「おい、疲れてるぞ」

「…………それは、数日で急激に歳《とし》を取ったように見えるということか」

「ホラー映画かよ。全体的にくたびれて見えるって話さ。顔とか、肌とか」

玄関から階段を上り、エルが居住スペースにあがってゆくと、ワンは冷蔵庫の中から栄養ドリンクのパックを取り出し、口を切ってエルに差し出した。脱いだコートをあらっぽく壁にかけてから、息をするような気持ちで一息に飲み干すと、エルは巨大なため息をついた。

「夕食は？」

「……済ませたよ。局で栄養食をとった」

「またかよ。美少年と一緒にチキンを食べるほうがいいとは思わなかったのか」

「………忙しくてね」

見りゃわかる、と告げながら、ワンは空のパックをリサイクルボックスに捨て、エルのコートを壁のハンガーにかけ直した。いつもは構ってほしがるベッシーも、コードに繋《つな》がれてソファの上に寝そべり、休眠状態で順調に電気を貪《むさぼ》っている。時折ぷうぷうと唸《うな》りながら、膨らんだりしぼんだりする胸郭《きょうかく》に、エルは途方もない徒労を感じた。一晩で豹《ひょう》を猫に生まれ変わらせることができたと満足感に浸っていたことが夢のように遠く思えた。

ベッシーをどけるのも忍びなく、エルは空いているスペースに身を横たえ、うつ伏せになってため息をついた。疲労のあまり眠気も兆さず、ただ倒れたままでいるうち、ワンが冷蔵庫を開ける音がした。ぷしゅりというプルタブを押し開ける音が続く。

「ワン」

「何だよ。一口飲むか」

「………何でもいいからジョークを言ってくれ」

「『ハーイ、デイジー。今日の服はとっても素敵ね、誰に見立ててもらったの？』『あらドリス、これは私の秘書アンドロイドが選んでくれたのよ。羨《うら》ましいでしょ』『まあデイジー、何て愚《おろ》かなの。自分よりスタイルもよくてきれいな女性を隣に置くなんて』『大丈夫。だって彼女は今頃ジャンク屋で細切れだもの』。買い替えシーズンジョークだぜ」

「……笑えなかった」

「だろうな。ま、俺に気を遣うな。意識の高い野良なら、この時期にあんたらが忙しい理由くらい知ってる。命がけのかくれんぼシーズンさ」

「…………」

エルが寝返りを打つと、目覚めてしまったベッシーが、不服そうにエルの頭を小さな両手でタップし、隣の部屋へと去っていった。ダイニングではワンが、部屋の隅から胡乱《うろん》な瞳を向けている。

GSX38の不調の原因は、調べれば調べるほど一つに絞られていった。持ち主の手による常習的な虐待《ぎゃくたい》である。ボディパーツのオーバーホールが、管理局での調律直前に行われた形跡があることもまた、情動領域の異常の原因を裏づけていた。洗濯機にかけてみても、出てくるメモリの総量が明らかに不足している。メモリ削除が行われているため、思い出そうにもメモリがないと考えるのが自然だった。見られると都合が悪い部分は、管理局に預ける前に民間の業者に委託するなどして、あらかじめ持ち主が消したのである。人格の混乱は承知の上で。

模範的なアンドロイドの運用とは、お世辞にも言いがたい扱いだった。とはいえ人権のない物品であるアンドロイドには、そもそも『虐待』の概念がなく、せいぜいが『器物損壊』である。しかもそれが所有者によるものであるのなら、行為には何ら問題がない。

泥の海に架けられた詭弁《きべん》の橋を渡るような息苦しさを覚えつつ、何よりエルが解せないのは、彼女の持ち主が、管理局に高額で調律を依頼し、アンドロイドを修復したあと、再び彼女と一緒に暮らそうと考えていることであった。

事態はエルの理解を超えていた。

立場を同じくする誰かに相談したくて、エルは管理局のカフェスペースを右往左往したが、多忙な同僚たちは誰一人として捕まらず、声をかけても聞こえなかったふりをされ、そういえばここに『立場を同じくする誰か』などはじめから存在しないのだと思い出したエルは、途方に暮れたまま一人帰宅した。

突っ伏している間に、少しずつ近づいてくる気配は、不遜《ふそん》な毒舌と優しい眼差しを持つ誰かのものだった。エルが何も言わずに寝転んでいると、気配はベッシーが寝そべっていた場所に静かに腰を下ろした。何も話しかけず、黙っている。

「……私は……何のためにここにいるのだろう」

「『何のために』？」

「……私は、己の能力には、ある程度の自信を持っていた。私たちの所属していた学校の教育内容は、キヴィタスでも最高峰のものであったと、今でも確信している。だが、そんなことは、どうでもいいことだったのかもしれない。いや、今の私は、それをどうでもいいことだと認識してしまいそうになっている。それが苦しい。私は失敗作だったのかもしれない。調律師には向いていないのかもしれない」

「すげえな。管理局のエリートでも、そんな新人のド定番みたいな悩みにぶつかるのか。給料と社宅と税金のことでも考えろよ。軽率に辞めたりしないほうが」

「そんなことじゃない」

頭の中に渦巻き始めたどうしようもない思考の隘路《あいろ》に、エルは飲まれそうになり、それがとても怖かった。

助けを求めるように顔を上げると、紫電の瞳をもつ美少年は、白けた顔をしていた。

「何となく想像はつくぜ。むかしむかしの世界だったら、電子レンジで猫を温めるようなやつらが、管理局にアンドロイドを運びこむ。どうにもしてやれない無力感がつのるから、俺に何か言ってほしいってか？　お門違いだぜ。俺が言えるのは無難な慰めの言葉だけで、あんたが欲しがってるのは世界を変える力だろ。俺たちのどっちにもそんなもんはない。つまりあんたの悩み事は、ただのエネルギーの無駄だ。何か食ってさっさと寝ろ」

「…………………」

「いっぱしの仏頂面しやがって。恨むんだったら自分の学校のカリキュラムのへぼさを恨めよ。目に浮かぶぜ。科学の両輪『理論と実践』の、理論ばっかり勉強させられてきたんだろ？　バランスが悪いったら」

「私の母校を悪く言うのはやめてくれ。私は一期生なんだ。カリキュラムも手探りの状態で組まれていた。私が成功すれば、後輩たちにフィードバックを与えられる。今後のカリキュラムへの提言も可能になるかもしれない。だがそれは私の優秀さを証明してからの話だ。そうでなければ何の意味もない。苦言を呈することに意味があるのは、他者に有用であると示すことができる存在の特権だ」

「なるほどな。じゃ、非力なアンドロイドの与太には何の意味もないってわけだ」

飲みかけのビールをぐいと呷《あお》り、ワンは仮の私室にしている物置へと引っ込もうとした。

待ってくれと言いながら、エルはよろよろと立ち上がった。疲労感の上にもう一重、疲労感が折り重なってきたように、体中が重かった。

「……ワン……すまない。悪かった。そういう意味ではなかったんだ。君は私を勇気づけようとしてくれたのに」

「そんな大層なことは考えてねえよ。俺はありのままの話しかしない現実主義だ。あんたの『そういう意味ではない』も、空々しいぜ。『そういう意味』だろ。世の中を動かしてるのは声のでかいやつで、声のでかいやつってのは金と権力を持ったやつらだ。下働きの機械のことじゃない。だからあんたらのところには、人間の面倒を押しつけられたアンドロイドが大挙して押し寄せてくるんだ。文句も言わねえ、苦しいとも言わねえ機械がよ」

何度も何度も言葉で頭を殴られているような錯覚《さっかく》に見舞われながら、それでもエルはワンから目が離せなかった。殴られている気がするのは、ワンが語っているのが真実だからである。ワンは白い眉間《みけん》に、剣呑《けんのん》な皺《しわ》を刻んだ。

「どうした。何だよ、その顔は。笑ってるのか？」

「何故、君は……それほどまでに、割り切れる？　君は自分の置かれた状況を、過不足なく理解しているだろう。それでも君の姿は美しく気高く見える。何故だ」

エルの言葉が終わるより、ワンが笑い始めるほうが早かった。声をあげ、口を開けて笑う少年型アンドロイドは、勘弁してくれとばかりに顔を覆《おお》って首を振り、笑いの発作が落ち着いたところでエルを見た。

「大丈夫か、あんた？　本気で言ってるなら、かなり救いようのないアホだぞ」

「……またそれか」

「アホだ。アで始まってホで終わる。覚えやすいだろ」

「それは知っているよ。どういうことだ」

「何故もなにも、それ以外の選択肢がないからに決まってるだろ」

絶対零度の言葉に心臓を摑《つか》まれ、エルは絶句したが、ワンは手を緩めなかった。

「確かにあんたは頭脳明晰《めいせき》な秀才かもしれないが、人間ってものの理解が絶望的に足りてないぜ。あのな、人間は楽して暮らしたいんだ。つらい仕事はしたくないんだ。隣人には善人だと思われたくて、なおかつそういう気持ちは『ない』ことにしておきたいんだ。でも実際は、生活は苦しいし仕事はつらいし、幸せそうな隣人はぶっ殺したいし、自分にも周りのやつらにもそういう気持ちがあるのもわかってる。そういうどうしようもない部分に帳尻合わせが必要な時に、便利な道具がアンドロイドなんだよ。同じ形をしてはいるが、中身は違うから同類じゃない。寂しい時には傍《そば》にいてくれる可愛《かわい》いやつだが、鬱陶《うっとう》しくなったら殴ったり蹴《け》ったりすればいい。好きなように扱える。俺たちアンドロイドが存在してるのは俺たちのためじゃない。人間のためだろう。お前がどう思ってようが関係なく、動かせない事実だ。あんたの仕事だってアンドロイドのための慈善事業じゃない。人間どもの尻拭《ぬぐ》いだ。偽善に偽善を積み重ねすぎて、自分がどこにいるのかも見えなくなっちまったのか？　そういう可愛いところも嫌いじゃないが、それで苦しんでる顔なんかされちゃ、いくら甘やかし上手の俺でも萎《な》えるぜ、人間さまよ」

途方に暮れたエルが何も言えずにいるうち、ワンは言葉を継いだ。一人芝居が得意な役者の独壇場のように、ワンは喋《しゃべ》り続けた。

「でだ。それでも帳尻が合わなくなってきた昨今、アンドロイド調律師なんて職ができて、学校卒業したてほやほやのルーキーが、自分の仕事は希望に溢《あふ》れたものじゃなかったと気づいて絶望したりしてるときた。笑えるぜ。『本当にアンドロイドのため』を思ってくださるんでしたら、最初から生み出さないほうがよかったんじゃないかね。労働力不足で社会が死ぬか、人間同士の殺し合いが続いてたかもしれないが」

俺たちにはどうしようもない、と。

ワンは特に暗くも明るくもない声で断言した。どうしようもない、とエルも繰り返した。

そうさとワンは笑っていたが、紫の瞳は冴《さ》え冴《ざ》えとした光を宿していた。

「………本音と、建前という、言葉がある」

「よく知ってたな、そんな難しい言葉」

「わかっていても、受け止めたくない現実に直面した時、君はどうやって受け止めた？」

「建前に聞こえるってか。悪いが本音だぜ。どうも何もない。『鍋がやかんを黒いと言った』さ。わかるか？」

エルはおずおず頷《うなず》いた。かつて台所にＩＨヒーターがなく、煤《すす》を発する発熱器具しか存在しなかった時代の言い回しである。真っ黒な鍋が、真っ黒なやかんを黒いと言う。意味は『大差ない』であった。

「アンドロイドだって聖人君子じゃねえ。ただ歯向かうことができないようプログラミングされてるだけのデク人形だ。もし近い将来、アンドロイドが使うためのアンドロイドなんてものが開発されたとしても、地獄《じごく》が一階層深くなるだけの話だろうよ。自分自身に同情してどうなる。嘆き節に酔ってるだけで世界が変わるなら、みんなドラッグ中毒になりゃ世界は平和だぜ」

「尊い仕事をしているという感覚は……？」

「そんなもんは、微塵《みじん》も、ねーよ。自己陶酔のアンドロイドなんざただの調律案件だろ。あんたのレジデンスで昼間っからビール飲んでるだけで尊い存在になれるなら、汚職政治家の頭にだって光輪が見えるせ。たまにはこうやってダウナーな家主さまのお話を聞いてやったりすることもあるが、こんなのは誰がやってもいいことだ。人でも機械でもな」

「……尊くなくても、意味がなくても、それでいいということか」

「当たり前だろ。あんたには納得できなかったとしても、少なくとも俺は満足してるからな。人間はバカばっかりだが、ビールはうまいし、時々は可愛いやつに会える。悪くない」

　だからそれでいい、とワンは締めくくり、にやりと笑った。

　これ以上何を尋《たず》ねるつもりかと自問しつつ、エルは胸の奥に残った、最も暗い色の何かを吐き出すように、口を開いた。

「……君は……自分が、つくられなければよかったと……生まれてこなければよかったと思ったことは？」

「ねーな」

「一度も？」

「一度もだ。もしかしたらあったのかもしれないが、まあ情動領域の混乱が起こした悪い夢か、『気の迷い』ってやつだろ。今の俺のメモリには、そんな覚えはないね。浮世の暮らしは愉快だぜ、オルトン博士」

　肩をすくめたワンは、缶ビールをテーブルに置くと、背伸びをしてエルの頭にそっと手を置いた。

「かけだしの新人さんに、ワン先生からありがたいお言葉だぜ。諦《あきら》めるな。ちょっとへこたれたくらいで投げ出すなんてもったいないぜ。進めそうな道の中に、進みたい道が一本も見つからなかったら、クソだらけの道の中でも一番マシな道を選んで進むんだ。そうすりゃそのうち、きれいな海が見えてくるかもしれないだろ」

「……海か」

そうさとワンは微笑んだ。紫色の大きな瞳に、エルは夕暮れの海を想像した。無重力プールでしたように、ワンはエルの頭をそっと撫《な》でた。

「あんたがへこたれると、世界から馬鹿《ばか》なお人よしが一人減って、馬鹿な悪人がその分はびこる。あんたはそこに立ってるだけで意味があるんだ。少なくとも俺にはな。だから頑張れ。たまにはこうやって愚痴《ぐち》くらい聞いてやるからさ……何だよ。泣きそうな顔か？　キスして慰めてやろうか？　あったかーい美少年のハグは？」

「どちらも結構だ。気持ちだけいただくよ。お気遣いをどうもありがとう」

「どさくさのセクハラ対策はしっかりしてやがる。そう心配するなよ、ハニー。アンドロイドってのは汚れ仕事のプロだ。俺たちの仕事はいろいろあるが、ひっくるめると『人間の引き受けたくない仕事全般を引き受けること』になる。わかるか？　泥団子をタルティーヌ・ショコラだと思って食えるやつだけが、最後までマウンドに立ってられるのさ」

不敵に微笑むワンは、しかし一度は人格の崩壊を覚悟で、メモリを削除したアンドロイドである。本人もそれを覚えていた。

それでも胸を張って微笑む姿に、エルは頭の中の『強靭さ《きょうじん》』の定義を書き直すような気持ちになった。どれだけぶたれても折れない杭ではなく、折られても折られてもまた立ち上がる細い花の茎《くき》もまた、間違いなく強靭なのだろうと。

「……誰もが本物のタルティーヌ・ショコラを食べる道はないのだろうか」

「じゃあまずは世界から泥団子を消さなきゃな。そのためにはまず人間が天使に生まれ変わる必要がある。無理だろ？　だから人間は俺たちを造りだしたんだ。そして俺たちに他の食い物は用意されてない。そこは動かせない現実だ」

「…………わかりたくないが、わかる」

「いい子だ。じゃあもう結論はわかってるな。あんたの調律師って仕事は、差し当たりアンドロイドが食わされる泥団子を、とびっきりのタルティーヌ・ショコラに仕立て上げるパティシエみたいなもんだ。それが高潔か下劣か、尊いか尊くないかは、あんたが自分で決めな」

エルは再び、めまいを覚えたが、今回のめまいは福音だった。

暗いトンネルを抜けたように、目の前がいきなり白み、光が弾けた。

目を見開き、ため息をつき、泣きそうな顔で微笑むエルは、無意識にワンの両手を摑んで派手に上下に振っていた。わけのわからない顔のワンは呆然《ぼうぜん》としたまま、それでも素直に上下に揺さぶられていた。

「ワン、ありがとう。やっぱり君は素晴らしいアンドロイドだ。今の言葉で、行き詰まっていた案件が、少し前進しそうな気がする」

「ええ？　マジかよ。あんたポジティブすぎてヤバいな。報酬《ほうしゅう》は山分けでいいぜ」

「山分けも何も、君は既《すで》に私のクレジットで相当の買い物をしているよ」

「出世払いってことで頼むぜ、ハニー。またうまいもの作ってやるから」

「うまいもの……」

　何が好きだよという言葉に促《うなが》され、エルは今までワンが作ってくれた軽食をあれこれ思い浮かべた。どれも甲乙つけがたい味だったが、はたとひらめいた。

「そういえば、さっき君が言った、タルティーヌ・ショコラというのは、どんなものなのだろう。食べたことがない。文脈から食べ物であると類推したが、おいしいのだろうか」

「えっ？　あんた、ベーカリーに行ったことないのか？　一番安い菓子パンだぞ」

「…………ないような、あるような」

「箱入りすぎるだろ。わざわざ作るようなもんじゃないぞ」

　とろけたチョコレートを、カリカリに焼いたバゲットの上に載せたもので、というワンの説明が、エルには半分もわからなかった。諦めたように嘆息したワンは、今度買ってきてやると締めくくった。

「おおかた『高級なスイーツ・ビュッフェには行ったことがあるけど、パン屋さんなんて』ってオチだろ。俺は金持ちの奇行には詳しいんだ」

「申し訳ないが、スイーツ・ビュッフェもわからない。もし私が誘ったら、君は私とそこに行ってくれるか」

「ハニー、高級な飲食店ってのはな、アンドロイドはお断りなんだよ。特殊なアンドロイドの腹の中に料理を詰め込んで、分解研究する競合店の対策にな」

すうっと腹に氷をさしこまれたような感覚が広がって、エルは言葉を失った。ワンは苦笑し、本当に何にも知らないんだなと呟いた。

「……全ての店がそうなのか」

「高級路線の店なら大体な。考えてみろよ。財布を持ってない犬に、苦労して作った自慢の料理を食わせたがるシェフがいるか？」

「わざわざそんなことをしなくても、研究する方法などいくらでもあるだろうに」

「締め出しに屁理屈をつけてるだけさ。それより、いいこと思いついたんだろ。ほかほかのアイディアが冷めないうちに行ってこい」

ワンは壁からコートを取り上げると、着やすいようにエルに向かって広げた。エルが出勤する時、大体ワンはまだスリープモードで夢の中だったが、たまに起きていると、こうしてコートを着せてくれる。何故だか包まれるように嬉しいと思った時、エルは自分の胸の奥から何かが溢れかけていることに気づいた。ワンの顔を見た時、もっと見つめていたいと感じた。

「何だよ。忘れ物か？」

「……実は…………その、ワン、私は…………」

「ん？」

微笑みながら小首をかしげるアンドロイドは、エルの言葉を待っていた。

今なら言えるだろうとエルは思った。言うべきではないことであっても、ただ何らかの衝動が体の奥からこみ上げてきたからという非論理的な理由で、理性のブレーキを突き破ることができるだろうという確信があった。そうしたいという気持ちが、壊れた機関車のボイラーのようにエルを焚《た》きつけていた。

それ以外、目の前にいる相手の誠意に応《こた》える術《すべ》が、エルには思い当たらなかった。

あまりにも沈黙が長引き、ワンは軽く嘆息し、エルの肩をぽんと叩いた。エルは時間切れを悟った。

「……実は、君に話したいことがいろいろある。だが今は忙しいし、言うことがまとまらないから、また今度にする」

「了解だ。プロポーズしてくれるんなら、腕一杯の花束でも持ってきてくれ。現実主義だがロマンティストでね。喜ばせ甲斐があるだろ？」

ぞんざいな投げキスを寄越す顔を横目に、エルは階段を下り、玄関口の壁を鏡に切り替えて身支度を整え、足早にレジデンスをあとにした。


夜勤明けになったエルは、誰もいないカフェスペースでコーヒーを飲んでいた。疲れていたが気持ちは軽く、満足感もあり、心は静かだった。

ＧＳＸ３８の調律は、予定よりも早く完了した。

管理局の保管庫で、スリープモードになっていたＧＳＸ３８は、朝でもないのに起こされたことに混乱していたが、エルが事情を説明し、ベストを尽くすので、自分の調律に付き合ってくれないかと持ち掛けると、お役に立てるのでしたらと微笑んだ。持ち主から調律師に受け渡されただけのアンドロイドに、はじめから調律に対する拒否権はなかったが、どうしてもエルは彼女の同意を取りたかった。

調律の基本とは、相手を知ることだと、エルは学校で教えられた。その意味はあくまで『データを読むこと』だったが『話を聞くこと』でもあるだろうと、今のエルは確信していた。アンドロイドの情動領域に働きかける方法は、対人アプローチの場合と大差ないという古典的な調律理論にのっとり、エルは丁寧に時間をかけた。ワンと一緒に過ごしているように、一緒に動画を観たり、自動販売機で売っているチップスを食べたりジュースを飲んだりした。最初の三時間は、GSX38はいつものようにエラーを起こし、何も覚えていないことを笑ってごまかすパターンを演じたが、コンディションを慮《おもんぱか》りながら、雑談を繰り返したり散歩をしたりを挟んでゆくと、徐々に状態は安定し始めた。

夜明け前に、GSX38はぽつりとこぼした。

過去の自分がしていたことは思い出せないけれど、自分の中に空虚さが残っているのを感じる。空虚さは抜け落ちたメモリの隙間《すきま》を埋めるように、暗黒の壁として立ちふさがり、その欠片《かけら》が目に入るたび、とても恐ろしくなるのだと。

全て投げ捨てて、どこかへ逃げ出してしまいたくなるほどに。

何もかも忘れてしまうのはそのためかもしれないと、静かな夜を共に過ごすと、GSX38は自分自身の状態を仮説を立てて説明できるようになっていた。

逃げ出したくなる『どこか』とはどんなところだろう、とエルが尋ねると、GSX38はぼんやりと考え込んでから、薄笑いのような表情を浮かべ、ゆっくりと答えた。

誰一人として自分を知る存在がいない場所。

誰も自分のことを『サリー』とは呼ばない、快《こころよ》い場所。

金属とシリコンで構築された体の中ではない、どこか別の場所。

だがそんな場所は知らないし、今後見つかるとも思えないので、こんなことを言うのはとても変な気持ちだと、GSX38は温かいココアを飲みながら呟いた。

情動領域の活性化部位を示すグラフがいよいよ落ち着いてくると、エルは彼女に市販品の接客用アクティング・プログラムをいくつか紹介した。どのようなアンドロイドにも導入が容易で、柄の悪い客やクレーマーがやってきた場合でも、その道のベテランのように振る舞えるという。情動領域に干渉するタイプのものではなかったが、適切なロールプレイが情動領域の安定に貢献することは、過去の調律からも明らかになっており、単なる気休めとも言い切れない処置である。ライセンスのない人間でもインストール可能な品ではあったが、それだけに着脱も服のように気軽だった。

ＧＳＸ３８は少し迷ったあと、こくりと頷いた。

多分これから自分がやらなければならないことは、今までの自分と同じだろうし、だったら少しでも得意になりたいからと。

エルはじっくりと時間をかけて、ＧＳＸ３８にアクティング・プログラムを導入した。

本当にこれでいいのか、何の解決にもなっていないのに、こんなことで満足していいのかと、エルは何度も自問自答したが、結局のところ時間は限られていて、選べる道の中で一番まともな道を選ぶしかないというワンの言葉が背中を押した。

身支度を整えてから出ておいでと言っておいたＧＳＸ３８は、白いハイネックと黒いタイトスカートの上下姿で、ハイヒールのかかとを鳴らして歩いてきた。購入後三十分以内に届く通信販売で、調律終了後にエルが購入したものである。調律前よりも生き生きとした表情に、エルは嬉しさを感じる一方胸が締めつけられた。彼女が戻るのは元の持ち主のいる場所である。GSX38はエルの表情に気づくと、あらいやだと笑った。

「先生、眉間に皺が寄っていますわ」

「寝不足だからだよ。大したことじゃない。それより、局内を一緒に散歩してくれないかな。平衡感覚の調整と思ってくれたらいい」

「喜んで」

GSX38はころころと笑い、脚《あし》がもつれたふりをして、エルの腕に体をからませた。

吹き抜け構造の管理局にあるのは、大半が大規模調律のための機材置き場であるため、厳重に施錠《せじょう》されている。足元を清掃ロボットが動き回る中、エルとGSX38は、人気《ひとけ》のない廃墟《はいきょ》のような部屋を歩き回り、最後には十五階のデッキから外に出た。ハブ駅である中央駅にほど近い管理局から見る、朝のキヴィタスの風景は壮観だった。多くの人間とアンドロイドたちが道をゆき、どこを見ても宙に浮かんだリニアの線路が目に入る。銀の蛇《へび》のように都市を駆け巡るリニアに、エルは人体にはり巡らされた血管を想像した。

都市の風景を眺め、手を繋いで歩いたあと、エルは黙っていたことを切り出した。

「GSX38、これは規則で決まっていることなのだが、君が見たり聞いたりしたことが、キヴィタスの外部に渡って悪用されないために、調律中のメモリは削除しなければならないんだ。今ここで私と会話していることも含めて、全てを」

「まあ……では私、ばったり町で先生とお会いしても、どなたかわかりませんのね」

「そういうことになるね。君の安全のためでもある。すまない」

「仕方ないことのようですけれど……寂しくなりますわ」

「私は君を覚えているよ」

あら、と呟いて、GSX38は口を手で塞《ふさ》ぐような仕草を見せた。どうしたのかとエルが尋ねると、黒髪の美女は悲しげな微笑みを浮かべた。

「では先生のほうが、私より寂しくなりますね」

エルが目を見開くと、GSX38は再び笑みを浮かべた。愛想笑《あいそ》いではなく、エルを励まそうとするような微笑みだった。

「先生、私の名前はサリーです。GSX38と呼ばれる同胞《どうほう》たちは、私の他にも三百体ほど存在するはずですが、サリーという名前で呼ばれる仲間は存在しないはずですわ。もう忘れないようにしますから、どこかで私を見かけたら、どうか名前を呼んでください。きっと『感じのいい人』だと感じるはずです」

「しかし……本当に忘れてしまうんだ。私のことはわからなくなるよ」

「いいえ、そんなはずはありません。もし本当にそうなら、楽しくないことは忘れたはずの私が、こんな風に苦しむこともなかったはずです。花の残り香や、花火のあとの煙のように、元はそこにあったものが何なのか、きっと私にはわかります」

「……その件については未《いま》だ検証があやふやな分野ではあるのだが……」

「きっと私の言っていることが正しいはずですわ。ふふふ」

花のように微笑む顔に見とれたあと、エルは小さく頷いた。

「感謝する、サリー。次に君に会う時には、私の顔にくまがないことを祈ってくれ」

「くまがあっても素敵ですわ。ねえ先生、もう少しこうしていてくださいませんか」

「え？」

ＧＳＸ３８ことサリーは、エルの手を握ったまま、遠くの景色を眺めていた。

「……何故？」

「理由はうまく説明できませんの。でもこうしていたいんです」

よろしければ、とはにかむサリーは、頼りなげな微笑を浮かべていた。

見知らぬ相手の中に、見知った誰かを見つけてしまったような、途方もない感慨を覚えつつ、エルは何も言わずにサリーの手を握り返した。黒髪のアンドロイドは含み笑いし、メモリ削除用の機材のあるメンテナンスルームに入るまでずっと、エルの手を握り続けていた。


二日後、エルが定刻に登庁してくると、カフェスペースの真ん中に人だかりができていた。誰かが倒れているようである。取り巻きが警備用ロボットしかいないことからして、

『誰か』ではなく『何か』であるようだった。アンドロイドである。

「どうした。何があったんだ」

ロボット警備員は、スムーズだがところどころノイズの混じる合成音声で喋った。

『十二分前、こちらに管理局支援メンバーの企業の方がお見えになり、これを捨ててゆきました。ハビ主任との面会をご所望でしたが、いらっしゃらないとお伝えしたところ、また後《のち》ほど、戻ってくるとのことでした』

「捨てていった……？」

視界を遮《さえぎ》っていた警備用ロボットがさっと場を空けると、床の上に広がる紐のようなものがエルの目に入った。長い黒髪である。

うつぶせになった女性型アンドロイドが、所々ひどく破壊された状態で投げ出されていた。跪いて後頭部を確認すると、基礎中枢と情動領域がむき出しになって空気に触れ、二つの機関を繋ぐゼリー状の電解質はこぼれきっている。明らかな機能停止状態で、この状態からどれほど手を尽くしても、エルには修復する手立てが思いつかなかった。

きれいな状態で残っている顔は、間違いなく管理局を出て行ったばかりの女性用アンドロイドのものだった。着ているものは白いスリップ一枚である。

「…………サリー？　どうして……何が……」

やかましくエントランスホールに現れた誰かの声が、エルの耳を突き刺した。戻ってきてやったぞとわめく男に、受付の警備用アンドロイドは混乱しているようだった。

「アトキンソンだ。さっきの品の件で話がある。調律部第一調律科の主任研究員ハビ・アンブロシアを出せ。何かの間違いだ。外注にでも出したに決まっている」

怒っているのは、シルクのスーツ姿の男だった。五十代にさしかかろうかという肌の頃合いで、髪は半ば白く、体重は七十キログラムほど、身長はエルより低い百六十五センチほどである。革靴はぴかぴかに磨かれていて、青いシルクのネクタイには細かな幾何学《きかがく》模様が金糸で刻まれていた。

アンドロイドの前に跪いたエルの姿を認めると、アトキンソン氏は眉根を寄せた。

「何だお前は。あいつの秘書か」

「違います。あなたが……サリーの持ち主ですか」

アトキンソン氏は首をかしげた。極端な下アングルから見上げる顔は、初めて目の当たりにする生き物の一部のようで、エルは一瞬、これは本当に人間だろうかと疑った。

「ひょっとしてこれは、お前の仕事か?」

「はい。私が受け持ちました」

「女か……? なんてこった。いや、私は性差別主義者ではないがね、あれを女性が調律するとは思っていなかった。ハビ・アンブロシアはどこだ。あんなに私のアンドロイドを調律したがっていたというのに、全く奇妙な男め」

騒ぎを聞きつけた職員が走ってきて、怒れるアトキンソン氏の肩をそっと叩くと、エルのことを見ながらそっと何かを耳打ちした。アトキンソン氏の怒りは驚きに変わり、ああ、ああと大仰に頷きながら、エルの体を上から下まで眺めたあと、寛容にため息をついた。

「なるほど。君は例のプロジェクト初の新人なわけだ。素晴らしい成果だな。こんにちは」

「……こんにちは。エルガー・オルトンと申します」

「言葉が上手だ！　君たちの学校のことは知っているよ。私の会社も出資していたからね。二十年でようやく成果が出たか。まあ今回のことは、気にすることはない。誰しも最初からうまくいくものではないからね。しかし今後は、何をするにもハビ主任の指示を仰いでからにしたほうがいい。あの男がいたらこんなことはきっとなかっただろう。あれはとぼけているが、なかなか話のわかる男だからね」

「…………一体、彼女は……あなたに何をしたのですか。何故こんな」

「ここでは人の耳目《じもく》があるから、向こうで話そうか」

アトキンソン氏はエルの肩をぎゅっと摑んで抱き、より人気のない方向に歩いた。GSX38と手を繋いで同じ場所を歩いた記憶がよみがえり、エルはよろけそうになったが、肩に力を入れて歩いた。アトキンソン氏は何度か背後を振り返り、誰もついてこないことを確認すると、手を離してため息をついた。

「驚いたよ。確かにサリーは、信じられないほど上機嫌に喋るようになったし、『わすれてしまいました、すみません』の気色悪い繰り返しも消えた。しかしだな……あれはだめだ。私は買ったばかりのころのサリーのようにしてほしかったんだ」

「日常生活用アンドロイドの初期状態、ということですか……？　初期状態といっても、個体によっても、ばらつきがあるものかと思いますが」

「まあハビであればな、いろいろ話をしていたから、きっとわかるものと思って何も言わなかったのだが、君には難しかったろうな。簡単に説明しよう。私は彼女と……何と言ったものかな、肉体を使った遊びをするのが好きなのだが」

「それは知っています」

「おお、なかなか腕ききだ。その時の彼女の反応が、まあひどかった」

「……はあ」

「嫌がらなかったんだ。あんなのはサリーじゃない」

私は彼女に、ものすごく、いやがってほしかったのだと。

アトキンソン氏はわかりやすい言い回しと、はっきりとした滑舌で告げた。

「玄人《くろうと》のアンドロイドが欲しいと思ったら、一般的な人間は歓楽街に行くものだ。多分君にはわからないだろうが、その手の供給はもう足りているんだよ。飽和《ほうわ》していると言ってもいい。そういうアンドロイドをわざわざ手元に置く必要はない。需要があるのは、普通の人間そっくりに、暴れたり泣いたりするタイプだ。だからその部分をなくしてしまうと……わかるだろう？　わざわざ買う意味がないんだ」

「意味がない……」

「そうだ。新しく覚える言葉かな？　ちゃんと覚えておいたほうがいい。君の仕事に役立つからね」

「しかし、彼女は……あなたに奉仕するために力を尽くすと、そう自分で」

「ああ、ああ、もちろん尽くしてもらったとも。だが彼女が望む奉仕の形と、私が望む形とが合致しなかった。ありのままの姿の彼女が私は好きだったんだ。覚悟なぞされても迷惑だ。豊富な語彙《ごい》で嫌がってもらえればなおいい。倫理メンテナンスを頻発《ひんぱつ》すると、言語《げんご》野《や》の発育が阻害されるというデータがあるそうだから、このあたりは繊細な調律が必要になるそうだがね。そういう需要も存在するというだけの話だよ。それで思わず突き飛ばしてしまったら、あんな風になってしまったというわけさ」

「…………」

アンドロイドはそれなりの耐久力を持つ工業製品である。その中でも最も重厚に守られている部位が、思わず突き飛ばしたくらいであそこまで損傷する可能性は限りなく低かった。鉄パイプやゴルフクラブのようなもので何度も殴打したのではとエルは問い返しそうになったが、アトキンソン氏は肩をすくめて言葉を続けた。

「ま、そのうちわかるだろう。君は確か、自由に使える予算も与えられているのだろう。

社会勉強と思って遊興にふけることも有益だよ。遊ぶのも勉強だ。楽しむといい」

「……ここは、私のいたところとは……いろいろなことが、随分《ずいぶん》違います」

「だろうね、牧場は下階層だというからな。全くこんなプロジェクトに本当に意味があるのやら……ああそうだ。君にも一応、きいておこう。このアンドロイドに見覚えはないかな」

アトキンソン氏は懐《ふところ》から携帯端末を取り出し、三重のプロテクトをパスワードで解除すると、３Ｄホログラフィーの画像を呼び出した。

端末の液晶上に小さく投影されたのは、アンドロイドの写真だった。

肩まである金色の髪に、宵闇《よいやみ》のような黒い瞳、少女のように白く華奢《きゃしゃ》な体。

無気力な顔で座り込んだアンドロイドの少年は、ほとんど肩が露出した白いシャツを一枚着ただけの姿で、どことも知れないどこかを、ＧＳＸ３８そっくりの目でぼんやりと見ていた。

髪の色や瞳の色など、あと付けで変えられる部分を除けば、エルにはそっくりの個体に見覚えがあった。ただし髪は銀色、目は紫色である。

「こいつは私のアンドロイドでね。クローネン社のアンドロイドを改造したタイプで、まあちょっとしたもらい物だった。運が悪いことに、何年か前に私のマネーカードを持ちだして逃げてしまってね。全く倫理メンテナンスを怠《おこた》るとこういうことがあるから困る」

「…………」

「しかし実のところそのことはどうでもいい。私は心配なんだ。この子が一体今どこでどうしているのか。以前とても親しくしていた子だからね。もうスクラップにされているかもしれないし、この近隣の階層は探し尽くしたと思うのだが……」

もしどこかで見かけたら、教えてくれないかねと、アトキンソン氏は笑った。この笑顔をもしかしたら自分は夢に見るかもしれないという予感が、エルの胸に兆した。何故微笑んでいるのか全くわからない、カーニバルのマスクのような笑顔だった。

「わかりました。報告します」

「念のため尋ねるが、心当たりはあるかね？」

「いえ、このような個体には、全く見覚えがありません」

まあそうだと思ったよと、間髪容《い》れずアトキンソン氏は笑い、端末を懐におさめた。今の対応からして、特に自分は不自然なことは言わなかったらしい、そうであってほしいと願いながら、エルは男の顔を必死で横目で観察した。答え合わせがしたかった。

ほどよく筋肉質な肉体と、白い肌と、エルには理解不能な思考回路を持つアンドロイド所有者は、鷹揚《おうよう》さを演出するように、エルに深く微笑みかけた。

「重ねて言うが、今回のことは君が気にやむことではないよ。次は頑張っておくれ。期待しているから。はは！　さて、ハビに電話しなければ。何をやっているんだあいつは……」

エルに見せたものとは異なる端末をいじりながら、男は足早に管理局オフィスを出て行った。途中、今日まで彼が所有していたはずのアンドロイドの髪を踏みつけていく時も、視線は端末に注がれたままだった。


「お待たせいたしました。こちらエクレール・ショコラが二つ、果物のタルトが二つずつ四種類、左からオレンジ、シトロン、フランボワーズに」

「紹介はそのくらいで結構だ。ありがとう」

「……お飲み物はこちらに。それでは失礼いたします」

キヴィタス第四十九階層の西端、デメテル地区の辺縁部。

高級レストラン『ル・ソワレ』は、沈む夕日を一望できる極上のロケーションに位置していた。ベジタリアンから極端な肉食主義者まで各種対応のメニューに加え、何よりも人気を集めているのは店のコンセプトである。かつてヨーロッパと呼ばれた大陸が、核の脅威で壊滅の様相を見せる三百年ほど前に流行した『アール・デコ』のモチーフを多用し、装飾的な草花模様の壁紙や、貴重なアンティークのシャンデリア、絵付けの施された陶磁器など、現在では復元不可能な博物館級の代物を店舗で普段使いしている。海のように輝く床は、人造エメラルドと模造琥珀《こはく》のモザイクとありがちではあったが、麗《うるわ》しさでは右に出る店のない老舗《しにせ》である。三十ある揃《そろ》いの丸テーブルの中で、今夜使われているのは一つだけだった。一晩限りの貸し切り営業である。

白いポピーの花にとまる蜻蛉《とんぼ》が、ガラスで形作られた豪奢《ごうしゃ》な一輪挿《ざ》しには、赤い薔薇《ばら》が生けられていた。夕日の海にむかって右側にエル、左側にワンが腰かけている。輝く波濤《はとう》が見下ろせる席だった。海側にはカラフルなデザートが山盛り並んだワゴンが鎮座し、奥では給仕用アンドロイドが、エルの指示を待っている。

当然のように『ル・ソワレ』はアンドロイド入店禁止の店舗だったが、エルが一万クレジットのカードにサインを入れて受付に投げつけ、管理局のエンブレムのついた身分証明書をかざすと、店は常の道理を引っ込めて、本日の予約者に連絡をいれては頭を下げ始めた。

頰杖《ほおづえ》をつくワンの前で、エルはてきぱきと指示を出していた。デザートが終わったら食前酒、食べ物はアラカルトで、食べ終わったあとにまた何か甘いものを。

「食前酒を飲んだら、何でも好きなものを選んでくれ。食べきれなくても構わないよ。私は君の残りをもらうから」

「ありがとな。食べる前に確認いいか」

「何でもどうぞ」

「あんた今、相当にキレてるだろ」

ワンの胡乱な眼差しを、エルは笑顔で受け流した。

「よくわからないな。キレているとはどのような状態のことだろう?」

「アンドロイド流に言うなら、一つの感情情報で情動領域が飽和して、正常な状況判断ができなくなるエラーだ。昔の人間はそれを機械の断線に例えたんだな。今のお前がまさにそれだ。いつにも増してご自慢の頭がうまく使えてない」

「心外な言葉だな。せっかくのデートなのに」

「そういうのは自分で自分の調律ができる時にしてくれ。今のお前は暴走モードだろ」

「確かに、暴走でもしていないと、こういうことは難しいかもしれない」

エルはワンの背後で出番を待っていたギャルソン・アンドロイドに軽く視線を向けた。承《うけたまわ》りましたと一礼し、アンドロイドはしずしずと歩いてきて、ワンにそっと荷物を手渡した。

メタリックな金色に輝く薔薇の花は、キヴィタス名物のバイオテクノロジーの産物だった。祝い事があった時には定番の贈り物だそうで、真珠色の泡のような、ふわふわの白い包み紙と、幾重《いくえ》にも結ばれた紫のリボンで彩られた花束は、それだけで一個の芸術品のように完成されていた。

「おい。何だこれ」

「花だよ。ロマンティックなシチュエーションが好きだと言っていただろう」

「おい。おいおい。おいおいおいおい」

「食事のあとで切り出したかったのだが、だめだな。緊張してしまって難しい。胃袋がひっくりかえりそうだ。だから今切り出す」

「速い。速すぎる。全体的に速すぎて何言ってるかも何してるのかもわかんねーよ」

「ならゆっくり言う」

　エルは一度深呼吸をし、夕日の海に目を落としてから、ワンの顔をまっすぐに見た。花に埋もれる少年型アンドロイドは、紫の瞳でエルを気遣っているようだった。

「ワン、私のものになってくれないか」

　エルが切り出すと、店内でまばらな拍手が起こった。おそらく今この店のアンドロイドたちには、愛玩《あいがん》用のアンドロイドを高級店に連れてきて遊ぶ、悪趣味なスノッブに映っているのだろうと、エルは自分の姿を内心俯瞰《ふかん》した。アトキンソン氏と同じ手合いである。あまり聞かれたくない話をすることになりそうだったので、エルは手を振って人払いをした。誰に何と思われようと、今はどうでもよかった。

　ワンは眉間に皺を寄せて、一言明快に発音した。

「は？」

「どうかな」

「意味がわからない」

「そのままの意味だよ」

「だから意味がわからねえよ」

「君には管理局登録がない。拾得物として私のものにしたい。手続きは簡単なんだ。管理局のデータベースには、今ここからでもアクセスできるから」

ワンはエルが喋り終えても、じっと顔を観察していた。目の前で何が起こっているのか静かに見定めようとする瞳である。どうかなとエルが繰り返すと、長い瞬きをしたあと、薄い唇を歪めた。

「で、今日から俺にあんたを『ご主人さま』って呼べって？」

「そんなことは望んでいない」

「じゃ何でいきなりこうなる。説明しろ、説明。俺にも納得できるようにな」

エルは言葉に詰まった。

ワンの中には、過去誰かに所有されていた際の記録がない。

違法なサーカスを探し、おそらくは大金を積んで忘れたいと願った記録がどんなものだったのか、今のエルには想像がついたし、それをワンに伝えて過去の彼の努力を無駄にしたくもなかった。そして何より忌避《きひ》したいのは、何も知らずに最上階層まで上がってきてしまったワンが、再び元の持ち主に回収され、悲惨《ひさん》な結末を迎えることである。

そもそも登録のないアンドロイドなどというものは、全てのアンドロイドが管理局の認可を受けて販売されている以上、建前上は存在しないはずであった。アンドロイド製造会社が、有数の得意先の重役のために融通を利かせ、生産ラインから下ろした個体でも存在しない限りは。

管理局には調律を行う権限はあっても、法整備や条例設置にまつわるキヴィタスの行政部分に食い込んでゆく力は弱かった。そういった力技は、むしろアンドロイド製造会社や、アトキンソン氏の所属している関連企業の得意技である。雑用部門より製造部門の力が強いのは自明である。

後手後手で無理を通すことはできない。エルにできることは、管理局の公《おおやけ》の記録に、所有者の名義登録を作ることだけだった。

「私が、君を、とても好きだから、というのは、どうだろう」

「……どうだろうって言われてもな」

「コロニスで調べたのだが、キヴィタスの中にはアンドロイドと婚姻関係を結んでいる人間も存在するようだ。無論、その、何と言うか」

「『椅子と結婚する』系の目立ちたがり屋か、自重しない数寄者《すきもの》だろ」

「確かにそういった側面はあるが、近年では少しずつ、世間の目も温かくなっているという情報も、ないではないように感じられる。アンドロイドを本物のパートナーとして認識している人間も確かに存在するんだ。見えにくい存在ではあるが……」

「顔や名前の出ない世界には、ちょいちょい見かけるって程度の話か」

「……そういうことだ。私はその存在に希望を感じる」

「本気で言ってるのか」

「無論だ」

紫の瞳を細め、エルの内奥を見透かそうとしている少年型アンドロイドは、呆《あき》れたように笑った。

「本当に、今日は帰ってくるなりどうしちまったんだよ。変なものでも食べたのか？　いつもの豆の缶詰に、幻覚剤でも混じってたんじゃないだろうな」

「そうでないことを祈ろう。ところでワン、よければ私の学校の話をさせてくれないかな」

「……楽しみにしてた話題だけどよ、こんな時に聞かされてもな」

「少しでいい」

エルが食い下がると、ワンは好きにしろとばかりに肩をすくめた。エルは自分の小さな計画がうまく運ぶようにと、どこにいるとも知れない何かに心から祈った。話すのはあくまで『少し』で、核心にあたる部分は、今は何も言わないでおくということも。最重要事項は、何としてでもワンの首を縦に振らせることである。その邪魔になる手札まで明かすつもりはなかった。

「……おそらく君ならば、ある程度は予想していたと思うが、学校にいた頃からずっと、私は人付き合いが下手だった。人並外れて座学が好きで、発達した情動領域の人工ニューロンの繋がりを見ているだけで楽しい一日を過ごせるようなタイプだった。だがこういう特技は、見知らぬ人との食事の時や、目上の人との会話の時には、全く役に立たない。私にはアンドロイドと天気のことしか話題がなかった」

「悲惨と無残の見本市みたいになりそうだな」

「かもしれない。それでも私の級友たちはみんな、私のことを他のみんなと同じように、大事に扱ってくれたんだ。全寮制だったから、眠れない時には子守歌をうたってくれた友達もいたし、食事の時間にとろとろしていて飢《う》えかけた時には、自分の分を分けてくれる友達もいた」

「……俺の想像より、かなりサバイバルな学校だったんだな？」

「かもしれない。私の学校は、成績が悪いと……学校を卒業させてもらえない。どこでもそういうものかな。だから私は、卒業できないことを覚悟していた。他のみんなは、豊かな社交性や常識を身につけていて、私はああいうスキルこそが『生きる』ことに最も必要なものなのだと思ったし、自分は生きるのが下手であることもわかっていた。悲しかったが仕方のないことだし、それを受け入れようとも思っていた。だが」

　長い卒業試験を経た、学校の最終決定は、エルを打ちのめした。

「……私だった。選ばれたのは私だけだったんだ。五十二人のクラスメイトたちの中で、管理局に派遣されたのは私一人だった。社交性も、人付き合いも、ユーモアのセンスも、子守歌をうたう優しさも、私たちには必要とされていなかった。必要だったのはアンドロイドを整備できる知識と技能だけだった」

「調律師の養成学校だったんだろ？　そりゃ当然だと思うぜ」

「今考えればそうだろう。だが……あの時私は、自分がどのように求められているのかも理解した。必要なのは技術者としての私で、それ以外の何かではないのだと」

「あんたがやたらとご自分の『義務』だの何だのに敏感なのはそのせいか。確かに、アンドロイドの身の上に同情しやすい境遇かもな」

ワンは微《かす》かに憐《あわ》れむような顔をした。エルは一瞬、全てを打ち明けてしまいたいという衝動にかられたが、現状の打破に繋がるとも思えなかったので、右足のかかとで軽く床を踏みにじり、衝動を殺すと、微かな笑みを浮かべてみせた。

「……一人で最上階層に送られるとわかった時にはパニックになりかけたが、私には引き返すという選択肢はなかった。悪い夢のようだとしても、私を笑顔で送り出してくれた友人たちの分まで、職務に励まなければならないのだから。あの時私は、彼らの分まで己の職責を果たすと誓ったよ」

「……なあ、お前の友達は、今どうしてるんだ？」

「みんな別々の場所に派遣された。しばらく会えない。端末は持たされていなかったから、連絡先もわからない。だがいつも、みんなが私の傍にいてくれるのを感じるよ」

「風変わりなエリート校だな。まあ深くは突っ込まないぜ。キヴィタスは無宗教都市って建前だからな。カルトなとこから来てるお偉いさんがいないとは思わねーけど。察するに、わりと貧乏な育ちのお子さまが、人身売買みたく全寮制の学校に送られたってとこか。終着点から振り向いてみたら、出世物語の典型みたいな人生じゃねーか」

「かもしれない。ともかく私の船出は惨憺《さんたん》たるものだったんだ。だが今は……今いる場所に来ることができて、よかったと思っている」

「まわりくどい論法だったな。理由は？」

「君に会えたから」

これからも傍にいてほしい、という一言は、コロニス検索の『プロポーズの一言』で見つけ出した台詞《せりふ》だった。本当に意味が通じるのか、あまりにも適用可能な場面が多すぎる言葉ではないかとエルは疑ったが、調べれば調べるほど勝率の高そうな言葉だった。

エルの言葉を聞きつつ、金色の薔薇の花びらを指先で愛撫《あいぶ》していたワンは、気のないそぶりで片眉を上げると、黙っているエルの顔を白々と眺めた。

「今の、決め台詞か？」

「た、多分」

思わず正直に答えると、ワンは乾いた笑いを漏《も》らした。

「百点満点中、三十五点だ。真心がこもってないぜ、オルトン博士」

「真心……」

エルにはあまり馴染《なじ》みのない言葉だった。どういう事物をさすのだろうと、エルはワンの表情から探ろうとしたが、飄々《ひょうひょう》とした美少年は、エルの疑問を微笑で受け流してしまった。完璧に美しく、感情の乗らない、無機物的な微笑みだった。

エルは微笑の裏に薄ら寒いものを覚えたが、ためらっている時間はなかった。

「……加点方式にしてくれ。君は私にとって希望そのものだ。君の存在が私を明るく照らしてくれる。家に帰ると君がいることが、どれだけ私の心を安らかにしてくれたか、きっと君はわかっていない」

「愛玩用アンドロイドを買えばよかっただろうが。三点追加」

「君といるとおしゃべりが上達する」

「シンプルイズベストだな。五点追加」

「皮肉屋なのに優しくて、私のことを見放さない。私は決して理想的な家主ではないだろう。深夜に帰宅するし、君の嫌いな役所の所属だ。君には何度も出ていくチャンスがあったのに、何故か私の傍にいてくれた。これは仮説なのだが、君は私とうまくやる才能があるのではないだろうか。そういう相手は稀有《けう》だと思う。手放したくない」

「金銭上の都合だよ。まあ長さに免じて十点追加」

「これからも傍にいてほしい」

「五点」

「君が好きなんだ」

「一点。わかってるんだよ、そんなことは」

「ありがとう。君にもいつか、少しは、そう思ってもらえたら嬉しい」

「……得点なし」

「手厳しいな。大したことはできないと思うが、努力は惜しまないつもりでいる」

「一点」

「最上階層は楽しいところだが、二人で暮らすには少し賑やかすぎる気もする。どうだろう、このあたりにもう一つレジデンスを買って、海を見ながら暮らすのもいいと思わないか」

「一点だ。何なんだよ、その必死さはよ」

「…………」

　学校で習ったプレゼンテーションの流儀にならって、エルはさまざまな提案と褒《ほ》め言葉をワンにぶつけたが、評点は一律に振るわなかった。二十回、めげずに同じことを繰り返し、フルスコアまで残すところ十点になったところで、久々にワンが自分自身の言葉を喋った。

「そろそろラストチャンスだぜ。今の調子で続けるつもりか？」

「え？　…………どういうことかな」

「別に」

ワンは虚《うつ》ろな顔をして、輝く海を見ていた。海に我が身を溶かすように、沈みかけた夕日が海原を黄金《こがね》色と藤《ふじ》色に染めている。光を反射して輝く紫色の瞳を、エルは心底美しいと思った。目を開けたままことされていたGSX38の瞳もまた美しかったことを思い出し、エルは再び笑顔を張りつけた。

「……君を守りたい」

「二点」

「いや、違うな。これは私のエゴだ。ただ私が、君のことを失いたくないと思っている」

「二点だ。どうした。さっきから妙なことばっかり。俺を口説いてる場合かよ」

「恋をすると臆病《おくびょう》になるというだろう。きっとそれだ」

「……三点」

「ありがとう。いや、正直なところ、私は恋の何たるかを君に語れるほど、己の感情に習熟しているとは思わない。思わないのだが……君といると楽しいんだ。同じだけ君がいなくなったあとのことを想像して、怖くなる」

「二点。そのあたりで野良アンドロイドを拾ってきて養えよ。同じことだろ」

「違う」

九十九点の局面である。考えるまでもなく、言葉はエルの中に浮かび上がってきた。

「私は他の誰でもない君が好きなんだ。君がいいんだ」

夕日の海の反射を受けて、少年型アンドロイドの顔には、深い陰影が刻まれていた。

ワンはエルの顔を、力のこもらない瞳で凝視した。

「一点、つけていいか」

「フルスコアかな」

「本当にいいか？」

エルは不意に、自分が海辺の断崖《だんがい》絶壁に立たされているような気がした。ただの錯覚に過ぎなかったが、ワンの瞳には明らかに不穏な気配が漂っていた。だがそれが何なのかわからない。もはや飛び込んでみるしかなかった。

「……いいよ」

「わかったぜ」

ワンはとびきりの笑顔に、エルは安堵《あんど》した。しめて百点の獲得である。

「いい顔で笑うんだな、ハニー。大嘘《うそ》ついてる顔には見えない」

「え？」

「チャンスをやったのにな。本当のことを言うチャンスを何十回も」

クソみたいな言葉で全部ふいにしやがってと毒づくワンは、端麗《たんれい》な顔を歪めていた。

「ワン、私は嘘など」

「本当のことをごまかすのも嘘だぜ、オルトン博士。薄ら寒い笑顔を浮かべて『好きだ』『好きだ』って言いながら、あんたは俺を奴隷《どれい》にしたいって言ってやがる。事情があるのは見え見えなのに、俺にはそれを話す気はちっともないときた。俺も甘ちゃんだったぜ。なんだかんだ言っても、結局お前にとって俺は、所有して管理できるアンドロイドで、それ以上でも以下でもないってことだ。ありふれすぎて面白くもねえ。お前の獲得した嘘つきポイントは百点で、俺の印象は最悪、プロポーズ大失敗だ。愛も信用も金と嘘じゃ買えねえんだよ。力ずくで奪い取られるほうがまだましだ。それが嫌なら出直してきな」

立ちあがりざま、ワンは花束を投げ捨て金の花びらを散らし、店の外に歩き始めた。

「一人で食って一人で帰りな。短い付き合いだったが、あんたの顔はけっこう好きだったぜ。中身の百倍くらいいな」

「ワン！　待ってくれ、すまなかった。もう少し話を」

エルが取りすがる甲斐もなく、ワンは店の扉を開けた。アール・デコ様式のステンドグラスに彩られた大扉の向こうには、クラシックなスーツ姿のアンドロイドが立っていた。扉を開けるためではなく、立ちふさがるために。

店の外にいたのは、ギャルソン・アンドロイドではなく、最上階層の無重力バーにいた、ドアマン用アンドロイドだった。

確かにこれですと、ドアマン用はワンを指さした。その背後に立つのは、重作業用のアンドロイド二体である。フルフェイスのサングラスのような視角デバイスを顔に埋め込んだ強面《こわもて》で、デフォルト体重は二百キロと、二体並ぶと分厚い壁のようだった。

ずいと前に出てきた重作業用に、ワンは厳しい眼差しを向けた。

「何だお前ら。エルの舎弟じゃなさそうだな。どけよ、俺は機嫌が悪いんだ」

「アトキンソン氏所有のアンドロイド、CLN99-981785Z95-BM号、キャサリンですね？」

「誰だそれ？」

「音声を確認しました。回収します」

二体のアンドロイドは、同一のオペレーティングシステムによって操作されているようで、四本の腕は一糸乱れぬ動きでワンの体を抱え上げた。

「何しやがる！」

暴れることも想定済みだったようで、むかって右のアンドロイドは、わきの下の収納スペースをがらりと開けると、細長いスタンガンを取り出してワンにあてがおうとし、エルが体当たりをかけると、たたらを踏んであとずさりした。抱え上げられたワンが地面に落ちると、エルは覆いかぶさるように少年型の体をかばった。

「やめないか！　管理局のオルトンだ。誰の許可を得てこんなことを」

「おや、本当に君だったのか。信じがたい」

壁のようなアンドロイドの後ろから、ひょっこりと出てきたのは、白髪の多いスーツの男だった。刺繍《ししゅう》入りのタイは、今日は幾何学模様ではなくストライプである。

アトキンソン氏であった。

呆然とするエルの下から、ワンが這《は》い出すと、おやおやと男はため息をついた。

「キャサリン、ひどい姿になってしまったものだ。銀の髪など安っぽいにもほどがある。おかしな目の色も一体誰の趣味やら。しかしこうして再会できたことは無量の喜びだ。我々の間にはやはり縁があったということだろう。さあ帰ろう。今夜は祝杯だ」

「は？　知るかよ。誰だこのおっさん」

「……覚えていないだと？　ああ！　何だそういうことか。私のところからいなくなったあと、心ない人間にメモリの削除を受けたのだね。ははは！　これは素晴らしい。いやこっちの話だ。かわいそうなキャサリン。苦労したのだね。さあ、戻っておいで」

手を差し伸べるアトキンソンの前に、エルは体を割り込ませた。眉間に皺を寄せる男から、エルはワンを遠ざけた。

「アトキンソンさま、失礼ながら、この個体があなたの所有していたキャサリンだという証拠はないのではありませんか。彼はワンという名前の野良アンドロイドで、現在私が重要な調律を行っているところです」

「『ワン』？　冗談じゃない、私のキャサリンを犬か何かのように。私のボディガード・

アンドロイドたちも、バーのドアマン用アンドロイドも、過去のキャサリンの個体データを入力し、照合できるように調律済みだ。安い買い物ではなかったが、やっと役に立ったな」

「しかし……！」

「大体なんだ、この店は。分不相応にもほどがある。君の任されている予算がどこから出ているのかも知らないのかね。節制に励むのがあるべき姿というものだろう」

「………」

黙り込んだエルの横から、すいと小さな影が前に出た。やめろとエルが言う間もなく、少年型アンドロイドは口を開いた。

「ようおっさん」

「やあキャサリン。よければ昔のようにバーニィと呼んでおくれ」

「おっさん、あんた黙ってたほうがいいぜ。せっかく高級そうな服を着てるんだ、それで頭が悪いのがいくらかごまかせる。どこの誰だか知らないが、さっきから偉そうに。あんたがやってるのは因縁詐欺《いんねんさぎ》だぜ。他人のものを寄こせってゆすってやがる。それを偉そうに、何様のつもりなんだ？　あんたみたいな馬鹿にも人権があるならアンドロイドにもそろそろ人権をくれてやってもいいんじゃないのか？　それともあんたのところにいるアンドロイドは、みんな口答えの一つもできねえ、躾《しつけ》されすぎのいい子ちゃんばっかりってことか？　悪趣味にもほどがあるぜ」

「ワン、さがってくれ！　頼むから」

「お前が口下手な分言ってやってるだけじゃねーかよ！　何なんだよこいつは。借金の取立人でもあるまいし、さっさと追い返しちまえ」

言いよどみ始めたエルを無視して、アトキンソン氏はワンを呼んだ。キャサリン、という声に、エルはねばつくような執着のにおいをかぎとり、胸の奥に黒い塊を押し込まれたような気分になった。

スーツの男は、エルを見て酷薄《こくはく》な笑みを浮かべた。

「キャサリン、君は何も知らないのか」

「何の話だよ」

「単純なことだよ。君の目の前にいる、これの正体さ」

アトキンソン氏はエルを見ていた。久しく忘れていたが、馴れ睦《むつ》んだ眼差しに、エルは胸を抉《えぐ》られた。学内の世話役から、時折訪れる医師たちから、偶発的に『生徒たち』の姿を見てしまった外部の人間から、容赦《ようしゃ》なく向けられる眼差しの名は、軽蔑《けいべつ》といった。

人間が『一段下』の生き物を見る時の眼差しである。

「教えてやろう。これは私の企業がキヴィタス政府と共同で管理運営する、ジーニアス・プロジェクトという実験の産物でね、人造人間だ」

「……人造人間？」

「そうとも」

アトキンソン氏はエルを一瞥《いちべつ》し、嗜虐《しぎゃく》的な笑みを浮かべた。

「今は亡き優秀な科学者たちの幹細胞を素材に、卵子と精子を培養し、一代限りの人間もどきを作り出す。人間の形をしているが、中身は人間ではないし、生殖能力もなく、大して歳も取らない。薄気味悪い限りだ。ただ忠実に仕事をし、ほどほどの年齢になったら朽ち果ててリサイクルされる。タンパク質でつくられた、使い捨て頭脳労働物だ。主としてキヴィタス外部での業務に従事するためつくられている。管理局調律部の業務にも適応可能かを、テストケースで実験しているそうだが、なんともはや。やはり人造人間は人造人間だな。人間のようには振る舞えない。権利の意識というものがまるでなっていない。おぞましくも人間の持ち物を勝手に私物化していたとは」

リアクションを見るのが楽しいようで、アトキンソン氏は一言ごとにエルのことを見ながら喋っていた。一枚、また一枚と着ているものを引きはがされてゆくようで、エルは俯《うつむ》き、拳《こぶし》を作ったが、俯いたところでどこにも逃げ場はなかった。

鼻で笑うような声が聞こえたが、顔を上げることはできなかった。

ワンの表情を見たくなかった。

本当なのかという少年型アンドロイドの声に、アトキンソン氏は満足したようで、深く頷きながら言葉を続けた。

「やはり隠していたか。くだらん。人造人間がアンドロイドに姑息《こそく》な嘘をついて、泡沫《うたかた》の夢を見ていたとはな。情報大臣の肝《きも》入りで計画を進めているのだから、どれほどのものかと思えば、二十年かけてもこんなものか」

嘆かわしいという声に、エルは何も言い返せなかった。沈黙するエルに、アトキンソン氏は呆れたように笑った。

「反抗的な顔をしているな。わかっているのかね？　私はこの件を君の『学校』に連絡する。人造人間の牧場は、今のキヴィタスでは飽和気味だと知っていたかね？　互いに競合しているのが売りだが、これほどお粗末な個体を生み出す場所は必要あるまい。君の母校と後輩たちは、皆ここでおしまいというわけだ」

高笑いをするアトキンソン氏は、しかし笑い声を途中で切り上げた。

スーツの袖《そで》を、白い手がそっと摑んでいた。

「おっさん、今の話本当か？」

「本当だとも、キャサリン。私は君の前で嘘をついたりしない」

「俺のボディは男型だぜ。何で名前が『キャサリン』なんだよ？」

「私は自分の所有するアンドロイドには一律女性の名前をつけるのが好きでね。他にも女性名の男の子たちがいるよ。みんなとても愛らしい。もちろん君ほどではないがね」

「歯が浮いちまうぜ。そんなに俺に入れ込んでたのか」

「キャサリン、私がどれだけ君を愛していたのか忘れてしまったのか。身を裂かれるようにつらいが、これも君ともう一度新しい関係を築くチャンスだと思うことにしよう。数奇な運命に感謝を捧げてもいい」

「そんなに？　本気かよ？」

「本気も本気さ。私の愛を信じてくれたまえ」

「へーえ……じゃ、その愛に免じてちょっとした頼みを聞いてくれよ」

顔を上げたエルは、ワンの顔を凝視した。銀髪の少年型アンドロイドは、スーツ姿の男の前で、少女のように小首をかしげていた。

「こいつのこと、見逃してやってくれないか？　こいつ頭はいいのにすげー馬鹿でよ、野良アンドロイドにもともとの持ち主がいるなんて考えもしなかったんだ。調律好きが高じて、俺に構ってただけなのさ。珍しいおもちゃを見つけたガキみたいに」

「ああ、キャサリン、君はなんて優しい子なんだ。しかしそのようなことを言われては、私の腹の虫が余計に治まらないことも、君ならわかってくれるだろうね」

「当たり前だろ。もう一つ傑作な話を教えてやるぜ。こいつは俺のこと本気で好きだとか抜かして、さっきそこでプロポーズしてくれたんだ。薔薇の花をいっぱい並べてな」

ワンの言葉を耳にするや否や、アトキンソン氏は爆笑した。エルにはワンの言葉の意味がよくわからなかったし、ワンがアトキンソン氏そっくりの酷薄な表情を浮かべている理由もよくわからなかった。ただワンが、さっきから強く右手を握りしめていることと、そんなに強く握っては手指パーツに支障が出るのではないかということが気になって仕方がなかった。笑うアトキンソン氏は少年型アンドロイドの行動には気づいていなかった。

「人造人間が！　アンドロイドに！　いやはや傑作だ。君は……何という名前だったかな？　まあいい。君は調律師ではなく道化師としてキヴィタスに貢献すべきだ。非常に興味深い。いやあ、素晴らしい才能だ」

「まあ面白いって部分に関しちゃ俺も否定しないさ。だからこいつや、こいつの仲間たちを『廃番』にするのはもったいないと思うけどな。楽しみが減っちまうだろ」

「……いやしかし、ますます傑作だな。妬《や》けてしまう。まるで君がこの人間もどきを本気で愛していて、その身を犠牲に差し出しているようにも聞こえてきた」

「聞こえるも何も、そうに決まってるだろ。頭の悪いおっさんだな。嫉妬《しっと》は恋愛の最高のスパイスだ。どうせ元の持ち主があんただって言うんなら、俺はこれからあんたのところに行くんだろ？　求められるなら激しいのが好きでね。お子さまランチばかり食わされて腹が減ってたところなんだよ」

「愛《いと》しいキャサリン、君はちっとも変わっていないね。その情動領域の豊かな反骨の精神に乾杯とゆこう。いいだろう、この人間もどきは第四十階層の実験場あたりに動かして、牧場の処罰はなし。放置したところで再び馬脚をあらわすのは時間の問題だ。私が処分するまでもない。満足かな、キャサリン」

「権力者ってのは愉快なもんだな。満足だとも。末永く可愛がってくれよ、バーニィ」

「もちろんさ、君を二度と離しはしないよ」

ねっとりと絡みつくような笑みを浮かべたアトキンソンは、ワンの顎を掴んで上を向かせた。唇が重なろうとした時、ワンがふいと気まぐれに顔を背け、太い首に腕を回して抱き着いた。スーツの背中越しに、呆然としているエルとちょうど視線が合う位置だった。

エルの目の前で、ワンの口が音もなく動いた。短い言葉だった。

ベッシーを頼む、と。

最後に一度、いたずらっぽいウインクをして、ワンはアトキンソン氏に強く抱き着いた。

スーツの男はアンドロイドを運び、黒い車に乗り込んだ。自らの体を折りたたんだ重作業用たちは、後続車のバックスペースに自分の体を押し込むと、腕までも収納し、省スペースな銀色のキューブになった。

舗装路からふわりと五十センチ浮き上がった車は、車道の上を音もなく滑り、エルの視界から消えていった。

太陽が海中に身を沈めきり、キヴィタスはおぼろな宵闇に包まれた。

何も言うことができず、何も考えられないまま、キヴィタス最上階層のレジデンスに辿り着いたエルは、いつものくせで二階に上がった。おかえりという少年の声はもちろんなく、ベッシーだけが餌《えさ》を求めてやってくる。死後も決まりきった動きをするという、古典文学に出てくる生けるしかばねのように、エルは冷蔵庫を開け、目を見開いた。

白い皿の上に、チョコレートのクリームが塗られた、バゲットが二枚載せられていた。


第五十六階層の高級住宅街、ゼウス地区の夜は静寂に満ちていた。オフィス街からも歓楽街からも遠く離れた場所は、一部のとびぬけた富裕層のための箱庭のような空間である。その片隅に、カリーニン&アトキンソン社の重役、アトキンソン氏の居住地も存在した。

深夜二時。リュックサックを背負った人影が、巨大な門構えの前に立つと、人感センサーに反応した警備用犬型ロボットが四体、黒い耳をぴんと立て、威嚇《いかく》音声を発して起き上がった。黒ずくめの人影は、バックステップを踏んで右腕を振りかぶり、門の上からロボット犬たちに何かを投げた。片手でも三本は持てそうな、小ぶりな銀色の缶である。四体のちょうど中間に落ちた缶は、衝撃を受けた瞬間、猛然と白煙を発し始めた。

予想外の刺激を受け、人間の指示をあおごうと撤退する前に、ロボット犬はばたばたと地面に倒れ、おだやかなスリープモードに移行した。立っていた耳がぺたりとしおれたのを確認すると、人影は、リュックサックの底部に取りつけた飛行用ブースターを噴かし、五メートルほど舞い上がり、なんなく門の内側に着地した。

「……後遺症が非常に少ないタイプのナノマシン噴霧器だ。許してくれ」

　侵入者を感知した警報装置が作動し、幾何学模様に植物が刈り込まれた庭園に、派手なアラームが鳴り響き始めた。その中を黒ずくめの侵入者は適宜《てきぎ》ブースターを噴かしながら一本道を前進した。武器を持ったアンドロイドたちが次々に駆けつけてきたが、そのたび侵入者は腰に付けたバンドから缶を取り外し、投げた。白い煙が噴き出すたび、警備員たちはやすらかな眠りにつく。訓練されたアンドロイドたちが、麻酔銃による武力行使を行うより、侵入者が目の前のアンドロイドの型番型式を見定め、最も適切な缶を投げるほうが早かった。

　広大な庭園の奥、丸天井の高屋根に、一メートル四方程度の明かりとりが一つしかない奇妙な塔を見つけると、侵入者は全速力でブースターを噴かし、高度を上げて、壁を登りガラスの高窓の縁に着地した。底の硬いゴム靴で分厚い窓ガラスを蹴り、どうも割れないらしいと判断すると、リュックの中から防弾ガラス用の破砕シールを取り出し、軽くたたいて張り付けてから再び蹴飛ばした。強化ガラスは粉々になった。

　塔の中に身を滑り込ませた侵入者は、ブースターの反発でゆるやかに着地し、内部を見回した。細かな草花模様の壁紙、床は刺繍の入ったクッションだらけで、天井が異様に高い塔は、どことなく鳥籠《とりかご》を想像させた。そして外観に比べると、若干内部が狭い。

「こんばんは。誰かいますか」

侵入者の挨拶《あいさつ》に、最初に応じたのは警備用アンドロイドだった。黒い鉄塊のようなずんぐりむっくりである。ナノマシンの侵入経路がないと判断した侵入者は、庭園では一度も活用しなかった銀色の缶を投げた。体術に秀でたアンドロイドは、腕を振って缶をはじき落とそうとしたが、腕に触れた瞬間、缶は姿を変えアンドロイドの腕に取りついた。ボディパーツにからみつく、多肢《たし》生物状のロボットは、適切な電気ショックを与え、アンドロイドをひるませた。よくぞ昏倒《こんとう》しなかったものだと、プロテクトの頑丈さにどこかで喜びを感じながら、侵入者は狙いを定めてアンドロイドにスタンガンを振りおろした。バチバチという音を立てて、警備用アンドロイドは強制終了し、ごろりと床に横たわった。

「……悪く思って構わないから、三十分後に正常に再起動してくれ。この位置ならば確実に大丈夫だ。大丈夫だとは思うが、頼むから腕のいい調律師に当たってくれ……」

祈るように呟きながら、侵入者は塔の中を歩き回り、手袋の中に仕込んだセンサーをあちこちの壁にかざして、ものの数分で隠し扉を見つけ出した。鍵はない。またしても乱入してきた警備用アンドロイドと乱闘を演じ、昏倒させてしまう前に麻酔銃を誤射させて、隠し扉の基盤部分を破壊させると、二重になっていた壁の内側があらわになった。

布だらけの広間を囲む外廊下のような空間は、ロッカールームだった。まるで棺《ひつぎ》のような大きさのロッカーが、ぐるりと塔を取り囲み、一つ一つ全てに違う鍵がかかっている。

侵入者はキークラッシュ端末と鍵穴をケーブルで接続し、全ての電子錠を破壊した。扉が壊れるや否や、次々に中身が崩れ落ちてきた。

　いずれもスリープモードのアンドロイドである。

　髪の色も肌の色も、年齢性別体型までもばらばらだが、一律何らかの美意識で統一されたアンドロイドたちは、いずれも死体のような顔で、深い眠りに落とされていた。持ち主は衣装にまで凝《こ》り性を発揮したらしく、レースのあしらわれたロココ調のドレスから、オリエンタルなキモノ・スタイルまで何でもござれである。ロッカーの内張りも、衣装と合わせて統一されており、管理者の倒錯《とうさく》した熱意の片鱗《へんりん》がうかがえた。

　立て続けに広間にやってくる警備用アンドロイドたちを順繰りに、丁寧に片付け、巨大な二足歩行のロボットはナノマシン噴霧式ロケットランチャーで夢の世界へと送り届けると、侵入者は再び、ロッカールームの探索に戻った。

　数えてみると五十体存在した人形たちの一番端に、その個体は眠っていた。

　紫色のびろうどの内張りに、金色の釘のような鋲《びょう》飾りの取りつけられたロッカーには、青い薄絹姿の少年型アンドロイドが入っていた。頭と腰と両手両足には、金めっきのアクセサリーがじゃらじゃらと巻きついていて、顔は花嫁のようなベールで被《おお》われている。首筋の端子を露出させ、侵入者が再起動を試みると、銀髪の少年は短く、喘《あえ》ぐような声を漏らして覚醒《かくせい》した。侵入者は細い体を抱きかかえて、塔の中央の広間に運んだ。

優美な薔薇の刺繍が施されたクッションの上で、けだるく瞼《まぶた》を動かしたアンドロイドは、軽く身じろぎをしてから目を開けたが、真隣に警備用アンドロイドが寝転んでいることに気づくと、低い声でギャッと呻《うめ》いた。侵入者は微笑み、顔を覆う黒いマスクを引っ張って外した。

「こんばんは、三日ぶりかな。狭そうなベッドだったが、体の調子はどうだい」

紫色の瞳の持ち主は、みるみるうちに目を見開いて、侵入者――エルの姿を見つめたあと、派手に顔をしかめて目をそむけた。

「…………とうとう目も改造されたか。悪趣味なことしやがる……」

「察するに君の視覚センサーは正常だ。その服は全く似合っていないが、君が相変わらずで嬉しい。念のため君の眼球運動を確かめても構わないか」

呆然としたワンは、視線を戻して黒装束のエルの顔をまじまじと見つめた。エルがポケットからペンライトを取り出し、眼球パーツに当て、疑似瞳孔《どうこう》の反応速度を確かめると、ワンは狼のように長く唸ったあと、叫び声を絞り出した。

「夢じゃないのかよ！　クソッ、お前、マジで、死ぬぞ！」

「反応速度、右、正常。左も正常――よし」

「少しもよくねえ！　大っぴらにこんなことしてる富豪どもは、キヴィタスの法律なんてクソくらえとしか思ってねえよ！　後ろ盾のないタンパク質なんざ有機リサイクル処理されて農場の肥料だ、肥料！」

「それだけ言語出力ができるのなら、情動領域は手つかずのままか。よかった。間に合わなかったらどうしようかと思っていた」

「聞けよ！　死にたいのか！」

「そのあたりのことについては出てから話そう。ここはおしゃべりには不向きだ。ところで、何をされたか覚えているか。ボディパーツに不具合を感じる部位は」

「聞く耳持たずかよ、クソッ……コスプレさせられて電気鞭《むち》で叩かれたくらいだ。あとは、その……だめだ。どうしても足に力が入らない。さっきから立ち上がろうとしてるのに」

「想定内だ。問題ない」

　エルはざっと塔の中を見回し、警報装置は鳴っているものの、後続の援護が来ていないことを確認した。後ろ暗いことをしている大金持ちほど、完全に自分のいうことをきく私用のロボットやアンドロイドに邸宅を守らせたがり、行政の認可が必要になるハイレベルのアンドロイド警備会社は敬遠するという傾向に、エルは心から感謝した。

　床に倒れた警備用アンドロイドと、それぞれ煌《きら》びやかな衣装に身を包んだ女性型や男性型のアンドロイドたちに、それぞれにある種の簡単な調律を大急ぎで施すと、エルはワンの背中と膝裏に腕を回し、再び軽く抱き上げた。

「私の首を抱いているといい。少し飛ぶから、静かにね」

奥歯に設置したスイッチを嚙《か》むと、リュックサックの下のブースターに電子の火がともり、エルの体を押し上げた。無重力バーのように壁を蹴って高窓に上がり、少なくなってきた燃料をごまかしながら着地し、エルは元来た道を駆け戻った。遠くに見える屋敷の中ではアトキンソン氏やその家族が騒いでいるようだったが、頼りのアンドロイドが作動していないため、不気味がって外には出てこない。おそらく既に通報されているだろうと、残り時間を計算しながら、エルは庭を走り続けた。

「おい！　この怪力、どこから出てるんだよ！　俺のボディは四十五キロもあるんだぞ！　その、空飛ぶ突風噴出装置も！　迷惑な缶詰も！」

「ああ、君は武器のことはよく知らないのか……第二十五階層まで降りていって、武器が欲しいと談判したら、大災害直前のロボット戦に活用された備品の不良品を大量に買わされた。キヴィタスに持ち込んでも大丈夫だと判断される程度の、何の役にも立たないものばかりだったが、通販で手に入る合成化学肥料や冷却スプレーや強化カーボン素材の骨組みと組み合わせると、この通りいろいろと役に立ってくれるようになった。座学は得意だと言っただろう。こういったクラフトは、君たちの情動領域の調律よりずっと簡単だ。だが、やはり過信は禁物だな……パワードスーツと、短距離移動用ブースターと、ハンドグレネードのメンテナンスに、二日以上かかってしまった。この屋敷の位置はすぐにわかったのに」

「特殊部隊の隊員でもやってたってのか……？　ありえねえ。絶対に向いてねえ」

「私もそう思う」

苦笑するエルにワンがいきりたち、キヴィタスの無宗教と非武装の原則を説き始めた時、エルは異変を察知した。何かがおかしかった。あまりにも何の干渉もないまま、直線距離を移動させられていると気づいたその時、エルの目は庭の片隅に光るものを感知した。

ワンを抱き上げる腕を、光からできる限り遠ざけるため体をひねると、右の脇腹に焦げるような感触が走った。遠隔操作型殲滅《せんめつ》用デバイス、レーザーの出力は微小、照準はあいまいである。操作しているのは人間だと悟った時、エルは少しほっとした。処罰されるアンドロイドやロボットはいないようだと。

右から左に何かが抜けてゆくような感触は、一秒ほどしか継続しなかった。

バランスを失い、軽くよろけかけたものの、エルは奥歯を食いしばってブースターに再点火した。できるだけ燃料を節約するため、最小限の噴射で抑《おさ》える予定だったが、状況が変わってしまった。着地のたび奥歯を噛んでスピードを上げると、おい、おいとワンが呼び掛けてきた。

「エル、今、お前」

「大丈夫だ。何も問題ない」

「……体を、光が突きぬけて」

「見間違いでは？　私は元気だ。もう少し辛抱してくれ」

　私有地と外を区切る壁のすぐ傍まで来ると、エルは位置をわかりにくくするために壁沿いに移動し、枝ぶりの豊かな低い木を見つけると、その陰にワンを横たえた。

　白い首筋にメンテナンス認証キーをかざし、接続端子と認証端末を繋ぎ、調律用のコードを打ち込むと、基盤部が露出し、基礎中枢、情動領域への干渉が可能になる。ゼリー状の緩衝材を塗ったスコープを、エルはワンの首筋にそっと接続した。

「事後承諾で申し訳ないが、調律を行うよ。君の中の邪魔なものを取り除く。こんな屋外でデリケートな部位を開くのは心苦しいが、場合が場合だ。許してくれ」

「……構うな、ハニー。お前とならどこでだっていい」

「ありがとう。では始める」

　銀色の髪をはらい、エルが膝の上に頭をうつぶせに載せると、ワンはくすぐったそうに笑った。

「感覚センサーは可能な限りオフにしているが、力技なので限度がある。不快感があるかもしれないが、耐えてくれ。ワン、私は喋りながらでも作業できるので、どうか教えてくれ。君の姿を見てから私はおかしい。百本の燃える釘で胸をかきむしられているようなんだ。経験が乏しいのでよくわからないのだが、一緒に暮らしていた相手が、あまり感じのよくない男に連れ去られて、コスプレさせられて電気鞭で叩かれていたとわかった場合、こういった感覚を覚えるのは正常な反応だろうか。おそらく私は怒っている」

「そんなに理路整然とキレてる状態を言葉にできるやつは全然正常じゃねえよ。うえ……脚がびりびりしてきた」

「機能が戻ってきた証拠だ。すぐに立てるようになる」

スコープごしにワンの体の中を覗き込み、微細な神経系のはたらきを示す数式に目を凝らすうち、エルは局部麻酔用のプログラムを発見した。管理局で活用されているものの亜種である。解除対策のプロテクトもかけられているようだが、エルの目から見ると、防壁どころか紙の壁のようなものだった。

「……詰めが甘すぎるな。都市防衛想定の情報戦教育を受けた人造人間と戦いたいのなら、この一千倍は美しい防壁プログラムを構築すべきだ。無論それでも私が勝つが」

握り拳でドミノ倒しをするように、プログラムを除去し、中和処理まで終わらせた頃、エルはワンが呻いているのではなく、笑っていることに気づいた。

「ん……？　ワン、どうした。顔面パーツに何か不具合があるのかな」

「そうじゃない、システムはオールグリーンだ。おかしくってさ。こんなこと考えてる場合じゃないってのに……うろたえてる時のあんたは可愛い系なのに、キレてる時は、何だか……ぐっとくるぜ。反則級だよ」

「よくわからないが、ルールを破っていることは弁《わきま》えているよ。それから、非常に申し訳ないのだが、その服を着ている君を見ると不適切な怒りがおさまらない。できれば着替えてもらえないだろうか。リュックにいろいろ必要なものが入っている」

「適当に破って捨ててくれよ。倒錯的でぞくぞくする」

「ではそうする。はさみを持ってきてよかった」

非常に高級そうな仕立てであることを差し引いても、目に入るたび不愉快になる衣装を、エルはリュックに入っていたはさみで機械的にカットし、裸のワンに白いプルオーバーと黒いパンツをはかせた。靴は持ってこなかったので、白い足は剝《む》き出しのままだったが、特に問題ないことはわかっていた。エルはワンの基盤部を閉じ、膝の上で銀色の頭を仰向けにした。

「さて、眩暈《めまい》もじきに治まるだろう。ワン、ここからの行動を説明させてほしい」

「……わかってるぜ。こんなこととしてただで済むわけがねえな。ここからが本番だ」

「単刀直入に告白するが、君の個体番号を、管理局データベースに登録した」

エルはリュックサックを下ろし、IDカードを取り出すと、ワンに差し出した。

銀色の硬いカードだった。右上にワンの顔写真と名義人の名前が入っている。研究者が用いる単独行動タイプのアンドロイドなどが持たされている、きちんとした所有者のいるアンドロイドであるという証《あかし》だった。ワンは眉間にうにょんと皺を寄せた。

「……なあ、名義人、あんたの名前じゃなくて、ワン・オルトンになってるぞ」

「架空の人物だ。管理局の機械と仲良くなって、こういうものを作ってもらった。君の好きなファミリーネームを知らなかったから、私の名前を流用したが、他意はない。誰のものでもよかったんだ」

「めちゃめちゃ他意があるって言えよ。そっちのほうがダメ人間ぽくて嬉しいだろ。で？　ハッキングの上、偽情報の登録に、偽造ＩＤの作成までして、どうやって逃げるんだ。キヴィタスの中に居場所はなくなるぞ」

「ＩＤカードの説明が終わっていない。これもまた公文書偽造だが、武器の持ち込みに比べたら些細なことだろう。しばらくはセキュリティの目を欺《あざむ》けるだろうし、倫理メンテナンスのレベルを気にせず第五十六階層の住人専用エレベーターにも乗れる。逃亡先は私よりも君のほうが詳しいかもしれないが、行き詰まったら三十八階層へパイストス地区の辺縁部に行ってみるといい。コロニスで調べてみたら、ひどい目に遭《あ》ったアンドロイドを匿《かくま》って、外部に逃がしている団体があるという情報があった」

「ガセだ。そんなの横流しのジャンクパーツ屋に決まってんだろ。それよりあんたはどうするんだよ」

「かもしれないし、そうでないかもしれない。もし頼れそうになかったら、あとは君の裁量で、如何様《いかよう》にでもするといい」

「だから、あんたはどうするんだ」

少しずつ身体感覚が回復してきたとおぼしきワンは、エルの膝から起き上がろうとしたが、まだ脚をばたつかせることしかできなかった。エルはワンの姿をじっと見つめた。いつまでも見ていたい形だった。

「この鞄《かばん》にはプリペイドカードが八万クレジット分入っている。必要に応じて使ってくれ。それから君の友達も。今は休眠中だが、何度か撫でてやれば起きる」

「聞けよ！　お前はどうするんだって質問してるだろうが。答えろよ！」

銀色の髪を直しがてら、エルはワンの頭の輪郭《りんかく》を撫でた。遠くには人間の声が聞こえる。もう時間があまりないことはわかっていた。

「レストランでのことを謝らせてほしい。君に誠意のないことをたくさん言ってしまった。アトキンソン氏が君の所有者であることと、彼の特殊な性癖がわかって、焦っていたんだ」

「今はそんなことはどうでもいいだろ。クソッ、まだ足が動かねえ」

額をそっと撫でても、ワンの表情は晴れず、エルは苦笑した。

「あの時話しそびれたことを、少し補足させてくれ。彼が言っていた通り、私はいわゆる人造人間だ。現在は下火になっているが、半世紀も遡《さかのぼ》れば、雲霞《うんか》の如《ごと》く大量生産されていた、従人間という立場の生き物になる」

「だからその話は今は」

「君は何故、人造人間の製造が下火になったか、知っているか？」

困惑するワンに、エルは語り続けた。どうして今そんなことをというワンの気持ちは痛いほど伝わってきたが、これだけは伝えなければならなかった。

「アンドロイドだ。君たちアンドロイドが発明されたからだ。私たちは人造の生命体とはいえ、人間と変わらない発達の過程をたどる。ジーニアス・プロジェクトの開始時に私は生を享《う》け、二十年近くかけてやっと今の体を手に入れた。学習も人間と同じように、原則的には教師が教える形で行わなければならない。非効率だ。そして人造ではあっても『人間』を使い捨てにすることに対して、倫理的な反発も大きかったと聞く。アンドロイドはその点を補うために生まれてきた存在だ。成体として生まれ、学習はプログラミングによって行使され、あとからの『やり直し』すら、調律師とナノマシンさえあれば容易だ。だから今、世界中で戦っているのは、人造人間ではなくアンドロイドになった」

　たった二十年前の話なのだと、『牧場』と呼ばれる学校で講師は告げた。たった二十年前までは、人造人間同士とはいえ、『人間』同士が殺し合っていたが、この時代にして人類は、ようやくその暗黒の時代から脱却したのだと、どこか誇らしげに。

「……いくら技術が発達したところで、最終的には人手が必要になる領域はある。たとえば戦場におけるバトルロイドの調律業務といった、主導者が敵対陣営のハッキングを受けることが致命的な敗北につながる分野などだ。だがそれ以外の分野においては、人造人間が負っていた重荷は、そっくりそのままアンドロイドにスライドした。私も、私と同じ顔をした友人たちも、自分のことをこう思っていたはずだ。『自分たちはアンドロイドのために尽くす機械だ』と。何故なら君たちがいてくれなければ、相変わらず私たちが、今の君たちが負わされている荷物を負い続けることになっていただろうから」

だからどんな場所であっても、困っているアンドロイドがいたら助けにゆく。それが人造人間の義務であるのだと、エルも友人たちも、疑わずに信じていた。皆同じ顔で、同じ背格好で、同じ髪と瞳の色をした仲間たちとの生活は楽しいものだった。時々体が変異して、隣にいた友達が消えることも、成績が劣るクラスメイトがいつの間にかいなくなることも日常だったが、抗《あらが》う方法はない。そういうことも仕方がないものかと割り切っていた。それ以外の選択肢はなかった。

「……君たちのために何かしたいという思いは、そのまま『自分が生まれてきたことには意味がある』と信じたいという願いに他ならなかった。だが学外に出て、状況がわかればわかるほど、自分の無力さに耐えられなかった。私は大して有用なエンジニアではなかったし、結局私は生きながらえたことが嬉しくて仕方がないだけで、君たちの境遇を変える術など全く持っていない、無力な人形でしかないのだと」

「黙れ」

少年型アンドロイドは、機械の声帯が許す限度で、最も低い声を出していた。恫喝《どうかつ》の声にエルが沈黙すると、ワンは言葉を続けた。

「何をごちゃごちゃ抜かしてやがる。つまりお前は人造人間としてアンドロイドのために何かしたくて、俺を捨て身で救出に来たってのか。帰れよ。お前の助けなんか欲しくもねえ。俺はお前に何かしてやろうなんて思ったことは一度もないぞ。お前が勝手に勘違いしただけだ。いいシェルターになりそうなやつだから、適当に機嫌をとって利用できるだけさせてもらおうと思ってただけだ。あんたがそれを尊いことだなんて思ってるなら、ちゃんちゃらおかしくてたまらねえし虫唾《むしず》が走るぜ。俺は聖人君子でもなけりゃあんたの理想のアンドロイドでもないんだよ」

「……うん、確かに最初は、そんな風に思っていた」

え、というワンの短い呻き声に、エルは皮肉っぽい笑みを浮かべてみせた。一度くらいはワンをからかってみたいという意図が成功したようで、エルは無性に嬉しくなった。

「君は私にいろいろなことを教えてくれた先生だ。何より一番尊いレクチャーだったのは、自分だけが天国にいるふりをしなくていいという言葉だった。私は五十二人の仲間たちの期待と、アンドロイドたちのために尽くさなければという義務感を背負い、そういったものの入れ物として己を機能させることばかりを考えていたが、あの時初めて、私も苦しいと感じていいのだと言ってもらえた気がした。どれほどそれが下劣なことに思えたとしても、苦しむことは許されているのだと、君に許してもらえた気がした。うまく伝えられるかどうかわからないが、あの時私は、君に本当の意味で、息をする方法を教えてもらったような気がした」

エルは不意に、ワンに初めて会った夜を思い出した。服飾店のガラスに自分の顔が映るたび、そこにいるのがアランなのかボビーなのかクレアなのかと考えてしまう癖は抜けなかったが、同じ鏡に違う顔の誰かの姿が映るたび、ここにいるのは間違いなく自分なのだと思えるようになった。

何故そんなことが起こるのかと考えても、合理的な理解は得られなかった。ただ胸の奥に、ぬるま湯のように温かい『何か』の感覚が溜まってゆく。

それがとても心地良かった。

「私という存在は、奉仕のための機械だ。この意識は、私という一個の機械の操縦士でしかなく、意識そのものには意味がないと思ってきた。でもそうではなかったんだ。十九年わからなかったことが、君と出会ってからの数週間で、簡単にわかってしまった。私には……好きなものがあって、嫌いなものがあって、何の意味もないように思えても、それが『いい』ことなのだと思えた。春になれば花が香るように、夜のあとに朝がやってくるように、この世界に君が存在してくれるように、とてもいいもので、そこにあるだけで尊いものなのだと思えた。私は」

ごぼりと何かがこみあげてくる感覚に、エルは口に手を当てた。喉《のど》が焼けるように熱く、手の平にはどろどろした金色の液体が溢れ、ところどころに肉の破片のようなものが浮かんでいる。エルは右の脇腹を確認した。黒い布地に同じ液体が溢れていて、下半身がぐっしょりと濡れていた。

「…………嫌だな……見せたくなかった」

「おい！　やっぱりさっきのあれが」

「レーザーは貫通したよ。だが痛くないんだ。本当に少しも痛くないし、活動にも支障はない。私たちの内臓の仕組みはシンプルで、痛覚も非常に鈍いからね。戦場で運用する道具が、激痛でのたうちまわっていたら見苦しいだろう。私たちが『人間もどき』『キメラ』と呼ばれるのはそのせいだ。ああ……」

　口紅が、とエルは呻いた。金色の体液をうけとめた指先に、微かに赤いものがついていた。血液ではなく、鏡の前でつけているものだった。外出時にはいつも欠かさず。

「……いつか言ってくれたことがあったね。口紅をつけている私を見たいと。言えなかったが、私は君と出会ってからずっと口紅をつけていたよ。唇が赤いのは、赤い血を持っている人間だけの特権だ。私たちは人造人間なので、唇は真っ白だから……口紅を塗って、人間らしい色に見せていたんだよ。不思議な話だ……皮膚や眼球は、人間と同じように見えるよう調整されているのに、唇だけは真っ白なんだよ。どうしてかな……」

　エルの手は溶けだした口紅で真っ赤になった。エルは自分自身の顔が不気味な白面になってしまったことを悟った。ワンにだけは見られたくない顔だった。

たら少しは」

「……せめて血の色くらいは赤がよかったな。この色を見ると、みんな怖がる……赤だっ

　気味の悪さが薄らいだのでは、と言いかけたところで、エルは言葉を失った。唇に何かが触れていた。

　上体を起こしたワンが、柔らかいものを食《は》むように、エルの唇をふさいでいた。あとからあとからこみあげてくる金色の体液を飲み干し、舌で拭うと、少年型アンドロイドはエルから分離し、手の甲で唇をふいた。

「……何故?」

「ハニー、お前の血、蜂蜜《はちみつ》みたいに甘いんだな。癖になりそうだ。白い唇も超セクシーだぜ。くらくらするよ」

「…………ぬるっとしていた」

「キスってのはそういうもんさ。もう話すだけ話したな。俺も歩けるようになった。そのリュックを貸せ。今度は俺がお前を担いでいく」

「どこへ?」

「どこでもいい。逃げながら考えろ。俺はキャリアの長い野良だぜ、逃亡にかけちゃプロだ。道連れが猫型ロボットと手負いの人造人間になったってうまくやる。ついてこい」

「だが、私は、もう君に何もあげられるものが」

「いいから俺と来いって言ってるんだ」

まっすぐに自分を見つめる瞳に、エルは初めての感情を覚えた。

嬉しさだけでもなく、喜びだけでもなく、幸福感だけでもなく。

苦しかった。

これが『心残り』というものなのだなと思った時、エルの胸は再び温かくなった。

「エル？」

「……十分だ。ありがとう」

「何だよ、いいから立て」

エルは鏡で練習してきた通りに微笑み、靴を脱ぎ、困惑しているワンの足元に揃えて置いて、裸足《はだし》になった。遠くサーチライトの光が揺らめいている。本当の終わりがすぐそこまで近づいていた。

「最後に一つだけ。私たちの学校では、『海に行く』『海を見る』という言葉は、婉曲《えんきょく》な『死ぬ』という言葉として使われていた。キヴィタスの外にあるのは海で、海の向こうには戦場が待っているためだ。だが君の野望は、真実『海を見る』ことなのだろう？」

エルが微笑むと、ワンはぞっとしたように目を見開いた。

「私はきっと君より早く、海を見るだろう。足手まといになる気はないよ。アンドロイドがゆく海と、人造人間が赴く海は、近いのだろうか、遠いのだろうか……わからないが、きっと人間用の海よりは、それぞれ近い場所にあるのではないかと推測する。波音の聞こえる場所で君を待っている。なるべくゆっくり来てくれ。でもずっと待っているから」

絶句している少年型アンドロイドに、エルはもう一度微笑みかけた。覚えていてもらうならどの顔がいいかと考えて、やはり笑顔がいいなと思った結果だった。

「……ふざけるな！　おい、いいから早く逃げるぞ！」

「緊急指令。アンドロイドCLN99-981785Z95-BM号。そこにある靴をはいて、可能な限り安全なルートで第三十八階層まで移動。そのあとは好きなように。本指令の遂行から三十分後に、私の声紋に従うナノマシンは自壊する。さよなら。それから、タルティーヌをありがとう。夢のようにおいしかった」

エルが見様見真似の投げキスをすると、ワンの体はびくりと震え、本物の人形のようにぎこちなく動いて靴をはき始めた。やめろ、やめろと呻く声は聞こえないふりをして、エルは頃合いを見計らって奥歯を嚙んだ。点火したブースターの力で、ワンの体は壁の外に舞い上がり、壁を越えて走り始めた。遠くまで、遙《はる》か彼方《かなた》まで駆けていってくれますようにと見送っていると、背後に人の気配が近づいてきて、今度は背中から腹を炎が突き抜けるような感触がエルを襲った。一拍遅れて、誰かが紙袋を派手に叩いてつぶしたような音がした。

エルがゆっくりと振り向くと、腰だめに三次元火砲を構えたアトキンソン氏が、寝間着の上に防弾チョッキを引っかけた姿で立っていた。周囲は警備用アンドロイドが壁のように固めていたが、屋敷の主《あるじ》の顔は、隠しきれない恐怖に引きつっている。

エルは軽く、自分の体に触れて、プールにでも入ったように水浸しの腹部に少し笑ってから、着用していたパワードスーツを外した。腰につけていたポーチをはずし、奥歯のスイッチを舐《な》めとって庭に吐き捨て、完全に武装を解いた。

両手を上げたエルは背筋を正し、宣言した。

「アンドロイド管理局調律部所属、ジーニアス・プロジェクトの従人間、エルガー・オルトンだ。心神喪失《そうしつ》につき、先ほどまで自分が何をしていたのか全く覚えていない。今の私は泥団子をタルティーヌ・ショコラと認識する味覚の持ち主で、私はこの調律に非常に感謝している」

# 4 オルトン博士、覚悟を決める

無重力バーの入場券は、光にかざすと色を変えた。ピンク色から黄緑色へ、黄緑色から藤《ふじ》色へ。金色に輝く海の端の、プリズムのような煌《きら》めきを思い出すたび、エルは穏やかな気分になった。

「やあ。三週間ぶりだね。体の具合はどう？」

右手以外の手足を拘束されたベッドで、エルはゆっくりと首を傾け、ガラス張りの独房の外を見た。立っていたのはアンドロイドの看守ではなく、ひょろりと背の高い男である。笑っていた。無精ひげに癖の強い茶髪、今日はいつもの白衣は着ておらず、くたびれたワイシャツに薄茶のパンツ姿で、相変わらず細かった。

「…………どなたでしょう？　今日のショコラの時間はまだですか」

「僕の前では演技をしなくていいよ。録画装置も回っていない。遅くなりすぎたのはわかってるけど、僕は本当に君の味方だ」

にわかには信じがたい言葉だった。エルの認識では、ハビ主任という人物は、アトキンソン氏にアンドロイドの調律をもちかけていた人間で、肝心な時にずっと管理局を留守にする、カフェスペースのクッキー男だった。しかし管理局で唯一、エルが歳《とし》を取らない大量生産品の人造人間であることを最初から知りつつ、物おじせず会話し、なにくれと世話を焼いてくれた相手でもある。どうすべきか決めあぐね、エルが焦点の合わない瞳の演技を続けていると、ああと主任は思い出したように呻《うめ》いた。

「あと一、二秒待ってくれないかな。拘束が解けるよ」

言うが早いか、白い強化プラスチックのバンドの拘束具がぱちりと外れた。いいのだろうかと手足を動かしても、外から警告用の遠隔操作ロボットがやってくる気配はない。栄養点滴と尿《にょう》カテーテルの管を引き抜いて、エルがのたくたと身を起こす間、ハビ主任は顔を背けていた。

エルの手元にあるものに気づくと、ハビ主任は微笑《ほほえ》んだ。

「体の調子は、どう。腹部が特に重傷だったと聞いた」

「過不足なく修復済みです。身体機能に異常は見られません。可動範囲に関しては、部屋が狭いので何とも」

「その差し入れも、喜んでもらえたみたいで嬉《うれ》しい」

襲撃事件を起こした翌日、エルは民間の警備員から警察に引き渡され、『前例がない』という言葉をうなされるほど聞きながら、あちこちの留置場を転々とした。日付の感覚がない空間ではあったが、『三週間ぶり』という言葉からして七日間が経過したのだろうとエルは判断した。三日前から起居している現在の独房が、どの官庁に属する場所なのかまではわからなかったが、転入後早々、一度だけ差し入れがあった。小さな紙箱に入っていたのは、数日分のエルの着替えと、『調律の世界』というアンドロイド工学の古典の入った投影型電子書籍、そしてワンと訪れたバーの入場券だった。一度も拘束が解かれなかったので、着替えには意味がなかったが、本は暇つぶしにありがたかったし、入場券は宝物だった。差出人どころか真意もまるでわからない差し入れではあったが、エルの心は安らかになった。

無精ひげの男は、憐《あわ》れむでもなく、じっとエルのことを見ていた。白い唇の人間が珍しいのだろうかと、エルは空虚な笑みを浮かべた。

「この切符は好きです。とてもきれいで、優しい気持ちになれます」

「いいね。優しい気持ちって、どんな気持ちのこと？」

「温かい思い出の海に、たゆたっているような気持ちです。私は思い出が好きなのです。今後はあまり、よい思い出候補はなさそうなので」

「それはどうかな。あまり食事をとっていないと聞いたけど、これから僕と一緒にもう一勝負するパワーは残ってる？」

「……勝負？」

灰色の瞳のサイボーグは、真剣な眼差《まなざ》しでエルを見つめていた。飄々《ひょうひょう》とした佇《たたず》まいはそのままなのに、これほどまでに雰囲気を変えられるものかと、エルはぼんやりしながらも訝《いぶか》った。ハビ主任は微《かす》かに口角を上げた。

「食べ物を持ってきたから、これで元気を出して。身仕度を整えたら一緒に来てもらう」

「………拒否権は？」

「あるよ。自分自身の人生から降りる権利と同じようにね。でもまだ立ち向かう気持ちがあるなら、僕と一緒においで。ちょっとは『いい思い出』ができるかもしれない」

エルの凝視から、ハビ主任は目をそらさなかった。一度も調律を見ることはかなわなかったが、この人はきっといい調律をするのだろうなとエルは予感した。承諾と受け取ったようで、ハビ主任は白い包みを、足元の隙間《すきま》からそっと差し入れた。パン屋のロゴの入ったナプキンである。爆発物ではなさそうだと判断してから、エルはそっとナプキンを持ち上げた。

中に入っていたのは、とろけたチョコレートつきのバゲットが四枚と、随分減った口紅が一本だった。

「全くどうしてこんなことになったのか！」

「申し訳ございませんでした」

「今更しおらしい真似をされてもな。そもそも我が社に管理局主導のプロジェクトへの援助を持ち掛けてきたのは、君の上司ではなかったかね？　それにしてもこのざまは何だ。人造人間の監督不行き届きにも程度があろう！」

留置場を出たあとに、エルは自分が放り込まれていた場所が、キヴィタス自治州の州防庁本部の地下であったことを知った。調律師にはまずもって無縁の場所であるし、人造人間にはもっと無縁である。管理局よりも随分《ずいぶん》格上の省庁とおぼしき場所だったが、ハビ主任は堂々と広い通路の真ん中を歩き、エルに関係者用のエレベーターに乗るよう促《うなが》した。途中、連れてゆかれた先は広い会議室で、待っていたのは怒れるアトキンソン氏であった。エルはなげやりな気持ちで、拘束服を着ましょうかと提案したが、主任は大笑いし、着たいんだったらあるよと応じた。結局そのままエルは会議室に通された。

アトキンソン氏はエルが部屋に入ってくると、グロテスクな怪物でも目にしてしまったように目を背け、ややあってから腹部に目をやり、完全に回復し、何の問題もなく歩行可能であることを確認すると、吐きそうだと呟《つぶや》いた。それ以降はそこに誰も存在しないかのように、完全にエルを無視した。

貴重な時間を無駄にしたくないというわりには、アトキンソン氏は収まらない怒りをえんえんとハビ主任にぶつけ、ハビ主任はそのたび平身低頭した。だしものを眺める観客のような気持ちで、エルは二人の男を見ていた。人間の世界には既《すで》に別れを告げた気でいたし、今更謝罪程度で我が身の待遇が変化するとも思えなかった。

「わざわざこんなところに呼び出されたから何かと思えば、顔も見たくない相手を連れてきおって。こいつは壊れたという話だが、もう正常に動くのだろうね。またグレネードを投げられたらたまらん」

「この部屋に危険物を持ち込むことは、何人たりとも不可能です。その節は大変申し訳ございませんでした」

「ふん。あれから私のコレクションがどうなったか知りたいかね。この不良品が何をしたのか、あいつらはみんな私の顔を見るたび、妙な表情をして目を背けるようになった。私の専属調律師どもは、匙《さじ》を投げるか『何の異常もありません』なんぞと言う始末だ。だが私にはわかる。あいつらは明らかに変だ。これが何かをしでかしていったんだ」

「申し訳ございません。でも、そうだ、どうせなら本人に聞いてみましょう。エルくん、どういう調律をしたの？」

振り向きざま、ハビ主任はウインクをした。味方であるという言葉の真偽はどうあれ、エルは千載一遇《せんざいいちぐう》のチャンスの気配を感じ取った。頭を下げ続けながら相手を馬鹿《ばか》にする方法もあるのだとわかると、エルは暗かった胸の底に明かりがさしたような気がした。

「……主に視覚センサーにまつわる部位に、調律を施し、外部からは痕跡《こんせき》が見られないようカムフラージュしました」

「なるほど、なるほど。具体的にはどんな調律を？」

「特定の人物の顔が、メッセージ・スタンプに、具体的に言うとコミック調の猿の絵文字に見えるように調整しました。短時間でしたので、精度が不十分であったことが悔やまれます」

真っ赤になったアトキンソン氏の前で、ハビ主任は耐えきれずに噴き出した。

「こ、こいつ！」

「まあまあ、猿も人間も哺乳類《ほにゆうるい》ですし」

「ハビ・アンブロシア、今日の君はおかしいぞ！　一体何のために私を呼んだ」

「それは追々ご説明します。今はどうぞ抑《おさ》えてください」

ハビ主任の言葉に、アトキンソン氏は何かを感じ取ったらしく、意識的に見ないようにしていたエルの顔に初めて目を向けた。上から下まで舐《な》めてゆくように値踏みしたあと、まずいものでも食べてしまったように、アトキンソン氏は顔をしかめた。

「……そういうことかね。これを好きにさせてやるから、なかったことにしろということか。冗談ではない。私は博愛主義者なんだ。機械の人形で遊ぶことはあっても、人間の形をした生き物相手に、同じことをしようとは思わんね。侮辱的な申し出だ」

「いえ、そういうことは全く考えていないのですが」

「では何だと言うんだ！」

「ミスター・アトキンソン、ご足労いただいた理由は他でもありません。こちらのエルガー・オルトンにまつわる問題の決着です」

ハビ主任の言葉に、キヴィタスの権力者は傲然《ごうぜん》と足を組んだ。

「やはり弁護士を連れてくるべきだったな。私は見かけより腹を立てているぞ」

「管理局調律部を代表して、お願いです。どうか水に流していただけないでしょうか」

「御託はいい。詳細を聞こう。どのような決着を望んでいる？」

「……いえ、条件は特にないのですが」

「ん？」

「特に何もして差し上げられることはありませんが、水に流してくださいとお願いしております。何卒《なにとぞ》、なにとぞ」

「……はあっ？」

期せずして、エルの感想はアトキンソン氏の声ときれいに揃《そろ》った。『相手の気持ちになって考える』類《たぐい》のタスクが、人造人間のエルは苦手だったが、一方的な通り魔事件に遭《あ》った被害者が、通り魔本人とその上司を目の前にして許してあげてよとフランクに言われたとしたら、誰であってもリアクションは、混乱と怒りしかありえなかった。人付き合いの乏しいエルにも、その程度は理解できた。

ハビ主任は大真面目だった。礼儀正しいボディランゲージを用い、へりくだり、あまつさえ最大限の譲歩をしているような、甘苦い笑顔すら浮かべている。実際にやっていることは、エルの目から見ても相当どうかしていたが、さも気づいていないかのように装っていた。

アトキンソン氏は機械の調子でも確かめるような眼差しで、ハビ主任を凝視した。

「……君も調子が悪いのか？　管理局ではアンドロイドから人間に新種のウイルスでも伝染しているのか」

「そんなものがあったら、既に本国が培養して、欧亜連《おうあれん》との小競り合いに活用しているんじゃないでしょうか。私共の組織としての言い分はこうです。管理局直属の従人間、エルガー・オルトンは非常に優れた技能を有する調律師です。夜間に勝手に私有地に踏み入り、アンドロイド一体を外部に連れていってしまったことは、確かに法律上、倫理上の問題が含まれますが、キヴィタス全体の福利厚生に貢献するという人造人間計画の理念に比べれば、民間人一人の迷惑なんて些細なことです。日常生活用アンドロイドは一体一万クレジット程度ですし、あなたはそれを頻繁《ひんぱん》に廃棄していますから、そのサイクルの一環と思えばよろしいかなと」

「笑えない冗談はそれだけかね？　今の言葉が真実、管理局の組織としての見解だというのであれば、今期から当社は管理局への投資を打ち切ることになる。即刻だ」

「では、つまり、水に流していただけない？」

「…………もしや、お前も人造人間か？　調律部の窓口を務めて長いそうだが、詳しい素性を尋《たず》ねたことはなかったな。なるほど、同族ということか」

「いえ、僕は何の変哲もないサイボーグです。でもよく考えてみてください。これはあなたのためでもあるんです。あなたが水に流してくだされば、僕も水に流します」

「馬鹿馬鹿馬鹿しい！　何を抜かしているんだ貴様は！　手始めに情報大臣に直訴して、お前を降格処分にさせるところから始めるとしよう。大体君が私の何を水に流すと言うのだね？　アンドロイドの『虐待《ぎゃくたい》』とでも？　夢見がちな世迷言《よまいごと》を。そういうものは弱みとは言わんよ。たしなみだ」

「わかりました。ではどういうものが弱みなのか、一緒に確認してみましょう」

スクリーンを出してくれるかな、と真っ白な壁の向こうにハビ主任は声をかけた。エルもアトキンソン氏も、その時に第三者が部屋の中を観察していたことを知り、同時に身じろぎした。

白い壁が、ぱっと黒い画面に変じた。映像が現れる。

再生されたのは、頻繁に揺れ動く定点カメラの映像だった。天井の高い特徴的な部屋の中の、花柄のクッションや絨毯《じゅうたん》にほど近い位置で、カメラがじたばたと暴れている。アンドロイドの視覚センサー由来の動画だとエルにはわかった。

動画の『撮影者』が誰であるのかも。

いやだ、いやだと泣き叫ぶ声に、覚えがあった。

痛みと苦しみを訴える声は、太い悲鳴から悲痛な金切り声になり、首を振って暴れるので画面が派手に揺れていたが、上から押さえつけられると動けなくなり、最後にはひきつるような悲鳴を上げて、がっくりと倒れた。

カメラが動かなくなってしばらくしたあと、美しい草花模様の壁の一角が音もなく開いた。顔を出したのは、刈り上げた金髪と黒い瞳を持つ、頬《ほお》のこけた男だった。五十路《いそじ》の目前とおぼしき年格好で、眼差しは狼のように鋭く、腰にバスタオルを巻いただけの姿だった。

『終わったかな？　バーニィ、キャサリンはまだ使えないのかい』

『ようやく意識がブラックアウトしたようだ。もう少し待ってくれ。しかし本当によく叫ぶ。文句のつけかたもバラエティ豊かで愉快だ。想像力に富んでいるとでも言うのかな。久々にこれは当たりだ。こういうことがあるから、アンドロイドはたまらない』

『病膏肓《こうこう》に入るというやつだな。ああそうそう、例の件、先方は君に篤《あつ》く感謝していたよ。すばらしいデータだとね。だが検証にもう少し時間が欲しいとも言っている』

『好きなようにやればいい。どうせ私の知ったことではない。ん？　キャサリン、起きているのか？』

『おい』

画面外に存在しているため、声しか聞こえない男は、二度、三度と、『撮影者』の頭を叩いたが、反応はなく、男はやれやれとため息をついた。

『……気のせいだ。あと五分したら覚醒《かくせい》用ナノマシンを投与して起こそう。他にも新しいのはいろいろあるから、君は向こうで遊んでいてくれ、ラムセス。それにしても最近のアンドロイドは、ちょっとやそっとでは壊れなくなったな。廃棄処分にも手がかかる。フェアウェーに乗せる勢いで頸椎《けいつい》に五発だ』

『そんなに手間がかかるのか？　やれやれ、本物はもっと脆《もろ》いというのに』

『さすが玄人《くろうと》は言うことが違うな。こつを教えてくれないかね？』

『何のことやら』

二人の男は明朗に笑い合い、ハビ主任が手を挙げて合図すると、笑顔のままで停止した。

アトキンソン氏の顔は、蠟《ろう》のように白くなっていた。

「確認しますね。こちらに映っているのは、ノースポール本国の先端技術省、先代事務官補佐のラムセス・オズワルド氏。九十九パーセント以上の確率で本人であることが虹彩《こうさい》認証で確認済みです。彼は昨年、過去三件の政府関係者の殺人事件の重要参考人として、合衆国法廷に召喚される直前、ノースポールから亡命しています。四年前から欧亜連の非公式技術顧問に就任していたことも判明しました。明らかなスパイ行為ですね。この映像が撮影されたのは三年前であることも確認済みです。当時彼は既に連邦と繋《つな》がっていました。殺人も犯していた可能性が高い」

「……………………」

「あなたはそれをご存じだった」

「……何の話かわからんのだが」

「ご存じだったはずですね」

「意味がわからん。弁護士を呼ばせてもらう」

「申し訳ありませんが、この部屋の中では外部との交渉は不可能です。外周は無響室ですので、泣いても叫んでも誰にも聞こえません。あなたのハレムと同じ構造ですね」

「侮辱《ぶじょく》にもほどがある！　こともあろうに貴様は、このどこで捏造《ねつぞう》されたともわからん映像一本で、私を反逆者よばわりする気か！　私の会社がどれだけ管理局に資金を費やしてきたと思っているんだ」

「では、もう少し再生を続けます」

「結構だ！　私はここを出る！」

アトキンソン氏は立ち上がり、入ってきた扉を開けて出ようとしたが、外から施錠《せじょう》されており、開かなかった。ガタガタと扉に拳《こぶし》を打ちつける音と一緒に、映像からは、何か硬いものを殴りつける音が響いていた。

画面は薄暗くなっていた。『撮影者』は狭いロッカーのような場所に入っており、動画はその隙間から撮影されている。狭い画面の中央には、ゴルフクラブを握った全裸の男が立ち、足元には赤毛の女性型アンドロイドが部分的に破損した状態で転がっていた。目をそらしたくなるような光景に、エルは歯を食いしばった。

『つまらん。どうしてすぐに慣れてしまうんだ。機械のくせに、自分の頭の中に逃げ込むとは図に乗りおって。キャサリンを見習え。あいつはいつまでも本気で嫌がるじゃないか。反骨の精神が足らんのだ。ああいう面白いアンドロイドは他にもいないものか……』

打撃部分に水滴のついたゴルフクラブを振り回していた男の横に、またしても頬のこけた男がやってきた。ただし今度は全裸ではなくスーツを着ている。来ていたのかと、全裸の男は驚いていた。

『バーニィ、さっき連邦から連絡があってね。このまま西に抜けられるらしい。船で消えるよ』

『なんとまあ……では君と会うのは最後になるのか。寂しくなるな』

『私も君と君のハレムが恋しくなるだろうな。協力に感謝するよ。向こうについたら、アジア系のプラントを経由して、いつもの口座に送金する』

『体に気をつけてな。そろそろ人間殺しはやめて、アンドロイドのほうにしたらどうかね。高くつくが安全だ』

『申し訳ないが、子ども時代の私は人形遊びが好きだったんだ。意外だろう？　壊したりしたらかわいそうだ』

『私は日曜大工の好きな子どもでね、組み立てたり壊したりが好きだった』

二人の男は抱き合い、足元に倒れるアンドロイドにはどちらも目も留めなかった。頬のこけた男が、誰かの視線に気づいたようにカメラに視線を向けると、動画の『撮影者』はさっと身を引き、画面は完全な闇《やみ》になった。

アトキンソン氏は今度こそ絶句していた。自意識の中に逃げ込み、目の前の光景を否定するように、目を見張ったまま立ち尽くしている。その一挙手一投足を縫《ぬ》い留めるように見るハビ主任は、静かに立ち上がり、獲物を追い詰めた猫のように距離を縮めた。

「僕は人形遊びも日曜大工も好きな子どもだったのですが、何より一番好きなのは情報を集めることでした。小さな情報が大きな事件に繋がっていくのがとても楽しかった。あなたが管理局保安部を通さず、調律部のスタッフたちに小金をちらつかせて、逃亡した『キャサリン』を探していたことは知っています。その理由もこれでわかりました。あなたの罪状を伝えます。国家反逆幇助《ほうじょ》罪、国家機密漏洩《ろうえい》罪、殺人隠匿《いんとく》および無申告罪、以上の四点です。最初の一つだけで懲役《ちょうえき》が百年を超えますので、今度はあなたがハレムに閉じ込められる側になりますね。それにしても、こんなに楽に片がつくとは。尻尾をつかむのにはもう少し時間がかかると思っていたのですが」

あなたのアンドロイドを調律したいとしつこくアピールし続けた甲斐がなかったな、と主任は軽く付け加えた。

「……あいつ……何故《なぜ》……何も覚えていなかったのに……『洗濯機』で確かめたのに」

「奇《く》しくもあなたが言った通りですよ。『キャサリン』は想像力に富んでいた。自分で自分の身を守れるアンドロイドだったのでしょう。それが僕たちの国家にも幸いしました」

「……お前は一体何だ。本国政府の派遣したスパイか」

「ただの木っ端《こっぱ》役人ですよ。それでも時々は、社会不正義に立ち向かったりします。手に入った情報が情報だったので、とある筋の古い友人に相談したら、こういう作戦になりまして。それで、どうでしょう」

「……どうもこうもあるか。弁護士はいつ呼べる」

「まだそんなことを。往生際が悪い。この部屋がいつもは何のために使われているのかも想像できないんですか？　僕たちは現状二対一ですが、それでもまだあなたはそんな態度を続けるつもりですか？」

アトキンソン氏の顔色は、徐々に髪に近い白へと近づいていった。諦《あきら》めの色である。エルと目が合うと、死神と出会ったようにごくりとつばを飲み、目を伏せた。

「それで、どうでしょう」

「……証人保護プログラムの適応を申請したい」

「そうではなくて、水に流す件ですって」

エルとアトキンソン氏は、再び揃って同じ顔をした。この男は何を言っているのだろうという顔である。ハビ主任は場違いなはにかみ笑いを浮かべながら、無精ひげをいじっていた。

「罪は罪として明らかになりましたし、僕と古い友人はこの映像を手放すつもりはありませんが、あなたにはまだ利用価値があります。今後ともあなたの会社はキヴィタスに有用な働きをしてくださるでしょうし、管理局への献金も多くて助かっています。もう少し額面が増えると助かりますが」

「…………泳がせると言っているのか？」

「まあそうです。あなたにはまだラムセス・オズワルドとの関わりがある。彼から連絡が入った場合に備えて、何事もなかったように生活をしていただきたいんです。表向きはね。もちろんある程度の自己裁量も残せますし、監視はつきますが、第五階層の刑務所行きも免《まぬが》れます」

「待て、そんなはずはない。最上階層の住人が収監される場所は第三十三階層に」

「納税額に応じて入る場所が違うと？　あのルールは軽犯罪の場合にしか適用されません。国家反逆罪なんてとてもとても。本来であれば、一日中大きな石臼《うす》とか回して、高級な小麦粉を作ったりする労働に従事していただくことになります。働き盛りのサイボーグでも、半年くらいで八割は過労死、残りの二割はメンテナンス不足の故障死だとか。替えのきかない機械の体はもろいですからね」

「……本当にお前は何なんだ……」

ハビ主任はにこりと笑い、三十センチの距離までアトキンソン氏に近づいた。

「僕のことはどうでもいいですよ。選択を、バーニィ・アトキンソン。この部屋はレンタルなんです。三十分使うだけで千クレジットなんて馬鹿馬鹿しいでしょう。請求はあなたに回します」

どうでしょう、と。

畳みかける声のあとには、静寂が続いた。

緊迫感に耐え切れず、エルがつばを飲み込んだ頃、アトキンソン氏は魂《たましい》を吐き出すようなため息をついた。

「……今後の、私の身分を保証するという、約束が欲しい。自己裁量についても話し合いを持ちたい」

「イエスということですね。おわかりでしょうが、この会話は録音されています」

「ああ……そうだ。協力しよう」

「わかりました。では、今この瞬間から、あなたはこの部屋を出ることができます。扉の外に、あなたを守るための保安用アンドロイドが待機していますので、彼女と一緒に所定の部屋へ向かってください。ああでも、注意してくださいね」

「…………注意？　何にだ」

「保安用の彼女、すごく可愛《かわい》いんですよ。めりはり体形だし、赤リップのあひる口だし。でも彼女の体は強化チタン加工なので、ゴルフクラブで滅多打ちにしたら、壊れるのはあなたの腕のほうです。走って逃げても追いつかれます。彼女はハイヒールをはいていても、百メートルを八秒台で走りますから。名前はマリリン」

「…………」

「ハレムにいたアンドロイドたちですが、全員回収の上、現在僕のところで調律中です。寂しいと思いますので、どうぞ今日はマリリンと一緒にお帰りになってください。身の回りの世話も、最低限なら彼女がしてくれますよ。あまり要求が多いと、州防庁から別途請求が回ってくると思いますが」

監視役に女性用アンドロイドを貸与する、費用はお前が負担せよ、という婉曲《えんきょく》な命令に、アトキンソン氏は力なく頷《うなず》き従った。鉄の檻《おり》のように頑として閉ざされていた扉は、何かの間違いのように開き、外には金髪のアンドロイドが待ち構えていた。腕周りも腿《もも》周りも一メートルはありそうな、筋骨隆々の健康的な美女で、赤リップのあひる口だった。後ろには紛《まぎ》れもない、スーツ姿の人間の職員が二人、機械よりも冷たい顔をして控えている。

アトキンソン氏は自分の運命を受け入れたように、傲然《ごうぜん》と顔を上げて部屋の外へ出ると、ハビ主任に向き直った。

「……つまらんところでしくじったな。お前の顔はもう二度と見たくない」

「実のところそれは僕もです。マリリン、あとはよろしく」

イエッサーと低く応対し、女性型アンドロイドは眼光鋭くアトキンソン氏の肩を抱くと、警備員と四人で連れだって歩いていった。彼らの姿が見えなくなると、ハビ主任はエルの前に戻ってきて、申し訳なさそうな、くたびれた顔で笑った。エルは座ったきり動けなかった。

「いきなり大変なパフォーマンスに巻き込んでごめんね。ああいう人間は、本当なら無限石臼引きでもして反省してほしいんだけど、今はちょっと無理だ。キヴィタスでは去年『アンドロイド愛護法』っていう、暴力行為抑止のための条例がうまれそうだったんだけど、直前に本国からの根回しで否決されて以来、勢いがなくてね。アンドロイド省も頑張ってるんだけど、本国の大手企業のバックアップのある役所にはまだまだ負ける。まあ、管理局の人間はみんな『いつかは』って思ってるけど。そうでなきゃ調律師の仕事はただの徒労になるからね」

「……………主任、これは……一体……」

「協力者がいるんだよ。そろそろ出てくるんじゃないかな」

ハビ主任の言葉を待っていたように、アトキンソン氏が消えた扉から、入れ替わりに小さな人影が入ってきた。人影はエルに、手を上げて挨拶《あいさつ》した。

「よう、天才馬鹿の博士。そこの壁がマジックミラーになっててよ、あのヒヒ爺《じじい》の死にそうな顔、マジで受けたぜ。あいつの名前はもう忘れたが、あのツラは忘れたくないな」

白いプルオーバーに、黒のパンツ、エルがはかせたままの黒い靴、襟《えり》巻きのように巻き付いた猫型ロボットと銀色の髪。

ワンは不敵な笑みを浮かべ、エルの姿を確かめると、ため息をつきながらすたすたと近づいてきた。控え目に手を伸ばし腹部に触れ、人間らしい形をしていることを確認すると、今にも泣きそうな表情を浮かべ、呻くようなため息をついた。

「何だよ、本当にオッサンの言った通りかよ。元通りになってやがる……」

「僕ってそんなに信用なかったかなあ。まあ心配な気持ちはわかるけどね」

「うるせえ。土壇場で何の役にも立たない上役なんざ、サイズ違いのパンツのゴム紐以下だろうが。エル、お前大丈夫かよ。ちゃんと生きてるな？　食い物は？　ちょっと痩《や》せたぞ、おい」

「……どうして、どうやって、何故」

エルに視線を移したワンは、少しだけ驚いたような顔をして、眉間《みけん》に微かな皺《しわ》を寄せた。

「話すと長いぜ。思い出したんだよ。一緒にサーカスに行った時、お前が話してたこと」

この手の機材にはバックアップ機能がついていることが多い、と。

ワンの言葉に、エルは自分の不用意な行動を思い出した。思えばあの時ワンにバランス感覚の調律を施していればこそ、ブースターを背負わせて脱出させるという無茶な作戦も立てようがあったが、どうやらあの時のデートは、それ以外にも何らかの福音をもたらしたようだった。

「あの変態野郎とクソみたいなランデブーをキメたあと、いきなり洗濯機にかけられてな、俺が昔のことを覚えてないってわかったら、やっこさん感極まって泣きそうな顔をしやがった。ろくでもないことがあったに決まってる。掘らないでおくには惜しい鉱脈だからな。誰かのおかげで懐《ふところ》も暖かかったし、あのサーカスをもう一回探した」

「……好きに生きろと言ったのに」

「だから好きにしてるさ。これまでの五年間の中で一番幅広くな」

広大なキヴィタスの中を這《は》い回り、再び第五十階層付近であのテントを見つけ出したワンは、今度は一人で裏から忍び込もうとしたが、潜入には失敗、懲《こ》りるということを知らないのかと義手の団長に説教を受け、あわや切断マジックの餌食《えじき》になりかけた。切断後不思議な力で元に戻らないタイプのマジックである。

だが協力者が現れた。

「あのガキ覚えてるか？　団長を犯罪者にしたくないって、俺たちを逃がしてくれたやつ」

「……たしか、頭部を取り外せるタイプの改造の」

「改造より名前を覚えてやれって。マックスだよ」

「その子だ」

少年型アンドロイドは、再び助け船を出し、何か事情があるようだと団長を説得した。

裏社会の住人に助けを求めることがどれほど危ういことか、ワンはもちろん理解していたが、他に選択肢のある局面ではなかった。過去に自分がこのサーカスで削除してもらった記録を復元してもらいたい、それができなければ人ひとりの命が危ないと訴えると、半信半疑の様子ながらも、団長は『話のわかりそうなやつ』へとワンをとりついだ。

「それがこの、ひょろいオッサンだったわけだ」

「ハビ・アンブロシア・ハーミーズ。ハビでいいよ、覚えた？　このやりとり何回目？」

「どこの誰ともわからない名前のオッサンだよ。驚いたぜ、こいつ、俺のこと知ってやがってよ、エルが大変な事件を起こしたのと何か関係あるのかって、逆に俺に質問してきた」

「共同生活者がいることは、レジデンスの記録でわかってたよ。それがアンドロイドだってこともね。でも一々、監督役が首を突っ込むのもどうかと思ってたし」

知らないふりをしていたんだけど、というハビ主任の声には、事態を悪化させてしまったことへの苦い思いが滲《にじ》んでいたが、ワンは軽く笑い飛ばした。

「なあエル、お前が誰にも頼らないようにしてたことは何となくわかってたが、このオッサンはお前に頼ってほしかったみたいだぜ。しばらくこいつのセーフハウスってとこで暮らしたが、見かけほどの悪人じゃなさそうだ。腕もいい。そこだけは認めてやる。胡散《うさん》くささは見かけ以上だけどよ」

サーカスの機材にバックアップは残っていなかったが、アンドロイドのメモリ領域もまた、全ての電子機器の宿命を免れない。資金さえ惜しまなければ、今まで入力された全てのメモリをサルベージすることが可能なのである。ハビ主任はほとんど寝ずに復元作業を続け、栄養ドリンクづけになりながら、二週間洗い出しを行ったという。腕はいいけど遅すぎるんだよなあと、ワンは非難がましく口を尖らせた。

よみがえらせた悪夢のような記録の中には、金の鉱脈が眠っていた。

「さっきそこでお披露目した通りさ。びっくりしただろ？　当時の俺は、自分が何を見てるのかも、全然わかってなかったみたいだけどな」

「……よくぞ破壊されなかったものだ」

「破壊する予定だったんだろ。飽きた頃にはよ。けっ」

エルが目をそらすと、ワンは距離を詰め、白い手でエルの頬を撫《な》でた。

「どうしたハニー、俺の顔を見たくないのか。ぴっかぴかの美少年だぜ」

「……申し訳ない。昔の君が忘れたいと思っていたことを、思い出させることになってしまった」

「今の俺はそうは思ってないぜ。昔のクロゼットを整理したら、特賞の当たりくじが入ってたようなもんだ。サイオウ・ホースってやつさ。お前に怒ってるのは別件だ」

「え？」

からりと笑っていたはずのワンは、エルの視線を受けるなり、酷薄《こくはく》な表情を浮かべてみせた。

「なあおい、わかってるだろうな。俺が怒ってる理由くらいはよ」

「……な……何についてだろう」

「思い当たる件が多すぎてわかんねーってか」

その通りだとエルが頷くと、少年型アンドロイドは肩をすくめてエルの前から去った。

憤懣《ふんまん》やるかたないというジェスチャーで会議室の中を歩き回る様子を、主《あるじ》の肩から飛び降りたベッシーを膝《ひざ》に抱く主任が、ほのぼのとした顔で眺めていた。

「なあオルトン博士、あんたが俺を同居者に迎え入れた理由は、一緒にいるとコミュニケーション能力の向上に役立ちそうだったから、だよな」

「え？　ああ……詳細な表現は覚えていないが、確かそのような」

「詳細なんざいいんだよ。そういう話だっただろうが」

「そ、それはその通りだ」

「よかった。そこは覚えてたわけだな。で？」

「え？」

「その結果はどうなったんだよ」

結果、結果、とエルが口の中で繰り返すうち、ワンは再び会議室の中を歩き回り始めた。

一歩進むたび、形のよい口からは機関銃のように言葉が飛び出した。

「俺があんたの立場だったらな、まずはあのクソオヤジの弱みを握るところから始めるぜ。お前はあいつのアンドロイドを調律したっていう、超でかい情報を握ってたんだからな。そこのオッサンでも他の誰かでもいいから相談して、あいつを破滅させる作戦を、水面下でコツコツたててるんだよ。そうすりゃお前が傷つかないように、いけすかねえ野郎をやっつける方法があったかもしれないだろ」

「…………考えもしなかった。ただ、私は近々追放処分になるであろうから、その前に急いで君を助けなければと思って」

「考えろよ！　追放処分になったってその前に根回しで味方を作っておけば、情報の横流しくらいはせがめるだろ！　ご自慢の調律の腕前があるんだからよ！　その金髪の頭は飾りか？　しゃれた帽子置きか？　アンドロイドと調律のことしか考えたくないってか？　ふざけんじゃねえぞ。あんたは人造でも人間なんだぞ。俺たちにはできないことが山ほどできるってのに、それを十二分に活《い》かしもしないでいきなり突撃とか、人型の猪《いのしし》かよ。宝の持ち腐れっぷりがひどすぎる。あまりのひどさに涙が出てくるぜ」

　おお悲しいと言いながら、ワンはそら涙を拭《ぬぐ》ってみせた。申し訳ないとエルが呟くと、低い声を被せた。

「次いくぜ。別れ際のことを思い出せ。あんた俺に、『ずっと待っている』とか言ってたよな。覚えてるか」

「ああ、確かに。その、あれは……」

「一人でべらべらべらべらよく喋《しゃべ》ってやがったよなあ。俺の話を聞きもしねえで。あのな、オルトン博士、会話ってのはキャッチボールなんだ。あの時のあんたがやってたのも、今の俺がやってるのも会話じゃねえ。独演会だ。俺があんたに『三十年くらいあとの八月前後の昼下がりあたりに、どこだかよくわからない浜辺の端っこで、あなたのことをずっと待ってる』って言ったとしたらどうだ。あんたはどう思うよ」

「そ、それは、あの時の自分の言動は、今考えるとよくわからなくて……」

「大正解だ。よくわからないにもほどがある。十中八九は会えねえ。待ち合わせ大失敗だ。コミュニケーションに大事な『いつ、どこで、だれと、どのように、どうやって』が全部すっぽ抜けてるからだよこの馬鹿。天才なら天才らしく『三日後にアプロディテ地区の無重力バーの前で八時に君を待ってる。目印はうさぎの耳のついたシルクハット』とか、そのくらい具体的な情報を提示しやがれ。わかるか？　俺の言ってること理解できてるか？俺は何か間違ったことを言ってるか？」

「アンドロイドくん、情動領域で疑似Ａｄ《アドレナリン》が出すぎてる。興奮するのもそのくらいで」

「うるせえよ腹黒モジャモジャ頭。今興奮しなくていつ興奮するって局面なんだよ」

ハビ主任はエルに確認をするような眼差しを向けた。エルが小さく首を横に振り、もしワンを止めようとしているのなら、そういうことはしないでほしいと示すと、モジャモジャ頭のサイボーグは笑顔で頷いた。ワンは顔をしかめていた。

「最悪だ。もう一回言うぞ。最悪だ。三回言っていいか？　最悪だ。俺との生活はあんたのコミュニケーション能力の向上に微塵《みじん》も貢献してない。先生はガッカリだ」

「……………すまなかった」

「詫《わ》びる気持ちがあるんなら実演で示せよ。誠意を見せろ」

「実演で……？　どうしたらいいのか」

簡単だ、とワンは告げた。歩き回りながらの説法は少しトーンダウンし、ワンの足もエルのほうへと戻ってきた。

大股三歩ほどの距離で立ち止まり、ワンは椅子にかけたエルを見下ろした。

「『次はちゃんとやります』って言え」

「え？」

「『次はちゃんとやります』だ。あんたが次に、誰かのピンチに出くわした時には、いきなり突撃しないで冷静に作戦を練って対処します、ついでに誰かと会う約束をする時には５Ｗ１Ｈを過不足なく伝えますってのも付け加えやがれ」

腰に両手を当てたワンの指摘は、『朝起きたら顔を洗いましょう』『お腹《なか》が減ったら何かを食べましょう』というような、日常生活に役立つことだった。それだけのことでしかなかった。それができなかったことで、どれほどワンが傷ついたのかをエルは悟り、紫色の瞳に滲む怒りの奥に、果てしない悲しみの色を見て取った。この顔を見られたくなかったから、ワンはあちこち歩き回っていたのだろうかと、エルはわからないなりに仮説を立て、自分のなすべきことを理解した。

「……次はちゃんとやります……」

「声が小さいぞ」

「つ、次は、ちゃんと、やります……！」

「心を込めろよ、心を！　倫理メンテなんか屁とも思わねえアンドロイドでも信じちまうくらいたっぷりと！」

「次は……ワン、申し訳ないのだが、取り急ぎ他に君に伝えたいことがある。今だけそちらを優先して構わないだろうか」

「あんたキャッチボールする気ゼロだろ。全然反省してねえときた。いいぜ、何だよ」

「…………本当にすまなかった。君が無事でよかった」

「こっちの台詞《せりふ》だ馬鹿野郎」

大股三歩で近づいてきたワンを、エルは椅子から立ち上がり、床に膝をついて抱きしめた。それで大体胸に顔をうずめられる身長差になった。よかったとエルが繰り返すたび、ワンはできのわるい犬を仕方なく褒《ほ》めるように、エルの頭をやる気なく撫で、俺は怒ってるからなと付け加えた。エルが胸元で頷くと、呆れたようにけっと呟いた。

「性質《たち》が悪いぜ、この人造人間さまは。意思の疎通ってのは本当に大事なことなんだぞ。『何とかする』『諦めない』ってことに直結してるからな。もっとそういうことを勉強しろ。いいな。おい、わかったんだろうな」

「わかった、わかったよ。君が元気に歩いているところが見られて嬉しい」

「やっぱり反省してねえな、こいつ……」

くすくすと笑う声にエルが顔を上げると、会議椅子に腰かけたハビ主任が、ベッシーの首筋を撫でていた。手つきからして、気持ちよさそうに寝転がる猫型ロボットの反応速度を確かめているようだった。エルが我に返ると、一人外野席から観戦していた男は、もういいの？　と促すように小首をかしげた。

「好きなだけやってよ。僕はここにいるけど気にしないで。どうぞどうぞ」

「オッサン、お邪魔虫って言葉知ってるか？」

「教養としては知ってる。でも引き下がるわけにはいかないんだ。まだ話は終わっていないから」

場の空気をほんのりと引き下げるような言葉に、エルが背筋を正し、再び椅子に着席すると、ワンは小さく毒づき、あとにしてやるかとエルの後ろに立った。

「ありがとう。じゃあ、手短にするね。さっきの話の続きから。君がワンと呼んでいるアンドロイドに関して僕がメモリのサルベージの過程で知ったことを説明するよ。型番と型式はCLN99-98178５Z95-BM、市販の男性型に改造を加えたものだ。髪の毛や肌なんかには、むしろ女性型アンドロイド用のパーツが使われているけれど、これはクローネン社の仕様ではなく、過去の肌ざわり重視のカスタマイズの結果だろう。製品名はCLN99、昔の名前はキャサリン。ただしこの子は、諸事情で持ち主から脱走、改造までサーカスに逃げ込んで、自分で自分の改造をオーダーした。プリペイドカードで改造費用まで持ってきたんだから大したものだよ。本来ならアンドロイドは、こういった犯罪行為には強い拒否感を感じるように調律されているものなんだけど、『ありのままがいい』って持ち主の趣味が、この場合は彼に有利に働いたみたいだね」

「バイタリティに溢《あふ》れてるって言ってくれ。昔から頭は冴《さ》えてたらしい」

「レアケースもレアケースだ。情動領域の適応力も半端じゃない。施術した場所が場所だし、学会には発表できないけど」

サーカスという言葉に、エルははっとし、ハビ主任と声をあげた。

「どうしたの？」

「主任、あのサーカスは……一体どういう？　何か管理局と、関わりが？」

「ん、と言うと？」

「あのサーカスの仕事は……管理局所属の調律師の技術を、凌駕《りょうが》しているのでは……？

彼らと繋がりがあると仰《おつしや》るのなら、それは、あなたが……？　あの場所は管理局の管轄下なのですか？」

ハビ主任はふと、老練な笑顔を見せた。尋ねてはいけないことを尋ねてしまったのではと、エルが表情を引き攣《つ》らせると、別人のような表情は一瞬でかき消え、脱力した顔に戻り、気の抜けた声で唸《うな》った。

「じゃ、もう一人ゲストを呼ぼうか」

「ゲスト？」

問い返すワンには答えず、ハビ主任はぱちぱちと手元の端末をタップした。待ち構えていたように扉がノックされ、またしても新たな客人が姿を現した。

現れたのは、赤いタキシードに身を包んだ、義手のサーカス団長だった。

「お久しぶりですね。このような場所にお目見えすることになるとは思いもよらず、恥さらしの姿をお見せすることをお許しください。我が主の命とあらば、わたくしめに拒否権はございませんので」

胸に手を当て、深々と一礼した団長の背後から、ひょっこりと小さなシルエットが姿を現した。ワンよりも背の低い、くりくりした瞳の赤毛の少年である。

「こんにちは、エルさん。先ほどご紹介にあずかりました、マックスです。またお目にかかりましたね。ヒロインの似合う少年型さんも、お久し振りです」

「マックス、お役所の中だぜ、帰れないかもしれないぞ。大丈夫か」

「それはあなたも同じじゃありませんか？　不正改造された仲間ですよ」

「こいつ」

「我が主、そろそろわたくしは退散しても？」

「そうですね。パワーセーブモードに入ってください」

「承知いたしました」

　言うが早いか、団長は巨大な義手を取り外した。結節点で丁寧に分解して厚さ数センチの板状になるまで折りたたみ、次に自分の両脚を片手で畳みにかかった。爪先から足首までが四つに、足首から膝までが八つに、膝から腰までがまた八つのパーツに分割され、空気の抜けた浮き輪のように、極薄の金属板のように折りたたまれてゆく。エルとワンは啞《あ》然《ぜん》としながらその光景を見守った。最終的に『団長』は肩から上だけの姿になり、マックスが赤い帽子のリボン飾りのついたボタンを押すと、顔も腕も小さく縮み、真実、赤い一片の板へと変じてしまった。情動領域という折りたたみ不可のパーツを有する個体には、まず不可能な改造である。

「………馬鹿な、こんなことは」

「エルくん、彼はアンドロイドじゃないよ。ロボット。遠隔操作型だ」

　エルが目を見開いた時、『団長』そっくりの仕草で、マックスが礼をした。

落ち着きを取り戻したエルは、状況を整理しようとした。自分とワンを攻撃してきた『団長』は、遠隔操作型ロボットで、その本体はマックスという少年型アンドロイドであるという。ありえない話ではなかった。だがアンドロイドがロボットを操作することが可能なのは、両者共通の持ち主がそう命じた場合のみである。

この場合は、ハビ主任がマックスの持ち主であると考えるべきなのかと、並んで立つ二人に視線を転じたエルは、強烈な違和感を覚えた。手指の動き方の癖、視線の動かし方、首のかしげ方。無数のアンドロイドを見てきたエルの目は、一つの結論をはじき出した。

何も言えずにエルが口を塞《ふさ》いでいると、気づかれたかとハビ主任は肩をすくめた。仕方ありませんねと同じ仕草でマックスも倣《なら》った。どちらも申し訳なさそうに眉を下げている。

「こういう比較だと、〇・五秒くらいで見抜かれるか。ありがとう、いい勉強になった」

「エル？　どうしたんだよ。エル？」

「……………ワン、その少年はアンドロイドではない」

困惑したワンは、マックスの肩を抱いていた手を離して距離をとった。僕が説明するよとハビ主任が手を挙げ、マックスはどうぞと無言で促した。

「半世紀くらい前の戦争の末期、メモリーダビングっていう延命法が、ノースポールの財界人にはやったことがあってね。『自分』の思考パターンを数カ月かけてＡＩに学習させて電子化、バックアップとしてあちこちに保存しておくんだ。リスクマネジメントの一種かな。そうすれば本体が死んでも、記憶や思考パターンは残るから、必要に応じて遺産分与のアドバイザーなんかに使える。でも手間も時間もかかるし、五カ月みっちり仕込んでもそっくりさんレベルにもならないから、ただの流行で消えたんだけど」

「……彼は、何カ月……？」

「九百五十カ月。アップデートは順次継続中。重宝してるよ」

「残りは僕から説明しますよ」

あどけなく微笑んだ少年は、エルの前に一歩踏み出すと、ぱちぱちと拍手をした。

「すばらしい。さすがにプロジェクト内でずばぬけた成績を記録したお方だけはあります。ここまで簡潔に見抜いたのはあなたが初めてですよ。僕は『マックス』と呼ばれるアンドロイドとして活動していますが、実際はハビさんのサブ機として活動しているメモリーダビング端末です。サイボーグの一種ですが、人間らしい部分はダビングされた思考パターンだけなので、体はほとんどアンドロイドと変わりません。ワンくんが団長をアンドロイドと見誤ったのも無理のないことです。あの義手にはいろいろな仕掛けがありますが、アンドロイドのＡＩ鑑別機能を邪魔するジャミング・ノイズも発しています。近付いて確認しようとしても、中々ロボットとはわからなかったはずですよ。ただ、いくら僕のロボット端末とはいえ、行動の大半はプログラミング済みのルーチンに任せているので、イレギュラー対応には融通が利かないこともあって……初めてお会いした時には、不審者撃退用ルーチン発動で、どうもお騒がせいたしました」

　本当にすみません、と苦笑する少年は、まるでうっかり隣家の植木鉢を割ってしまった少年のように、自分の操作するロボットの不始末を詫びていた。エルがどんな顔をすればいいのかもわからないうちに、少年は言葉を続けた。

「あのサーカスは管理局とは無関係な、僕の母機個人の情報収集ツールです。サーカスでの改造は僕の担当ですので、腕前をお褒めにあずかって、とても光栄でした。でも弱ったな、母機が目の前にいる時に褒められるなんて、何だか気まずいや」

「母機はやめてよ。自分が人間じゃない気がするから」

「あなただって体の九十九パーセント以上は交換可能でしょう？　肉と機械の二元論で人間性を語るのなんて、周回遅れもいいところで逆に新しすぎです」

「とまあ、自分の分身と不毛な口喧嘩《げんか》をしたい時には便利な技術だよ。情報収集にもね。母機と子機の関係は、今のマックスみたいな例外を除けば完全に垂直的だから、情報は全部母機に集まってくるし」

「あのさあ！　素人にもわかるように話をしろよな！」

　主任とエルとマックスは、一様にワンを見たあと、ああそうかという顔をした。体の中身にハイテクの粋《すい》が集まった存在であっても、ほぼ全ての人間が自分の体の構造など理解していないのと同じように、ほぼ全てのアンドロイドもアンドロイド工学の素人である。

エルは悩みに悩んだ末、ハビ主任とマックスを見ながら、言葉を絞り出した。

「………言うなれば、これはハビ主任の『分身の術』だ。それぞれ思考力、判断力を持つ『自分』が、全く別個の存在として世界に散らばり、継続的に『本体』に情報を送る。しかし、原則として分身の数には限界があり、無限に術を行使することはできない。また、優れた分身は、別個の分身のように、ロボットを使役することもできる。たとえばあの団長のような……いかがでしょうか、主任」

「うんうん、そういう感じだね」

「まあ、そういう感じですね」

「適当に騙《だま》されてる感じがするぞ、おい！」

「いくらこの部屋の中でも、説明できないことはできないんだよ。君のメモリを削除する予定もないし」

ハビ主任はお得意の苦笑いのまま不穏なことを告げた。ワンとの距離を詰めつつ、エルは質問を重ねた。

「端末は、他にいくつ？」

「ごめん。それも言えない約束」

「……疲れませんか？」

「慣れちゃえば平気。でもあんまり次々新情報が入ってくるような時は、メインの意識がどの端末にログインしてるのかわからなくなってちょっと焦るよ。大体は体が勝手に動いてくれる感覚なんだけど、サーカスで君の顔を見た時とか、危なかったな」

　苦笑いする顔が、あの時一瞬目にしたマックスの顔とオーバーラップし、エルはため息をついた。アンドロイド調律にまつわる知識はありったけを詰め込んできた自信があったが、それでも世界はまだ知らないことで溢れているようだった。何故だかそれを嬉しいと感じている自分に、エルは少し戸惑いつつ微笑ましい気分になった。

「さてと。これからの話をするよ。エルくん、君は極秘でアトキンソン氏の自宅保全システムのアドバイザーを務め、彼の邸宅の防犯システム向上のために、テロリストの襲撃を模したリアルな戦闘シミュレーションを行った。もちろんアトキンソン氏もそれは承諾済みで、君の拘留は完璧な間違い。このことを裏付ける文書に、四十八秒前にアトキンソン氏の署名が加わったから、これで君の自由を制限する口実は一切なくなった。すぐにでも管理局の業務に戻れるよ。公文書偽造の件も、ただのうっかりミスってことで片付いてる」

「これだけ大騒ぎして休暇もなしかよ」

「有給申請は専用のフォームから二十四時間受け付けます！　次。アンドロイドくん」

　表情をこわばらせたワンの隣で、エルはサイボーグの男の顔を凝視した。勝負どころがもう一つ、巡ってきた気配があった。

「正直な話、何もしないでハイさようならってことは、うーん、できない」

「主任」

「最後まで説明する。エルくんはこのアンドロイドを、ワン・オルトンという名義で管理局に登録したね。あの登録はもう、誤情報として削除されているけれど、型番型式だけは残ってる。一度登録されたシリアルナンバーは、二度は登録できない」

本来ならありえないことだからねと、ハビ主任は淡々と語った。

「そこで、手続きについては説明が難しいから、便宜上『マジカル主任パワー』ってことにするけど」

「あんたのそのトンチキなネーミングセンスは一体どこから湧いてくるんだ？」

「あーあー、聞こえなーい。セーフハウスに寝泊まりしてる間に僕の大事な復刻ドンペリを飲んだ罪は重いー。このマジカルなパワーで、この子の型式を完全に書き換えてしまうことを考えている。たとえば、クラウディウス社の日常生活用とかね。十カ月前に野良を拾って、保護義務の期間が過ぎたから、拾得人権限で優先的に引き取ったことにすればいい。名義人はエルくんだ」

「ハビ主任、その場合ワンの、過去の所有者の問題は」

「完全になかったことになる。今までのこのアンドロイドくんとは別の個体として生まれ変わるからね。仮に難癖をつけられたとしても、ただの向こうの記憶の混同だ。他個体の空似だよ」

命が惜しいならそんなことはしないと思うけど、と主任はぼそりと付け加えた。隣に立っているマックスは、ワンとエルに朗《ほが》らかに微笑みかけた。

「信用していいと思いますよ。僕の母機はとても胡散くさい男ですが、人間相手に言ったことは守ります。アンドロイドの場合はアレですけど。ちょちょいのちょいで、消されたことも知覚できないくらいの精度で、メモリを消しちゃいますからね」

「マックス、モードのクッキーを山ほどお土産《みやげ》にもたせるよ」

「うええ、拒否したい。あれは形だけ『クッキー』の、味わいは『焼いたプラスチック板』だって、いい加減に教えてあげてくださいよ」

「おばあちゃんのせっかくの新しい趣味なんだぞ。熱中できるものが見つかったのに、わざわざ邪魔をすることないだろ。ええとそれで、どうしようね？」

脱線した勢いのまま、主任とマックスは揃ってエルを見た。エルはワンを見た。少年型アンドロイドは、ひょっと眉を持ち上げてみせた。

「何だよ。決め台詞がまだ足りないっていうなら聞いてやるぜ」

「……ワン……どうしよう」

エルが真剣に悩んでいると気付くと、少年型アンドロイドは露骨に怪訝《けげん》な顔をした。

「『どうしよう』ってお前、俺を他人のハレムから強奪して野外調律して、そのせいで腹を吹っ飛ばされて死にかけたんだぞ。今更どこで何に迷ってるんだよ」

「あれは、君を助け出さなければと必死だったから……話しただろう。私は、人間としては甚《はなは》だ不完全な存在だ。完璧な持ち主にはなれない」

「あれだけ好き勝手しておいて責任持てないってか」

「そうではないよ。ただ……言っただろう。私は普通の人間ではない」

いわく『マジカル主任パワー』で面倒が片付いたとしても、エルの身分が従人間から人間に変わるわけではなかった。製造者たるキヴィタスに身柄が所属していることも、限定的人権しか持たないことも変わらない。

今後何か問題を起こした場合や、プロジェクトに変更が生じた場合、今現在は暫定《ざんてい》的に貸与されているレジデンスや財産を全て没収され、何事もなかったようにキヴィタスの外に派遣されることも十分にありうることだった。

エルの述懐を、ワンは淡々と聞いていた。

「……私は、それほどいい持ち主にはなれない。もっといい持ち主が……」

「そこ座れ」

「え？」

促されるままエルは再び椅子に腰かけ、ワンはエルの前に立ちはだかった。

「シンプルな質問をするぞ。お前、俺が嫌いか？」

「え？」

「好きか、嫌いか？　どっちかで言えばどっちだ」

「ああ、それは、その……す」

「好きだよな。わかるぜ」

だだ漏《も》れすぎて笑えるくらいな、と言いながら、ワンは椅子の背に両手をついてエルと額を合わせた。こんな姿勢で誰かと話すことは初めてで、エルは緊張したが、間近で眺める紫の瞳は、まるで生き物のような有機的な輝きを放ちながら、エルのことをじっと見ていた。

「だがよ、何でお前は俺が好きなんだ？　俺がキラキラの美少年だからか？　お前のやることなすこと全部、文句も言わずに受け入れる、品行方正でお上品なアンドロイドだからか？」

「え……？　おそらく、そうではないと思うのだが」

「『おそらく』って、お前なあ。まあいい。じゃあ何でだ。何で俺が好きなんだ？　理屈が合わねえ。俺は全然『完璧なアンドロイド』じゃないってのに」

ん？　と囁《ささや》くように問いかけながら、ワンは額を擦《こす》り合わせた。やわらかなシリコンの奥に存在するのは、銀色の殻のような頭部パーツであることを、エルはよく知っていた。その内側には電解質で満たされた、くるみのような形の空洞で、その中に基礎中枢と情動領域とメモリ領域がたゆたっている。そのパーツと瓜二つの形状のパーツが、己の頭蓋《ずがい》の中に納まっていることも。

「おい、お得意の返事はどうした。『よくわからない』は」

「……わからない。今はその言葉に頼りたくない。君のことを好もしく思っているということは、私の中では確かなことだ。だからできるだけ正確にその理由を言語出力したい」

「いいんだよ。そんなことは、どうだって」

予想外の言葉に、エルが目を見張ると、ワンは呆れたように目をそらした。

「理由なんかどうでもいい。好きは好きでいいんだ。俺の頭の中の機械も、お前の頭の中の脳みそも、そういう風にできてるんだからよ。それだけで夜のあとに朝が来るみたいに、花が香るみたいに尊いことなんだって、どこかのすげー天才馬鹿が言ってたぜ」

だからそれでいい、とワンは繰り返した。

「俺の情動領域はもう答えを出してる。あとはあんたの答えを待っててやるよ。あんたの目の前で、いつまでもな」

ワンは言葉を結び、目を閉じた。

何も言えないまま固まっていたエルは、ふと、白い頬に軽く触れた。ワンは嫌がらなかった。

「ワン、目を開けてくれないか。君の瞳が見たいんだ」

「もう少しコミュニケーション能力高めに言えたら開けてやる」

コミュニケーション能力高め、とエルが困惑気味に繰り返しても、ワンは神妙な顔で頷くばかりだった。ああでもない、こうでもないと試行錯誤《さくご》し、エルが言いよどむ間、ワンは何も言わず、同じ姿勢で待っていた。エルはそのうち考えるのを一時停止した。目の前にあるワンの顔をただ見つめていたい気分だった。

むずがゆくなるほど幸福な沈黙の中で、エルはふと、二人で初めて遠出をした時のことを思い出した。雑多なテント街。ゴミ箱に腰かけて食べた合成肉の味。そしてワンから教わった、魔法の言葉も。

「ワン……その、ワン……」

「『溜め』が長いぜ。何だよ」

「一緒に行こう。私は、自分がどこに行けるのか、よくわかっていないのだが……できることならもっと、君やベッシーを幸せにできるところに、一緒に行きたい」

エルの目の前に、再び大きな瞳が姿を現した。美しい紫の瞳と、微かに弧を描く唇を目にした時、エルは新しい世界へ続く鍵を手に入れたような気がした。エルが眼差しを返すと、ワンはにやりと微笑み、エルからぐいと身を離し、ハビ主任を振り向いた。

「契約成立だ！　おいオッサン、手続き頼んだぜ」

ひどい誘導尋問を聞いた、とぼやくハビ主任の声を聞きながら、エルはぶつかってきた質量に腕を回した。何をもってワンが自分を選んだのかはわからないままだったが、一つ確実にわかるのは、それがとても嬉しいということだった。果たしてそれが正しい選択なのか否《いな》かもわからなかったが、嬉しかった。

「……ワン、本当にいいのか。私は」

「四の五のうるせえな。世界中どこを探しても、あんたほど能天気でボケてるお人よしな凄腕《すごうで》調律師なんか見つからないだろ。チョロい優良物件にもほどがある」

「エルくん、わかりにくいと思うけど、君は今『世界一だいすき』って言われてるんだよ」

「うるせーよオッサンそういう注釈は特に求めてねーよ黙ってろよ」

「さあて、そうと決まれば手続き！　モード！　……寝てるのかな？　モード！」

コールを繰り返すと、会議室の壁には再び映像が投影され、次に出てきたのは、小柄な白髪の女性のバストショットだった。背後の空間は見えないようになっているらしく、緑色のよくわからないマトリクスが動いている。

『あらハビちゃん。あれから新しい論文が七〇三本、データベースに追加されましたよ。うち三十四本はあなたの興味のありそうなものでしたから、クラウドに転送済みです。他のものは電子付箋《ふせん》をつけてあるところだけ目を通せばいいようにしてありますからね。早めに確認してくださいな。それからお夜食にクッキーを焼きましたから』

「わかった、わかったよ。早めにチェックするし今日はちゃんと帰る」

『まあ嬉しい。もっとクッキーを焼きましょうね』

　セーフハウスのアンドロイドだと、ワンはエルに耳打ちをした。書類仕事を任されている老婦人型のアンドロイドで、いつもマイペースでゆっくり歩くのだという。エルが目を丸くすると、ハビ主任は唇に指をあてた。

「調律したアンドロイドを私物化するなんて、調律師の風上にもおけないけど、ぶっちゃけよくある話ではあるんだよね。モード、ワンくんの書類を転送してくれないかな」

『はいはい、わかりましたよ。あら、そこにワンくんもいるの？　ご主人と会えたのかしら。心配しすぎで壊れちゃうんじゃないかって、おばあちゃんはワンくんが心配でしたよ。また遊びに来てね。クッキーをたくさん焼きますから』

　またねと手を振る老婦人の姿は消え、会議室の壁には管理局データベースのトップ画像が表示されていた。金色の蝶《ちょう》の羽根と鳥の翼、中央に真空のような輝きの意匠。

「キヴィタスは無宗教都市だけど、このエンブレムからは古い神話のにおいがするね。知ってる？　アモルとプシケー。鳥のほうがアモル、蝶がプシケーだ。愛と精神の寓意《ぐうい》」

「……情熱的な『心』と、理性的な『精神』があってこそ、新たな地平は拓《ひら》かれる、と学校では教わりましたが……」

「その通りだ。まあ、アモルとプシケーのお話はね、ラブストーリーなんだけど切ないんだ。タブーを破った人間が、いろいろな困難を乗り越えて神さまと結ばれる。立場の違う相手同士の相互理解は、神話の世界においては新たな概念の発明、創造を示唆《しさ》することも多いモチーフだ。僕たちの世界は、絶え間ない概念と概念の結婚によって進化を遂げてきたのかもしれない。革新的な発明とかね。もちろん、科学の発展はいつも新しい地獄《じごく》を呼ぶけど、知的好奇心のない天国よりは、まあ、人間らしい場所なんじゃないかな」

笑顔の奥に、ほんの一瞬深い苦しみの影がよぎったように見えて、エルは何とも言えない気持ちになったが、ハビ主任は気にせず、エルに端末とペンタブレットを差し出した。

端末にはアンドロイドの所有に関する書類が表示されている。

「エルくん、あとは君のサインだけだ。後見人、つまり僕の分はもうサイン済み」

エルが登録したものとは、全く異なる型番型式のアンドロイドの名前は、『ワン』だった。これでいいのかとエルが確認すると、どうぞとワンは胸に手を当てた。

エルガー・オルトンと、迷わず署名すると、端末の中で書類の縁が緑色に光り、『認証されました』という文字が浮かび上がった。

「よーし、完璧！　帰っていいよ。おつかれさま。エルくん、明日も定時からね」

「オッサン、そこは『おめでとう』って言うとこだぜ」

「エルくんもだけど、君も可愛いことを言うね。僕は何かの式に呼ばれても『おめでとう』は言わないタイプなんだ。おめでたいかおめでたくないかは、その時じゃなくて、経過観察のあとに決まることだから。でも祈りはするよ。おめでたくなりますように」

「理屈っぽいサイボーグですが、許してあげてください。ここまで自分の細分化が進むと感覚が人間ばなれしちゃって、空気とか読めないんですよ。元からですけど」

「ひどいなあ。でもバックアップが言うんだから、そうなんだろうね」

まだどこかで、夢の中にいるような心地のまま、エルはワンに促され、会議室を出た。部屋を出てゆく瞬間、ふと振り返ると、ハビ主任は笑っていた。微笑みながら手を振っていた。

不意にエルの脳裏を、リニアの駅での光景がよぎった。ワンと出会った夜である。誰かが電車の中から手を振っていた。

遠い記憶の中から、エルは誰かに『幸運を祈る』と囁かれたような気がした。


扉が閉まった一瞬、会議室の中には沈黙が下りた。天使が通り過ぎた、と古い慣用句でふざけた母機を、子機はしらじらと見やった。

「相変わらず好々爺《こうこうや》を演じるのが好きですね。そのわりには若作りですけど」

「必然性があるんだよ。主任って言っても、所詮《しょせん》は管理局の下っ端だし。あんまり年上に見られると、みんな僕の前でサボッたり雑談したりしてくれなくなるから」

「悪趣味なところも相変わらずで安心しました。過去を切り捨てて善人面する現在の自分なんて、バックアップとして見ていられませんから」

「善人を気取れるなんて思うほど耄碌《もうろく》した覚えはないよ。さて、可愛いバーニィくんはどのくらい役に立ってくれるかな」

にこにこしながら邪悪に首を振る母機が、マックスには鏡に向かって演技する孤独な男に見えた。数百カ月前のバックアップにもそう見えるということは、現在の自分にもそう見えているのだろうと、少年型デバイスは嘆息した。

「それにしても、ちょっと手を回しすぎじゃありませんか」

「ん？ 何のこと？」

「いくら必要だったとはいえ、近距離用ロケットブースターに、ナノマシン噴霧型ハンドグレネード、おまけに対バトルロイド用ロケットランチャーまで。下層階とはいえあんなものが持ち込まれるようじゃ、キヴィタスの平和は風前の灯火《ともしび》ですよ」

「文句があるなら賄賂に弱い州警察に言ってよ。それにあんなガチガチの改造は想定外だって」

あそこまで徹底的にやるとは、というハビ主任の言葉に、面白がるような響きを感じ取り、マックスは『呆れ混じりの嘆き』の感情を出力した。

「連帯責任という言葉もお忘れなく。僕たちは運命共同体なんですよ。過度なおせっかいはあなた以外の誰かの身をも滅ぼしかねません」

子機として忠告しますという言葉に、痛み入るよと母機は軽口を返した。

「でも思い出してもみてよ。君から僕を紹介された時の、あのアンドロイドくんの顔」

「あまりよく見ていませんでした。僕は視覚センサーで得た情報より、統計的資料を重視するので」

「それでよく僕を『人間ばなれ』なんて言えたもんだ。『データを解析させてやるかわりにエルを自由にしろ』『自分はどうなってもいい』なんて、白皙《はくせき》の美少年に言わせて、利用するだけして捨てろって？　嫌だよ。僕はまだ人間を捨ててないんだ。人間は長生きすればするほど、善行を積まないと、自分で自分に耐えられなくなる。いわば『いいやつ貯金』が必要な生き物なんだね」

「非論理的な上に不合理です。その思考は危険思想ですよ」

「僕の中では合理的だよ。これで貯金ができたから、日々楽しく悪行に励《はげ》めるし」

ふふふ、と偽悪的に笑う己のオリジナルを、子機はほどほどに好きで、ほどほどに嫌いだった。数百年前の人間には考えられないほどの時間を生きることが当たり前になってしまった現在、人間は己の臨界点を伸ばし続けて延命する種族と化している。終わらないマラソンを、子機の知る限り最も長く走り続ける男には、確かにほどほどの善行が必要であろうことは理解できた。

少年型の眼差しを受け、『ハビ主任』は疲れた笑みを浮かべた。

「同情の目？　やめてよ、自分で自分を憐《あわ》れみ始めたらおしまいだ」

「長生きすると酔狂《すいきょう》な趣味に目覚めますねと言いたかっただけです。僕はそういうの結構です。仕事に生きてるので」

「オッケー。じゃあ次はあんなすごいデータをうっかり削除しないように頼むよ。うまくすれば本国の情報筋にも売り込めるネタだったのに」

「今後のスペック改良次第ですね。僕はあなたの子機なんですよ。リソースが足りないことにはどうにもなりません。大体あの子が初めてサーカスを訪れた時には、あなたはまだ彼に目をつけていなかったでしょ」

それはそうなんだけどさ、と苦笑いする母機に、マックスはやれやれと嘆息した。

「にしても、今回は留守が長すぎたんじゃありませんか？　『どうしたらサイボーグがそんなに長期間風邪をひけるんですか』ってあの子に突っ込まれていたら、何て言い訳したんですか」

「『サイボーグ風邪』の恐ろしさを滔々《とうとう》と語る予定だったよ。設定の原稿読む？」

実際のところ、長期間彼が管理局を留守にしていた理由はマックスも知っていた。彼という存在が、物理的にキヴィタス上に存在しなかったのである。マックスたちバックアップ端末と、情動領域を持つアンドロイドの最大の違いは、『意識』あるいは『思惟《しい》』と呼ばれるものを、完全に電子化し、別の端末に移し替えることができる点だった。情動領域をつぶせばそこでおしまいになってしまうアンドロイドのほうが、いくらか人間らしいという点で、マックスと母機の意見は一致していた。アンドロイドの中に、自己の存在意義への葛藤《かっとう》や自己犠牲の精神が自然に芽生えてきた時点で、『人間らしさ』の定義が大幅に揺れ動いている時代の最中であっても。

「どうでした、久しぶりの娑婆《しゃば》は」

「浮世くらいでよろしく」

キヴィタスの外に意識を転送し、とある重要人物のボディガードを務めていた母機は、呆れたように肩をすくめた。

「いつも通りって感じだったな。あの人が公道を移動していると、三時間に一回は誰かが爆弾を投げつけてくる。もういい加減にあの人の名前を新しい度量衡《どりょうこう》の単位にすればいいんじゃないかな？　一日に何回暗殺されかかったかをはかる単位」

「本当にボディガード型端末の中に入っていたんですか？」

「ううん、浮遊車のオペレーティングシステムと同期。最近はキヴィタスの外でも、わざわざ護衛と車を分けたりしないからね。僕がやらないと代わりの人間かアンドロイドが死ぬ。ひどいもんだよ、車を乗り替えるたびにまた同期して、爆破されて、同期して、爆破されて。一日に八回も死を体験するなんてね……」

「あの人も捨て身ですね。どうでした？　フルコースのご感想は」

「三週間風邪のほうがずっとましだ。保証する。まあ、一番怖かったのは復活後にエルくんの話を聞いた時だけどさ……あ」

　このあたりのことは、君がこの部屋を出る前に消しておくからね、と付け加える母機に、わかっていますよとマックスは軽く返した。話しすぎてしまったというふりをする男が、それでも絶対に、最大の禁則事項は破らないことに、マックスは行き届きすぎた演技の気配を感じた。もう剝《は》がしようがないほど顔の皮膚《ひふ》に張りついた仮面のようなものである。

「それよりハビ主任、そろそろ同期化の時間では？」

「早いなあ……嫌だなあ……ずっと調律していたい」

　ログアウトしなくちゃと言いながら、ハビ主任は会議室のスイッチと、自分の携帯端末とを連動させて、壁全面を電波遮断防壁で覆《おお》った。端末からケーブルを伸ばし、無精ひげの向こう、顎《あご》と喉《のど》の境目に隠された小さなパネルをかぱりと外すと、ケーブルの端子を差し込んだ。前回のログイン後から彼の中に蓄積された情報のアウトプットが、自動的に開始される。端末の液晶に『転送完了』という表示が現れると、ケーブルはひとりでに外れた。ひょろりと背の高い男は、ふうっとため息をついた。

「完了。ここまでの僕の記録はバックアップされた。あとは知らないっと。難しいことはあっちに任せよう。マックス、お昼どうする？　一緒に食べる？」

「遠慮します。充電のほうが効率的ですし、今後の公演の打ち合わせもありますから」

「仕事熱心だねえ」

「仕方ありません。オリジナルがあれでは」

皮肉に笑い合った二人の『子機』は、決して口にはできない『母機』の存在に思いをはせ、ほどほどに忘れた。


ため息と共に目覚めた男は、首筋をさすりさすり、ベッドから上半身を起こした。人間工学に基づき設計された、卵のようなまるみをおびた外装の寝台である。

「……ああ、嫌だなあ……会議も会談も嫌いだ……ずっと調律していたい……」

「おはようございます、ホイジンガ閣下《かっか》。よくお休みになれましたか」

「夢の中でも仕事をしていた気がするよ。一日に八回も死ぬ夢だった」

「まあ、なんて恐ろしい。夢で何よりですわ。お休み中に確定した今週のご予定を端末に転送いたしましたので、ご確認くださいませ」

「感謝する」

麗しく微笑む秘書型アンドロイドに、キヴィタス行政部情報庁長官カール・ホイジンガは、くたびれた肌に皺を刻んで微笑み返した。行政府の中でも長老の枠を占める老練な政治家がマットレスから起き上がり、床に立つと、高性能ベッドは自動的に蓋《ふた》をしめて自己清掃モードに入った。

「……もっと彼女のクッキーを食べておけばよかった」

「クッキーでございますか？」

「失敬、なんでもない」

秘書から眼鏡を受け取った老政治家は、快《こころよ》い夢を惜しむようにこめかみをもみほぐし、頭を切り替えてから、仮眠中に届いていた報告書に目を通し始めた。

身体検査と、荷物の返却を経て、久々に屋外に出たエルは、後ろをついてくるワンを振り返った。何だよという言葉に、エルはにっこりと笑った。

「口紅をありがとう。おかげで白い唇のまま、人前に出なくて済んだ」

「……あのオッサンわざわざ『俺から』なんて言ったのか」

「そういうことは特になかったが、わかったよ」

エルが告げると、ワンはふんと鼻を鳴らしてそっぽを向いた。

「ま、前言は撤回しないけどな。白い方がセクシーだぜ。ただ、こういう局面では小道具があった方が、お前は安心するかなって思っただけだ」

「ありがとう。何だかくすぐったいほど嬉しい。そんな褒め方をされるのも初めてだ。『性的な魅力がある』ということだろう。よくわからないが、君が好きと言ってくれるなら、家に二人きりの時には口紅なしで過ごそうか。学校ではみんなそうだったし」

なんてね、とエルが肩をすくめてみせると、ワンはどこか上の空の顔をした。最上階層から一階層下、第五十五階層のオフィス街は、浮島と動く歩道で埋め尽くされた蜘蛛《くも》の巣のような構造をしていて、二人の出てきた官庁前の道にも、動く歩道にのって人々が高速で行きかっていた。動く歩道の隣には、健康増進のための遊歩道があり、左右には小さな赤い花が等間隔で植えられている。官庁街を行きかう身なりのよい人々も、秘書アンドロイドも、周囲のことではなくそれぞれの抱えた雑事と難事に忙殺されているらしく、周辺の不審者に目をやるものはいなかった。

「ワン」

「あ?」

「どうかしたのか。体に不調でも?」

「そういうことじゃねえよ。いろいろ考えてただけだ」

ひとりごちるように言うと、ワンは軽くため息をつき、エルの名前を呼んだ。

「お前、これから俺とどんな風に付き合いたい」

「どんな風に?」

想定される回答の幅が広すぎて、意図が絞りこめない質問だったが、ワンが補足説明をしてくれる気配はなかった。エルが唸り、首をかしげると、ワンは呆れたように歩いて行って、遊歩道に据えられた透明なベンチの右半分に腰かけた。座れとエルに左半分を促している。ひんやりしたベンチにエルが腰を下ろすと、待ち構えていたように煩雑《はんざつ》な生体感知ホログラム広告が浮かび上がってきた。全て消えてしまうのを待ってから、ワンは再び口を開いた。

「間違ってたら許してほしいんだけどよ、お前には今まで、特別な相手はいなかったんだよな」

「特別な相手……友達ならば学校にたくさんいたよ。みんな大切な相手で」

「横並びにみんな大切だったわけだ」

「もちろんだ。私も彼らの一人だったからね。私たちは皆同じ個体情報を持った大量生産品ではあるが、それぞれ異なる心を持っていた。同じ生産ラインでつくられたアンドロイドでも、情動領域が違えば個性があるのと同じことだ」

「『ひとりだけ特別』って相手はいなかったのか。好きな先生とか、お気に入りの子とか」

ひとりだけ、とエルは繰り返してみた。学校生活には同じ顔の人造人間が列をなしている風景がつきもので、そういう中で『ひとりだけ』誰かを選ぶという行為は、あまり重視されなかった。もしかしてそれは人間と人造人間を決定的に分けてしまうことなのかとエルは恐れたが、ワンは特に、糾弾するような顔はせず、ただ問いかけていた。

「…………いなかった、ように、思う」

「そんな風に怖々と言うなよ。いいことでも悪いことでもないんだからよ」

「だが、さっきから君が少し怖い。私は何か君に悪いことを言ってしまったかな」

別にそんなことねーし、と言いながら、ワンは脚を組んでそっぽを向いた。エルは狭くて浅い心の井戸に桶を投げ込んで、コミュニケーションの上級者であるワンを満足させるに足る回答を探したが、なかなかこれというものは見つからなかった。うろたえているとワンと目が合い、アンドロイドの少年は、ベッシーのあくびを見た時のように破顔した。とろけるような笑顔に、エルは一つの答えにたどり着いた。

「……君だ！　君がいる。君はとても特別で、君がいないと私は、何だか、体がばらばらになってしまいそうな気がする」

「それは、物のたとえか？　それとも本当にお前の体はばらばらになるのか」

「たとえのつもりだったが、ひょっとしたら可能かもしれない。だが有機的なパーツなので、今回の腹部同様、一度そうなった場合には修復に時間が……」

「やめろ。やめろよ。想像しちまったじゃねーか」

本気で嫌がるワンの姿に、エルは何故か嬉しくなった。架空のタルティーヌ・ショコラを頬張っているような気持ちで、銀色の頭にそっと手を伸ばし、エルはさらさらと細い髪を愛撫した。ワンは仏頂面をしたが、手を払おうとはせず、エルがひとしきり頭を撫でてしまうと、短くため息をつき、意を決したようにエルを見た。美しい紫の瞳だった。

「俺さ、今までお前みたいな相手と付き合ったことがない」

「え？」

「『ひとりだけ特別』なやつと、一つ屋根の下で暮らしたことがない。クソ男とかダメ女のあしらいなら慣れてるんだけどな。だから」

喉の奥に空気の塊がつかえているような声で、随分間を取ってから、ワンはうつむきがちに呟いた。

「どうしたらいいのか、ちょっとわからない」

「……それは、私が人造人間だから」

「それは全然関係ねーよ」

間髪容れずの言葉は、エルの反応を見越していたようだった。小さく毒づきながら、動く歩道を行きかう人々を眺める横顔に、エルはワンを無暗に抱き上げて膝に抱えて三十分ほどそのままの姿勢でいたいような衝動を覚えたが、意味が分からないので無表情にやり過ごした。そのうちワンがまた口を開いた。

「何かこう、リクエストはないのか。俺は好きなようにしか生きないって決めてる気高いアンドロイドだが、お前の頼みだったら、ちょっとくらい聞いてやってもいいんだぜ。俺はあんたの望み通りの姿になれる。カスタマイズは得意だろ。女の子みたいな格好をして毎日ダンスを踊ってやってもいいし、もっと大きな成人男性パーツに体を替えて、ボディガードとして運用してもいい。お前次第だ」

「私は君にそんなことをしてほしいとは思わない」

「じゃあ、どうしてほしいんだよ」

「今の君のままでいてほしい」

　黙り込んだワンは、目を大きく見開いてエルを見ていた。コミュニケーションの達人であるはずのワンに、何故こんな当たり前のことを言わなければならないのか、エルには今一つわからなかった。

「さっきも言ったが、私は『ひとりだけ特別』な相手と二人で過ごすのは初めてだ。君もそうだというのなら、私たちは互いに教え合えるのではないだろうか。もちろん君が私の何倍もコミュニケーションの達人であることは知っているけれど、初めてのことは、初めてのことでいいと思う。何とかそれでやっていけるのではないかな。何故なら、その、私は君との生活が……とても楽しかったから……」

　こんなことを言うのは少し恥ずかしい気がする、と呟いてから、エルは何故恥ずかしいのだろうと考えた。よくわからなかったが、ともかくワンとの生活が楽しかったことは確かだった。

「ワン、私は君と過ごすのが好きなんだ。管理局から帰ってくると君がいて、私のことを気にかけてくれることが、本当に嬉しかった。何でもない話ができるのが楽しかった。だから……できることなら、また君とああいう関係を結べたら、とても嬉しいな」

エルが結ぶと、ワンはやれやれとため息をついた。

「つまり俺は、気ままな居候枠のまま、時々家主と一緒に無重力バーに行ったり、食事に行ったり、愚痴を聞いてやったり一緒にビールを飲んだりするだけでいいと」

「うん。そうしてくれたら嬉しい」

「健全なマスコットみたいなもんだな。なるほど、なるほど」

繰り返される「なるほど」という言葉に、小さな子どもを甘やかす年上の人間のような鷹揚さをかぎとり、エルは急に何かが惜しくなった。

「いいぜ、ハニー。じゃあ水もしたたる美少年パワーも、セクサロイドも嫉妬する誘惑者パワーも、俺はしばらく封印して過ごしてやるよ。その方がお前の好みっぽいからな。でも気が変わったらそう言ってくれ。今までとは違った関係で楽しませてやれるかもしれないぜ」

違った関係とはどんな関係だろうとエルは思案した。ワンの中には何らかの具体的な姿が像を結んでいるようだったが、少年型アンドロイドはそれを開示する気はないようだった。知りたかったが、問いただすのは所有関係をかさにきるようで気が引ける。どうしたものかと思っているうち、エルの頭の片隅で火花が弾けた。ひらめきの火花である。ワンが言おうとしていることはひとまず置いても、言っておかなければならないことができてしまった。

「ワン」

「何だよ。いきなり気が変わったか？」

「その通りだ。これからのことを考えるなら、確かに私は君と、今までとは少し違った関係を構築したい」

　今度はワンが驚く番だった。本気かと言わんばかりに紫の目を見開く姿がおかしくて、エルは笑ってしまいそうになったが、ともかく言うべきことがまだ残っていた。

「君さえよければ、私の監督役になってくれないだろうか。手綱をとってくれる相手がほしい。私に仕事を命じる誰かではなく、私が間違った方向に驀進しそうになった時『それは違う』と、隣で言ってくれる誰かがほしいんだよ。君にそれを頼めるだろうか」

　二人の足元を、路上清掃用ロボットが、音もなく滑っていった。無音で移動するコンベアの音すら聞こえそうな沈黙のあと、ワンはけっと呻いた。

「……『間違った方向に驀進』って、誰が判断するんだよ。俺の判断でいいのか」

「君がいい。君の判断がいいな」

「倫理メンテナンスは遙《はる》か彼方《かなた》で今後も受ける予定なしってアンモラルな個体だぜ。本当にいいのか。多頭飼いするブリーダーみたく、もう一体くらいアンドロイドを導入したって、あのモジャモジャ頭は怒らないいんじゃないか」

「他の相手はどうでもいい。私は君の悲しむ顔を見たくないんだ」

「…………」

「だが、君が、私と二人きりでは寂しいなら、そういうのもいいかもしれないな。うん」

ただしそうなった場合、自分は少し寂しい思いをするかもしれないなと、エルは微かに予感したが、理由はよくわからなかった。何故だろうと考えているうち、やれやれとワンは低く呟いた。

「……秘密の意味がなくなっちまった」

「え？」

「ここだけの話、俺はお前の上司から、『秘密の依頼』ってのを受けたんだよ」

この時点で秘密じゃねーけど、と笑い飛ばしてから、銀髪の少年はいつもより少しだけ真剣な顔で笑った。

「お前のこと監督してくれって頼まれた」

「……主任が、君に、私を？」

「その通りだ。『どうやらエルくんは君に特別な愛着を抱いているようだから、君がいさめれば、あんな無茶はしなくなるんじゃないかなあ』とさ。言うまでもねーが、あのオッサンかなり危険だぜ。暇さえあればクッキー食べてるし、時々トんでるのか、空飛んで戻ってきたような顔してるしよ。別の部署に異動させてもらうのもいいと思うけどな」

「残念ながら私に職業選択の自由はないよ。君は彼の依頼を受けたのか」

「受けるかよ。俺は気ままで気高いアンドロイドなんだぜ。何よりそんなこと、ワン先生にしてみりゃ頼まれるまでもなく当たり前の話だろうが」

　ということは、とエルが瞳を見開くと、ワンは得意げな笑みを浮かべ、ベンチの上で脚《あし》を組み、頬杖をついてみせた。少年型アンドロイドの見せる上目遣いが、エルは好きだった。

「仲良しの契約プラス、これからは監督の契約ってわけだな。改めまして、よろしく」

「……ありがとう。よろしく頼むよ。私なりにベストを尽くす」

「尽くすな。俺の見たとこお前は『やらなすぎ』じゃなく『やりすぎ』で問題を起こすタイプだ。ほどほどにやれよ。俺はお前のことをしっかり見張ってやるからさ。その代わり、お前も俺にしっかり貢《みつ》げ。うまい酒とか、食い物とか、高級な交換体液とか。そうと決まれば買い物にでも行くか？」

　釈放祝いだと笑う顔に、エルはおずおずと切り出した。

「……ワン、言いにくいことなのだが、今後一年ほど私は節約生活を送らなければならないんだ。ブースターやパワードスーツを買い込むために、委託された金額の九割近くを消費してしまった」

「え？」

「予算は年棒制になっているので、年度末までは二万クレジットほどで生活する必要がある。頭割りで一月二千クレジット、レジデンスの家賃が自動引き落としで月額三百なので」

「……お前今、かなり貧乏？」

「以前に比べればね。だが正直な話、これで済んだことが、自分でもまだ信じられない」

最上階層からの追放でも、廃棄処分でもなく。

別れを告げなければならないと思っていた全てが戻ってきてしまった今、エルは今までとは異なる種類の覚悟を強《し》いられていることを理解していた。凄《すさ》まじい横車を押してもらった以上、今後どんな命令を下されたとしても、逆らうことはできそうもない。しかしワンの名義者登録は既にエルのものになってしまった。守らなければならないものが存在する今、ゲームオーバーは願い下げだった。

そしてどれほど過酷な命令を下されたとしても、誰かが後ろで見守っていてくれるのなら、諦めずに何とか喰《く》らいついてゆけるだろうという不思議な温かい気持ちもまた、胸の奥に宿っていた。

「なあオルトン博士、今後のご予定は？」

「収容されている間に、一通りのバイタルチェックは済んでいる。すぐにでも仕事に戻れるよ。ハビ主任には『何事もなかったように仕事をしてほしい』と言われたし」

「くそっ、もう少し不真面目になる練習から始めさせるほうがいいのか……？」

「ワン、よければもう少し近づいても構わないかな」

「好きにしろよ。なあエル、たまには深酒とか、ずる休みとか、そういう堕落《だらく》したことをするのも大事だぜ。夜通し踊って翌朝は二日酔いでぶっ倒れるとかよ。それから……」

「もう少し近づいても構わないかな」

「だから好きにしろって、え？　おい、やたらと近いぞ」

「もう少し」

エルはほとんどゼロ距離になったワンの頭に手をやり、銀色の前髪をはらうと、白い額に唇を落とした。

きちんと全体の形が捺《お》されるように、ゆっくりとスタンプを押しつける要領で、エルはじっくり時間をとり、顔を離した。少年型アンドロイドは目を丸くしている。額に口紅がついていないことを確認してから、エルはにっこりと微笑んだ。

「挨拶をしたかったんだ」

「あ、挨拶？」

何で急に、と問うワンは、何故だか猛然と頬をこすっていた。そんなに摩擦を行うと、ワンほど高性能なアンドロイドでは、頬の皮膚パーツが反応して赤くなってしまうのではとエルは懸念したが、ワンは気にしていないように、取り澄《す》ました顔をしていた。それほど気にしなくていいということかなと、エルは解釈し、曖昧《あいまい》に微笑んだ。

「君が私に同じことをしてくれた時、とても嬉しかったんだ。蜂蜜《はちみつ》のように甘い味がしたというのは、恐らく錯覚ではないかと思うが……。学校の教師やメンテナンス担当者たちには、目を背けられる色でしかなかったが、君があぁ言ってくれて本当に嬉しかった。今の挨拶は、『私たち』全員からのありがとうだと思ってほしい」

忘れないうちに伝えておきたかったと付け加えたエルは、ふと、ワンが仏頂面をしていることに気づいた。あれ、あれと困惑しているうち、美少年の眉間には剣呑な皺がみるみるうちに刻まれ、エルが口をぎゅっと引き結んだ時に、はっというため息が漏れた。とことんまで呆れたという声色だった。

「『同じこと』？」

「え、え？　だって、その、君も私にこうやって」

「俺のあれと、お前の今のが、『同じこと』だって？　どこがだよどこが」

「た、確かに今の私は内臓性出血をしていないため、逆流した体液の存在はないが」

そういうことじゃないと言いながら、ワンはわざとらしいため息をついた。はーっという声の後、手で顔を覆い、首を横に振る仕草は、熟練の俳優のようにスムーズで、どこかしらコミカルだった。本気で怒っているわけではないらしいとわかり、エルは少しほっとした。手指の間からエルを見る紫の瞳は、まだ少し、とげとげしい光を放っていたが、エルには先の丸まったとげに見えた。

「残念だ。ワン先生は慙愧の念に堪えないぜ。この天才は初歩の識別能力に欠けてやがる」

「も、申し訳ない……」

「まあいいさ。お前の愛すべきポンコツぶりを嘆いたって今更だ」

だから宿題にしてやる、と。

ワンはエルの前に指を一本立てた。唇に触れそうな位置にすいと伸びる白い指に、エルは何故かどきどきした。

「俺の『挨拶』と、お前の『挨拶』、どこがどう違ったのかちゃんとわかったら、ご褒美をやるよ」

「ご褒美……」

「そうさ。楽しみだろ？」

ふわりと唇をほころばせて微笑むワンは、どこか人間でもアンドロイドでも人造人間でもない存在をエルに思わせた。いずれの領域にも所属しない、温かい気持ちを運んでくる天上の存在のような顔で、ワンはエルに微笑みかけていた。

「だからせめて、それがわかる前に、俺の前から勝手にいなくなったり暴走したり死んだりするんじゃねえぞ。いいな」

「……わかった。ああ、そうだ。部位が違ったね。ワン、君は私の唇に」

「そんな薄っぺらい回答はお断りだこのハイスペック幼児。天才馬鹿」

「また新しいあだ名をつけてくれて嬉しいな」

「本当にどうしようもねえポジティブだな、お前は」

　毒づきつつも、ワンは唇に微笑みを浮かべ続けていた。リラックスして楽しんでいる時、この少年型アンドロイドはこういう表情をするのだと、エルは頭の中の柔らかい部分にそっと刻み付けた。忘れたくない思い出になりそうだった。

「……わかった。宿題の答えを見つけるのが、とても楽しみだよ」

「だろ。そうと決まればきびきび働けよ。働くと頭が冴えるっていうからな」

「謹《つつし》んで邁進《まいしん》しよう」

「でも働きすぎには気をつけろよ。そっちのほうが心配だ。わかったか」

「では、『いい塩梅《あんばい》』というものをつかめるように努力する」

「その目標は最高だ。いい感じに手抜きしながら稼ぎが増えるなんて天国じゃねーか」

　本当に楽しみだなと人の悪い顔で笑うワンの顔に、エルは妄想のような未来が、本当に訪れる姿を夢想した。家にベッシーとワンがいて、仕事もうまくいき、学校の後輩たちにはよいフィードバックを与えることができ、休日にはワンと無重力バーに行く。とても楽しみだった。嬉しいという感情が飽和《ほうわ》した時、エルの脳細胞はもう一つ、ワンに伝えそびれていたことを思い出した。

「そうだ」

「ん？」

　どうしたと問いかける声を、あと百回聞きたいと思いながら、エルは思い出したことをできる限り簡潔に伝えることにした。

「……言い忘れていたが、君が私を『お前』と呼ぶ時の声が、とても好きだ。以前の呼び方より、何故か君の声を温かく感じる。これもコミュニケーションの技術の一つなのかな。なんだか傍に来て囁いてもらっているように、むずがゆくて気持ちいい」

　エルが微笑むと、ワンは鉄の塊を飲み込んだように口をへの字にして、だめだこりゃと呻いてそっぽを向いた。どうしたんだとエルが問い返しても、ワンは無言で両手で頬を擦っていた。あまりにも擦りすぎたようで、左右の頬がいちごジャムのような色になっている。

「ワン、どうしたんだ」

「……何でもねーよ。なあエル、そういうの小出しにしろ。お前、手元に弾があったら全部一度に撃っちまうタイプだろ」

「え？　そう言われれば、確かに射撃の教練の際に、教官ロボットにそんなことを言われたような」

「図星か。あのな、コミュニケーションてのも一種の戦いなんだぜ。いいか？　戦術戦略的に、相手のリアクションを予想しながら、ちょっとずつ手持ちの情報を開示するんだ」

「わかった。いやすまない、本当のことを言うとよくわからない。『言葉』を『弾』にたとえるのは、どのようなイメージングによる……」

「うるせえ少しは自分で考えろ……ん？　何だ、背中がもぞもぞする」

「ああ、ベッシーが起きたな」

エルがワンの背負っているリュックをとりあげ、自分の膝に下ろすと、ぴかぴか輝くボディを持った子猫は、二人の間の狭いスペースで伸びをした。遊んで、遊んでと促すように、背中をベンチに擦りつけ手足をばたつかせる仕草が可愛らしくて、エルがそっと撫でようとすると、子猫は弾かれたようにベンチから降り立ち、猛然と走り始めた。うわっと呻いたワンが追い、エルも慌てて従った。

「やばい！　室内モードのまま連れてきちまった！　あいつ行き止まりに当たるまでどこまでも走るぞ！」

「エネルギーが切れれば止まるだろう。全力疾走ならせいぜい五分だ。だが一体どこへ」

「おいベッシー！　エル、お前、天才なら天才らしく何とかしろ！」

「そんなことを言われても……！」

機械の猫を追って、アンドロイドの少年と人造人間の博士は、しばらくの全力疾走を強いられた。ベッシーが停止したのは遊歩道の中ほどで、乳母車を押した青年型アンドロイドが立っていた。なつっこいベッシーが足にまとわりつくと、どこから来たのですかと丁寧に問いかけながら抱き上げ、追いかけてくるエルたちに気づくと、おやと麗《うるわ》しく眉を持ち上げた。

「またお会いしましたね、オルトン博士」

「……君は」

ゼフィです、と微笑む執事型アンドロイドは、あの夜のように慇懃《いんぎん》に一礼した。乳母車の中では、まるまると太った人間の子どもが二人、流れ星のような速度で数字の流れる知育デバイスをいじっていた。

返却されたベッシーを受け取り、室内モードから外出モードに切り替えたのち、エルは執事型アンドロイドに感謝すると、ゼフィはにこりと笑ってみせた。

「お元気そうで何よりです」

「君も元気そうでよかった。ご主人もお変わりなく？」

「ええ」

アリスさまは今日もお元気でいらっしゃいます、と執事型アンドロイドは四角四面な口調で告げた。だがエルはかたい口ぶりの中に、どこかうきうきと弾むような感情が潜んでいることに気づいた。どうしたのかとエルが問うまでもなく、ゼフィは最近は一日三時間のスリープモードが許可されるようになり、体がなまってしまいそうなほど暇だと付け加えた。

「あなたさまのご助言を伝えたわけではないのですが、何故かアリスさまが、最近急にアンドロイドを長持ちさせる方法を考え始めたようなのです」

「それは正しい選択だと思うよ。しかし、急にというのは何故だろう」

「さあ。なんでも『大事なひとにはいつまでも元気でいてほしいから』と。お子さまたちのことだと存じますが。お二人とも、すくすく育っておいでですよ」

「……それはとても、よかった。君のご主人の『大事なひと』には、君も含まれているのだと、私は思うよ」

したり顔で頷くワンは、その通りだと思うぜとウインクをしたが、執事型アンドロイドは、あまり行儀のよくない同類のリアクションを礼儀正しく無視し、エルにだけ微笑んだ。

おいと食ってかかりかけるワンを、エルはどうにか背中に回した。

「オルトン博士は、今日はこちらで何を？」

「え？　ああ、何と言ったものか」

「釈放祝いだ。この間こいつがカチコミを決めやがったもんでな」

「ワン」

しゃくほうとは何なのか、カチコミとは一体、と考え始め、若干混乱し始めたとおぼしき執事型アンドロイドに、エルは何でもいいから質問を投げかけることにした。調律の初歩である。シンプルなものがよさそうだった。

「ゼフィ、このあたりに見晴らしのいい公園はないかな。私たちは散歩をしていたんだ」

「……公園でございますか？」

でしたら、とアンドロイドは右腕で優雅に、道のすぐ向こう側を指さした。遊歩道の終点である。

「そこの展望台から、眼下に海がご覧になれますよ」

それではと会釈して、執事型アンドロイドは去っていった。

どちらからともなく、エルとワンは歩を進め、遊歩道を抜けた。すぐそこに『第四十八展望台』という案内板が立っている。オフィス街に勤務する人間のために造られたのか、階段の上に円形のスペースが設《しつら》えられていた。エスカレーターがなかったため、二十段ほどの階段を、エルは一歩、また一歩と上り、頂上にたどりついて目を見張った。

雲ひとつない晴天の下に、紺碧《こんぺき》の海が広がっていた。

白い波がうねり、砕け、またうねる。

他には何もなかった。

分厚いガラスごしに、寄せては返す波の音さえも聞こえそうな静けさだった。

見て行こうかと促すまでもなく、ワンは駆け出し、展望台の手すりに身をもたせかけた。

ベッシーはすっかり走るのに飽きたようで、再びワンの襟巻きになって喉を鳴らしている。

エルもそっと、ワンの隣に身を寄せ、手すりから身を乗り出した。

二人と一匹は、しばらくの間、波の描き出す文模様を並んで見下ろしていた。

※この作品はフィクションです。実在の人物・団体・事件などにはいっさい関係ありません。

集英社オレンジ文庫をお買い上げいただき、ありがとうございます。
ご意見・ご感想をお待ちしております。

●あて先
〒101-8050　東京都千代田区一ツ橋2-5-10
集英社オレンジ文庫編集部 気付
辻村七子先生

# マグナ・キヴィタス
# 人形博士と機械少年

集英社
オレンジ文庫

2018年2月25日　第1刷発行

著　者　辻村七子
発行者　北畠輝幸
発行所　株式会社集英社
〒101-8050東京都千代田区一ツ橋2-5-10
電話【編集部】03-3230-6352
【読者係】03-3230-6080
【販売部】03-3230-6393（書店専用）
印刷所　図書印刷株式会社

※定価はカバーに表示してあります


ISBN 978-4-08-680176-8 C0193

集英社オレンジ文庫

## 長谷川　夕

# どうか、天国に届きませんように

誰にも見えない黒い糸の先は、死体に
繋がっている…。糸に導かれるように
凄惨な事件に遭遇した青年。背景には、
行き場のない願いと孤独が蠢いていた…。

コバルト文庫　オレンジ文庫

# 「ノベル大賞」

# 募集中！

小説の書き手を目指す方を、募集します！

幅広く楽しめるエンターテインメント作品であれば、どんなジャンルでもＯＫ！

恋愛、ファンタジー、コメディ、ミステリ、ホラー、ＳＦ、etc……。

あなたが「面白い！」と思える作品をぶつけてください！

この賞で才能を開花させ、ベストセラー作家の仲間入りを目指してみませんか!?

## 大賞入選作

**正賞の楯と副賞300万円**

## 準大賞入選作

**正賞の楯と副賞100万円**

## 佳作入選作

**正賞の楯と副賞50万円**

【応募原稿枚数】

400字詰め縦書き原稿100～400枚。


【しめきり】

毎年1月10日（当日消印有効）

【応募資格】

男女・年齢・プロアマ問わず

【入選発表】

オレンジ文庫公式サイト、WebマガジンCobalt、および夏ごろ発売の文庫挟み込みチラシ紙上。入選後は文庫刊行確約!

（その際には、集英社の規定に基づき、印税をお支払いいたします）

【原稿宛先】
〒101-8050　東京都千代田区一ツ橋2-5-10
（株）集英社　コバルト編集部「ノベル大賞」係

※応募に関する詳しい要項およびWebからの応募は
公式サイト（orangebunko.shueisha.co.jp）をご覧ください。